U0498531

文学×思想
译丛

主编 张辉 张沛

对峙

19世纪德英美文学与思想关系研究

Confrontations

Studies in the Intellectual and Literary Relations between Germany, England, and the United States during the Nineteenth Century

[美] 勒内·韦勒克 著

寿晨霖 张楠 译

René Wellek

CONFRONTATIONS

译丛总序

“文学与思想译丛”这个名称，或许首先会让我们想到《思想录》一开篇，帕斯卡尔对“几何学精神”与“敏感性精神”所做的细致区分。但在做出这一二分的同时，他又特别指出相互之间不可回避的关联：“几何学家只要能有良好的洞见力，就都会是敏感的”，而“敏感的精神若能把自己的洞见力运用到自己不熟悉的几何学原则上去，也会成为几何学家的”。（《思想录》，何兆武译，商务印书馆，1995 年，第 3—4 页。）

历史的事实其实早就告诉我们，文学与思想的关联，从来就不是随意而偶然的遇合，而应该是一种“天作之合”。

柏拉图一生的写作，使用的大都是戏剧文体——对话录，而不是如今哲学教授们被规定使用的文体——论文；“德国现代戏剧之父”莱辛既写作了剧作《智者纳坦》，也是对话录《恩斯特与法尔克》和格言体作品《论人类的教育》的作者；卢梭以小说《爱弥儿》《新爱洛伊丝》名世，也以《社会契约论》《论人类不平等的起源》而成为备受关注的现代政治哲学家。我们也不该忘记，思想如刀锋一样尖利的维特根斯坦，在他的哲学中讨论了那么多文学与哲学的对话关系；而桑塔亚纳（George Santayana）干脆写了一本书，题目即为《三个哲学诗人：卢克莱修、但丁和歌德》；甚至亚当·斯密也不仅仅写作了著名的《国富论》，还对文学修辞情有独钟。又比如，穆齐尔（Robert Musil）是小说家，却主张"随笔主义"；尼采是哲学家，但格外关注文体。

毋庸置疑，这些伟大的作者，无不自如地超越了学科与文体的规定性，高高地站在现代学科分际所形成的种种限制之上。他们用诗的语言言说哲学乃至形而上学，以此捍卫思想与情感的缜密与精微；他们又以理论语言的明晰性和确定性，为我们理解所有诗与文学作品提供了富于各自特色的路线图和指南针。他们的诗中有哲学，他们的哲学中也有诗。同样地，在中国语境中，孔子的"仁学"必须置于这位圣者与学生对话的上下文中来理解；《孟子》《庄子》这些思想史的文本，事实上也都主要由一系列的故事组成。在这样的上下文中，当我们再次提到韩愈、欧阳修、鲁迅等人的名字，文学与思想的有机联系这一命题，就更增加了丰富的层面。

不必罗列太多个案。在现代中国学术史上，可以置于最典型、最杰出成果之列的，或许应数王国维的《红楼梦评论》和鲁迅的《摩罗诗力说》。《红楼梦评论》，不仅在跨文化的意义上彰显了小说文体从边缘走向中心的重要性，而且创造性地将《红楼梦》这部中国文学的伟大经典与叔本华的唯意志论哲学联系了起来，将文学（诗）与思想联系了起来。小说，在静庵先生的心目中不仅不“小”，不仅不只是“引车卖浆者之流”街谈巷议的“小道”，而且也对人生与生命意义做出了严肃提问甚至解答。现在看来，仅仅看到《红楼梦评论》乃是一则以西方思想解释中国文学经典的典范之作显然是不够的。它无疑启发我们进一步思考文学与更根本的存在问题以及真理问题的内在联系。

而《摩罗诗力说》，也不仅仅是对外国文学史的一般介绍和研究，不仅仅提供了比较文学法国学派意义上的“事实联系”。通读全文，我们不难发现，鲁迅先生相对忽视了尼采、拜伦、雪莱等人哲学家和诗人的身份区别，而更加重视的是他们对“时代精神”的尖锐批判和对现代性的深刻质疑。他所真正关注的，是如何通过召唤“神思宗”，从摩罗诗人那里汲取文学营养、获得精神共鸣，从而达到再造“精神界之战士”之目的。文学史，在鲁迅先生那里，因而既有其独立存在的价值，也实际上构成了精神史本身。

我们策划这套“文学与思想译丛”主要基于以下两个考虑。首先以拿来主义，激活对中国传统的再理解。这不只与“文史哲不分家”这一一般说法相关；更重要的是，在中国的语境中，我们应该格外重视“诗（文学）”与“经”的联系，而《诗经》本身就是经的一个重要组成部分。正如刘勰在《文心雕龙》中所揭示的那样，《诗》既有区别于《易》《书》《春秋》和《礼》而主

“言志”的“殊致”:“摛《风》裁‘兴’，藻辞谲喻，温柔在诵，故最附深衷矣”；同时，《诗》也与其他经典一样具有“象天地，效鬼神，参物序，制人纪，洞性灵之奥区，极文章之骨髓”的大“德”，足以与天地并生，也与“道”不可分离（参《宗经》《原道》二篇）。

这样说，在一个学科日益分化、精细化的现代学术语境中，自然也有另外一层意思。提倡文学与思想的贯通性研究，固然并不排除以一定的科学方法和理论进行文学研究，但我们更应该明确反对将文学置于“真空”之下，使其失去应该有的元气。比喻而言，知道水是“H_2O”固然值得高兴，但我们显然不能停止于此，不能忘记在文学的意义上，水更意味着“逝者如斯夫，不舍昼夜”，意味着“弱水三千，我只取一瓢饮”，也意味着“春江潮水连海平，海上明月共潮生”……总之，之所以要将文学与思想联系起来，与其说我们更关注的是文学与英语意义上“idea”、“thought”或“concept”的关联，不如说，我们更关注的是文学与“intellectual”、“intellectual history”的渗透与交融关系，以及文学与德语意义上“Geist（精神）”、“Geistesgeschichte（精神史）”乃至“Zeitgeist（时代精神）”的不可分割性。这里的“思想”，或如有学者所言，乃是罗伯特·穆齐尔意义上“在爱之中的思想（thinking in love）”，既“包含着逻辑思考，也是一种文学、宗教和日常教诲中的理解能力”；既与“思（mind）”有关，也更与“心（heart）”与“情（feeling）”涵容。

而之所以在 intellectual 的意义上理解“思想”，当然既包含着对学科分际的反思，也在很大程度上，是对过于实证化或过于物质化（所谓重视知识生产）的文学研究乃至人文研究的某种反悖。因为，无论如何，文学研究所最为关注的，乃是“所罗门王曾经祈求上帝赐予”的“一颗智慧的心（un cœur intelligent）”（芬基尔克劳语）。

是的，文学与思想的贯通研究，既不应该只寻求“智慧”，也不应该只片面地徒有“空心”，而应该祈求“智慧的心”。

译丛主编 2020 年 7 月再改于京西学思堂，时在庚子疫中

序 言

这本书收录了我的一些关于浪漫主义时期德—英和德—美在文学与哲学领域的关系的零散研究。其中最早的一篇论文发表于1929年布拉格的一本周年纪念册上，现在很难找到了；另外四篇发表于战争年代（1943年和1944年），刊登在美国一些发行量很小的期刊上，而介绍这部作品的文章是我在1963年的一次演讲，至今未曾出版。所有的文章都经过了仔细修订，但除了细节之外没有大幅改动，同时增加了注释，内容主要是围绕这些问题的最新讨论。

这本书最好与我的其他论著结合起来，包括我正着手全面修订的《伊曼纽尔·康德在英国，1793—1838》（*Immanuel Kant in England 1793–1838*，普林斯顿大学出版社，1931），其中包含了对卡莱尔（Carlyle）和德·昆西（De Quincey）与康德的关系更充分的论述；耶鲁大学出版社将于1965年出版我的《近代文学批评史》（*History of Modern Criticism*）第三卷，我在其中将卡莱尔和德·昆西作为文学批评家加以讨论；还有《语词和价值：布鲁诺·马克瓦特的六十岁生日纪念集》（*Worte und Werte. Bruno Marckwardt zum 60. Geburtstag*，古斯塔夫·艾希曼［Gustav Eichmann］、阿尔方斯·艾希施泰特［Alfons Eichstaedt］编，柏林，1961）中我的文章，探讨了作为美学家和批评家的爱默生与德国思想家的关系。文章也会收入《近代文学批评史》中，这篇文章和批评史的前两卷尤其关注德、英语言上的关系。我的论文《文学史中的浪漫主义概念》（“The Concept of Romanticism in Literary History”）收入《批评的概念》（*Concepts of Criticism*，耶鲁大学出版社，1963）中，它在更广阔的语境下讨
vi 论了相关话题。我在《英国浪漫主义诗人：一份研究综述》（*The English Romantic Poets: A Review of Research*，T. M. 雷瑟［T. M. Raysor］编，《美国现代语言协会期刊》［*MLA*］，纽约，1956）一文中概述了关于柯勒律治（Coleridge）的学术研究成果，其中有一节讲述了他思想中的德国渊源。

德国的哲学与批评观念在英国和美国的传播，是贯穿我论著的主题。我相信这对于理解19世纪的思想史至关重要。我只能期望这些研究在发现一些新的关联和论述考证的同时，没有夹带任何国别的私心。在我所有的论著中，我始终努力提醒自己西方思想所具有的整体性。

勒内·韦勒克

纽黑文，康州

1963年10月

目 录

1

德国和英国的浪漫主义：一种对峙[*] 3

1949 年，我在新创办的《比较文学》(*Comparative Literature*) 期刊的前两期中发表了一篇长篇论文，试图驳斥 A.O. 洛夫乔伊（A. O. Lovejoy）的一个著名观点，他认为“一个国家的‘浪漫主义’可能与另一个国家的‘浪漫主义’没有什么共同之处”[1]。洛夫乔伊提出了展示“某种共同点”的要求，我的回应观点是：“我们在整个欧洲发现了相同的诗歌观念以及诗歌想象的运作方式和本质；相同的自然观念及其与人的关系，还有基本上相同的诗歌风格，其中对意象、象征和神话的运用明显有别于

* 本文是 1963 年 4 月 6 日在俄亥俄州哥伦布市俄亥俄州立大学举行的一场关于浪漫主义的研讨会上的演讲。文章未曾发表。

1 “On the Discrimination of Romanticisms,” *PMLA*, 29 (1924), 229–253. 重刊于他的文集 *Essays in the History of Ideas* (Baltimore, 1948), pp. 228–253。

18 世纪的新古典主义风格。”[2]

我最近的一卷文集（《批评的概念》）收录了一篇题为《重新审视浪漫主义》（“Romanticism Re-examined”）的新作，我在文中回顾了过去十四年围绕这一论题展开的讨论。得出的结论是，就总体而言，研究这一问题的学者大多同意我的基本观点，也有
4 人独立得出了相同或类似的论断。“所有这些研究，”我写道，“无论方法和重点如何多样，都达成了一个有力的共识：它们都注意到想象、符号、神话和大自然有机体的意涵，并将其视为一种试图弥合主体与客体、自我与世界、意识与无意识之间断裂的积极努力。这是英国、德国和法国伟大的浪漫主义诗人的核心信条。”[3]

在这篇文章中，我会彻底改变论述视角。无论这有多么鲁莽，我还是要假定上述基本论点已经胜出，也就是说整个欧洲拥有一个共同的浪漫主义思想和艺术内核。我也会尽可能忽略浪漫主义时期的批评思想史，因为我在《近代文学批评史》一书中对其已有充分讨论。我更愿意先来考察 19 世纪前几十年英—德和德—英之间的文学关系，然后再试着将德国浪漫主义与英国浪漫主义进行比较，以期揭示德国浪漫主义运动的独特性和独创性。

在考虑这个问题时，我们必须首先确认哪些作家代表这两个国家的浪漫主义。关于英国几乎没有什么困难。事实上，如今很少有人会质疑只有六位浪漫主义诗人留存下来：布莱克

2 “The Concept of Romanticism in Literary History,” *Comparative Literature*, I (1949), 1, p. 147.

3 *Concepts of Criticism* (New Haven, 1963), p. 220.

（Blake）、华兹华斯（Wordsworth）、柯勒律治、拜伦（Byron）、雪莱（Shelley）和济慈（Keats）。在浪漫主义小说家中，只有司各特（Scott）还受到当代人的关注。在其他的散文家中，只有兰姆（Lamb）、哈兹利特（Hazlitt）和德·昆西的作品还在被人们阅读。其他所有曾名动一时的人物——骚塞（Southey）、罗杰斯（Rogers）、坎贝尔（Campbell）、托马斯·摩尔（Thomas Moore）、利·亨特（Leigh Hunt）、杰弗里（Jeffrey）——都 5
已淡出人们的视线，只有专门的研究才会给予关注；同时，在人们的印象中，诸如托马斯·拉夫·贝多斯（Thomas Love Beddoes）、乔治·达利（George Darley）、约翰·克莱尔（John Clare）和詹姆斯·霍格（James Hogg）之类的边缘人物已经成为少数痴迷者的专属品。

然而在德国，“哪些人可以被视为浪漫主义作家”却是个很难回答的问题。我曾论述过，从欧洲的角度来看，德国的“狂飙突进运动”（*Sturm und Drang*）与我们在西方常说的“前浪漫主义”有相似之处——包括歌德（Goethe）和席勒（Schiller），尽管他们曾经倾心于古典主义并有着古典主义旨趣，但从广义而言仍然可以被看作浪漫主义作家。我曾在旧文中探讨过，为什么在德国“浪漫主义学派”这一术语仅限于描述两组作家：早期的一组包括施莱格尔兄弟、瓦肯罗德（Wackenroder）、蒂克（Tieck）和诺瓦利斯（Novalis），而在年轻的一组中，阿尼姆（Arnim）和布伦塔诺（Brentano）最广为人知。此外，大多数德国文学史都把 E.T.A. 霍夫曼（E. T. A. Hoffmann）当作一位特别的浪漫主义作家，尽管他与上述两组浪漫主义作家之间的关联很少：他只是非常偶然地遇到过蒂克和布伦塔诺。[4] 还有约瑟夫·冯·艾兴多夫（Joseph von Eichendorff），他与阿尼姆和布伦塔诺相熟，也越来越被视为一个典型的浪漫主义诗人。可是在我看来，这种由来已久的对两个朋友群体的关注，遮蔽了当时德国普遍的浪漫主义倾向，而过于强调荷尔德林（Hölderlin）、让·保罗（Jean Paul）和海因里希·冯·克莱斯特（Heinrich von Kleist）等伟大作家与自称为浪漫派团体的分歧，也不必要地孤立了这些作家。
6 我甚至觉得没有必要把乌兰特（Uhland）、莫里克（Mörike）、列瑙（Lenau）或早期的海涅从浪漫主义中分离出来；像毕希纳的《雷昂采与蕾娜》（*Leonce und Lena*，1836）这样的戏剧，给我的印象是十足的浪漫主义风格，格里尔帕策（Grillparzer）和格雷比（Grabbe）的很多剧作也是如此。我提到这些名字是为了表明当时德国有诸多有趣的作家。我几乎不需要指出这样一个事实，那就是可以给好几位伟大的思想家贴上“浪漫主义”的标签，包括费希特（Fichte）、谢林（Schelling）、施莱尔马赫（Schleiermacher）和黑格尔（Hegel），而且这种浪漫情怀也渗透到德国的自然科学、政治理论和绘画当中。谁能忘记德国的浪漫主义音乐呢，尽管如今它通常被称为“古典音乐”，尤其是贝多芬（Beethoven），因为他把自己从他的那些榜样——舒伯特（Schubert）、舒曼（Schumann）、韦伯（Weber）和门德尔松

4 Harvey W. Hewett-Thayer, *Hoffmann: Author of the Tales* (Princeton, 1948), pp. 78, 81.

（Mendelssohn）——中解放了出来。

不过出于本文论述的需要，我还是接受德国文学史对浪漫主义概念设定的狭隘边界，并首先考察英国浪漫主义诗人与上述两个德国群体之间的联系这一历史问题。我们必须指出，就个人联系而言，的确少之又少。1798 年，华兹华斯和柯勒律治访问了德国，但在所有的作家中，他们只拜访了在汉堡的老克洛普斯托克（Klopstock），且会面短暂而拘谨。[5]1806 年，柯勒律治从马耳他回来的途中，在罗马遇到了蒂克，“但并不知道他作为一个诗人享有的盛誉”。[6]蒂克的妹妹索菲·伯恩哈迪（Sophie Bernhardi）曾写信给奥古斯特·威廉·施莱格尔（August Wilhelm Schlegel）（当时在科佩特），描述了一位“出色的英国人，他研读过康德、费希特、谢林和老一代德国诗人，对施莱格尔翻译的莎士比亚赞叹不已”，但她记不得其人之名了。[7]柯勒律治与蒂克短暂相识后，得以在蒂克 1817 年访问伦敦 7
之际，与他再次重逢；不过他们在那里只见过两次面。从亨利·克拉布·罗宾逊（Henry Crabb Robinson）的报告和柯勒律治的

5　参见柯勒律治在《萨提拉奈的书信》（“Satyrane’s Letters”）中用到的 1798 年 11 月 20 日写给托马斯·普尔（Thomas Poole）的信中的记述。见 *Collected Letters*, ed. E. L. Griggs (Oxford, 1956), vol. 1, 441ff。

6　该内容系据亨利·克拉布·罗宾逊所述，参见 *Blake, Coleridge, Wordsworth, Lamb* …, ed. E. Morley (Manchester, 1922), p. 31 (Nov. 15, 1810)。

7　1806 年 2 月 6 日，参见 *Krisenjahre der Frühromantik. Briefe aus dem Schlegelkreis*, ed. J. Körner (Brünn, 1936), vol. 1, pp. 291-292。

几封书信[8]中，我们得知他们曾在位于伦敦郊外海盖特的吉尔曼（Gillman）家会面，谈论了莎士比亚戏剧的真实性、德国的神秘主义和动物磁流学说（animal magnetism）。柯勒律治为蒂克写过几封推荐信，在最近才公开的柯勒律治写给蒂克的一封信中，提到了歌德的《颜色论》（*Farbenlehre*）和动物磁流学说。两封蒂克写给柯勒律治的信得以保存下来。[9] 1828年，华兹华斯和柯勒律治沿着莱茵河旅行，第一次在巴德戈德斯堡遇见了正和很多人在一起的奥古斯特·威廉·施莱格尔；施莱格尔1814年和1823年身处伦敦时，他们未曾见过。柯勒律治和施莱格尔相互称赞了彼此翻译的莎士比亚和席勒的作品；据说施莱格尔因为听不懂柯勒律治的德语而不得不请他讲英语。[10] 1837年，华兹华斯在慕尼黑的一条街道上偶然遇见了布伦塔诺。他“用法语喋喋不休地谈论宗教，他的样子让华兹华斯既好笑又反感”。[11] 拜伦1816年
8 在科佩特见过奥古斯特·威廉·施莱格尔，但并不喜欢他。[12] 这似乎是两个浪漫主义团体之间所有的个人和书信联系的总和。他

---

8 6月13和24日。参见 E. Morley, *Henry Crabb Robinson on Books and Their Writers* (London, 1938), vol. 1, pp. 207-208; *Collected Letters*, ed. E. L. Griggs (Oxford, 1959), vol. 4, pp. 739, 739, 742-743, 744。

9 *Ibid.*, vol. 4, pp. 750-751 (July 4, 1817). 蒂克的信参见 “Ludwig Tieck and Samuel Taylor Coleridge,” *Journal of English and Germanic Philology*, 54 (1955), pp. 262-268。

10 Charles Young, *Memoir of Charles Mayne Young* (London, 1871), pp. 112, 115.

11 Morley, *op. cit.*, vol. 2, pp. 530-531 (July 17, 1837).

12 *Letters and Journals*, ed. Lord Prothero (London, 1898), vol. 3, pp. 341; vol. 4, pp. 161; vol. 5, pp. 101-102, 333, 334.

们没有建立友谊，没有书信往来（除了蒂克和柯勒律治之间的三封信）。这些微乎其微的联系使得研究这个问题的一个新手，欧多·C. 梅森（Eudo C. Mason），[13] 着力强调亨利·克拉布·罗宾逊的重要地位——罗宾逊年少时在德国见过施莱格尔兄弟和克莱门斯·布伦塔诺，后来在英国认识了柯勒律治和华兹华斯。罗宾逊是一个很有吸引力的人物，他的信件和日记堪称信息宝库，但我看不出他作为这两个群体的摆渡人有何重要成就。无论他如何理解德国的浪漫主义文学，对此都没有公开的记录，而且在他所处的时代，亨利·克拉布·罗宾逊无疑是一个严格意义上“注重私人空间的人”。至于斯塔尔夫人（Madame de Staël）创作《论德国》（*De I'Allemagne*）受到罗宾逊的影响一说，不过是传言。他自己的文章不多，也没有引起什么注意。最令人好奇的是一篇关于布莱克的文章，其德文版于 1811 年刊登在汉堡的一份昙花一现的评论上。[14] 布莱克、雪莱、济慈、兰姆、哈兹利特和德·昆西与德国都没有什么联系，而沃尔特·司各特在德国为数不多的几位联系人都不是浪漫主义作家。

个人和书信的往来比不上阅读所带来的影响。但即使就严格 9
意义上的文学关系而言，这两个群体之间的联系也极为微弱。除

---

13 *Deutsche und englische Romantik* (Göttingen, 1959).

14 *Vaterländisches Museum*. 文章重印版可见 H. C. Wright, “Henry Crabb Robinson's ‘Essay on Blake,’” *Modern Language Review*, 22 (1927), pp. 137-154。

了拜伦和雪莱读过施莱格尔兄弟论著的法语或英语译本之外，[15]布莱克、华兹华斯、拜伦、雪莱和济慈对狭义上的德国浪漫主义创作一无所知。当然，柯勒律治和德·昆西是例外。柯勒律治深受德国浪漫主义美学和批评的影响。我不明白还能如何否认这一证据确凿的事实。当然，正如柯勒律治本人所承认的那样，整个浪漫与古典、有机与机械的对立都源自施莱格尔。[16]奥古斯特·威廉·施莱格尔的《论戏剧文学》（*Lectures on Dramatic Literature*）一书的基本观点也给哈兹利特和德·昆西留下了深刻印象，尽管哈兹利特有所保留，但德·昆西对施莱格尔兄弟做出了强烈批评。[17]然而德国浪漫主义对于实际文学艺术创作的影响却微乎其微。一个值得一提的例子，可能是柯勒律治在他的戏剧《扎波利亚》（*Zapolya*）中对蒂克的《秋之歌》（"Herbstlied"）

---

15 Byron's *Letters and Journals*, ed. Lord Prothero (London, 1899), vol. 3, p. 343. Mary Shelley's *Journal*, March 16, 19, 21, 1818, quoted in Edward Dowden, *Life of P. B. Shelley* (London, 1886), vol. 2, pp. 187-188. 书中提到，雪莱在去意大利的途中，曾大声地给他的两个女同伴朗读施莱格尔的作品（可能是奥古斯特·威廉·施莱格尔的讲稿的英译本）。

16 参见 A. W. Schlegel, *Ueber dramatische Kunst und Literatur* (Heidelberg, 1811), vol. 3, p. 8；以及 Coleridge, *Shakespearean Criticism*, ed. T. M. Raysor (Cambridge, Mass.), 1930, vol. 1, p. 224。柯勒律治自己提到了一位"欧洲大陆评论家"。参见 G. N. Orsini, "Coleridge and Schlegel Reconsidered," *Comparative Literature*, 16 (1964), pp. 97-118。

17 关于哈兹利特与施莱格尔，可参见我的《近代文学批评史》, vol. 2, pp. 189, 209。关于德·昆西，则可参见本书第四章"德·昆西在观念史上的地位"，第 114 页及以下各页，特别是 128 页注 57。（注释中所提页码为原书页码，即本书边码——编者注。）

的自由运用。[18]柯勒律治在 1817 年与蒂克会面之前，特意读了 10
他的一些小说，但并不喜欢。[19]（我想提一句，蒂克的《爱的魔力》［*Love Charm*］的译本中有一篇充满赞誉的后记，收录于马森［D. Masson］版的德·昆西文集中，但那并非德·昆西所写，而是朱利斯·黑尔［Julius Hare］的手笔。）[20] E.T.A. 霍夫曼在英国反响平平；沃尔特·司各特撰写了一篇几乎是彻头彻尾的批判性文章，题为《论虚构作品中的超自然》（“On the Supernatural in Fictitious Composition”，1827）；同年，卡莱尔在他英译的《金罐》（*Der goldene Topf*）一书的导读中，对这位嗜酒又放荡的穷艺术家完全是一副居高临下的语气。[21]

如果我们仅讨论德国浪漫主义团体，那么英国的浪漫主义者对他们的影响也可以忽略不计。在很长一段时期内，华兹华斯和柯勒律治（当然还有布莱克）在德国一直不为人知，雪莱和济慈也是如此。弗雷利格拉斯（Freiligrath）翻译的《古舟子咏》（“The Ancient Mariner”）和《孤独的收割者》（“The Solitary

---

18 剧中《格利欣之歌》（“Glycine's Song”）的首行，“我看见一束光”，也出现在蒂克的诗中。参见 S. T. Coleridge, *Poems*, ed. E. H. Coleridge (Oxford, 1912), pp. 426-427。

19 参见给 H. C. Robinson（1817 年 6 月 20 日）和 J. H. Green（1817 年 12 月 13 日）的信，载于 *Collected Letters*, ed. E. L. Griggs (Oxford, 1959), vol. 4, pp. 743, 793。《斯特恩博德》（*Sternbald*）“简直是对海因斯的《阿丁哈罗》（*Ardinghello*）的模仿……这是一个淫秽的白日梦，梦中人会同时打呵欠和产生性兴奋”。

20 参见 Hans Galinsky, “Is Thomas De Quincey the Author of the Love-Charm?” *Modern Language Notes*, 52 (1937), pp. 389-394。

21 In July, 1827 Number of *The Quarterly Review*. Carlyle's *German Romance*.

Reaper”）直到 1836 年才面世。[22] 1838 年，出于对一位受迫害的无神论者和革命者的同情，古茨科（Gutzkow）写了一篇关于雪
11 莱的文章。[23] 当然，拜伦无论在哪里都是极具影响力的诗人。歌德对拜伦的赞赏起了一定作用，尽管那也并非不可或缺。但是拜伦的影响——与其说来自诗作本身，不如说是一种情绪和英雄类型的影响——是在浪漫主义运动之后产生的。他不可能影响到施莱格尔、蒂克、诺瓦利斯、阿尼姆、布伦塔诺或者霍夫曼。海涅和列瑙是德国真正的拜伦式诗人。[24] 沃尔特·司各特也是如此：他是浪漫主义运动之后德国历史小说兴起的决定因素。只有霍夫曼让塞拉皮恩（Serapion）兄弟[i]团体的作家抱着欣赏的态度讨论司各特的小说《盖伊·曼纳林》（*Guy Mannering*）。[25] 但是阿尼姆的历史小说《王权守护者》（*Die Kronenwächter*，1816）显然没有受到司各特的影响；只有威利鲍尔德·亚历克西斯（Willibald Alexis）的普鲁士历史小说和威廉·豪夫（Wilhelm Hauff）的《利希滕斯坦》（*Lichtenstein*）有着“北方魔术师”[ii]的印记，还有路德维希·蒂克后期的历史小说，显然也无法抗拒司各特无处不在的影响。[26]

我们无法回避这样的结论：这两个群体之间的个人、书信和

---

22 参见 *Sämtliche Werke* (New York, 1858), vol. 3, pp. 122, 129。

23 *Gotter, Helden, Don Quixote* (Hamburg, 1838), pp. 3–17.

24 参见 Lawrence Marsden Price, *English Literature in Germany* (Berkeley, 1953), pp. 316-328，以及该文章的参考文献。

25 参见 *Werke*, ed. G. Ellinger (Leipzig, 1912), vol. 8, pp. 161-162。

26 参见 Price, *op. cit.*, pp. 329ff 及其参考文献。

文学联系极其脆弱。在英国一边，只有柯勒律治和德·昆西受到德国浪漫主义思想的影响；在德国一边，来自拜伦和司各特的英国浪漫主义思想的影响是后来才出现的。如果我们不考虑柯勒律治的话，这两个运动同时存在，但它们只是平行关系，并没有更深层次的接触，而柯勒律治自身的孤立性也揭示了两个运动之间的隔阂。当然，历史联系的缺乏并不意味着排除它们之间的相似性，甚至是深层的共通性。我之前曾尝试过对它们进行概括；历史上共同的思想渊源提供了部分解释，例如华兹华斯和柯勒律治 12
的思想与谢林以及德国的浪漫派之间总体上有着非常明显的相似性，甚至在柯勒律治读到谢林的作品之前，这种相似性就已经呈现出来。[27] 这是由于新柏拉图主义传统，以波姆（Böhme）为代表人物的神秘主义，还有各种各样的虔敬主义，他们有着共同的思想背景。卢梭（Rousseau）以及后来歌德的《少年维特的烦恼》（*Die Leiden des jungen Werther*），为这两个群体提供了 18 世纪的感知力和感伤性的共同源头。哥特式传统在柯勒律治、雪莱和司各特，以及蒂克、阿尼姆、布伦塔诺和 E.T.A. 霍夫曼那里都有体现。思想观念和民间题材最容易发生迁移，进而形成共同的欧洲遗产。

但是，两种文学之间也存在着明显而惊人的差异，除了对具体的观念有不同侧重和对普遍的主题有不同运用之外，它们的差

27　参见 Donald E. Hirsch, *Wordsworth and Schelling* (New Haven, 1960)。有关柯勒律治和谢林的内容，可参考拙作《伊曼纽尔·康德在英国》和《近代文学批评史》（第二卷）。

异还体现在其他方面。如果我们集中关注当时重要的诗歌作品，并注意到诗歌体裁有等级区别的话，这种差异就会表现得尤为明显。这是一个相当麻烦而且难以捉摸的问题。只有大胆的评判才能解决这一问题，而这种评判必然受益于我们的时代所获得的后见之明。在德国，浪漫主义抒情诗在体裁等级结构中占据了中心地位，这一点几乎没有争议。它和英国的抒情诗——颂歌、抒情歌谣以及英国诗人的无韵默想诗——有着深刻的区别。德国人将
13 “创造的民歌”确立为抒情诗的典范，这种诗歌可以描述为由松散的，甚至突兀的意象群所表现的主观情绪；诗歌通常采用民歌的四行诗节，并力图通过节奏和声响的变化取得音乐的效果。我们必须将这种德国浪漫主义抒情诗与彭斯（Burns）或托马斯·摩尔的民歌区别开来：后者是社会性的，往往隐含着一个明确的诉说对象，并传达某种无论多么简单总还合乎逻辑的陈述。德国的抒情诗表现的是个体经验的直接性，甚至是灵感，无意识的独白，没有逻辑乃至意象的连贯性。它是一种灵修诗，事关著名的“心灵”（Gemuet）概念。它缺少T.S.艾略特所说的“客观对应物”（objective correlative）。它接近于浪漫主义将主体与客体、人与自然、自我与世界等同起来的理念。我想到艾兴多夫的那些诗作，《达默隆想展开翅膀》（“Dämmerung will die Flügel spreiten”，1811）和《我漫步在寂静的夜晚》（“Ich wandre durch die stille Nacht”，1826），或者布伦塔诺的《阿本德斯坦钦》（“Abendständchen”）：“听，长笛又在哀诉。”马克斯·科默雷尔（Max Kommerell）、埃米尔·施泰格（Emil Staiger）和

凯特·汉姆伯格（Käte Hamburger）[28]——德国最优秀的学者批评家中的三位，他们探讨过这个问题——非常一致地把这种抒情诗作为纯粹诗歌的完美形式，但奇怪的是，这常常造成对任何偏离此样式的作品的贬低。在当时英国的诗歌中，我相信几乎没有任何作品与之密切相关。可能雪莱的诗谣《挽歌：狂风，呼啸呻吟》（“A Dirge: Rough wind, that moanest loud”）或者《哦，世界！哦，生命！哦，时间！》（“O World, O Life, O Time”）最为接近，但即使是听起来相似的《音乐，当柔和的声音消失时》（“Music, when soft voices die”），仔细打量之后，就会发现它原来是一系列巧妙的比喻，甚至是一个寓言。[29]在法国，我认为我们 14
得等到魏尔伦（Verlaine）[iii]出现，才可能找到任何相似之处。

审视叙事文体时，我们会发现两国之间的分歧同样引人注目。英国的散文保留了它在18世纪享有的声望。英国小说分为两种截然不同的类型，即哥特式小说和社会风俗小说，直到司各特在这两种传统的基础上确立了历史小说的风尚。在德国，歌德的《威廉·迈斯特》（*Wilhelm Meister*）——该书在英国被弗朗西斯·杰弗里和德·昆西嘲笑为不道德、粗俗和荒谬的[30]——确立了教育小说这一类型。在德国浪漫主义作家笔下，一种杂糅类型

28 Max Kommerell, “Vom Wesen des lyrischen Gedichts”, in *Gedanken über Gedichte*, 2nd ed. (Frankfurt, 1956), pp. 9-56. E. Staiger, *Grundbegriffe der Poetik* (Zurich, 1946). Käte Hamburger, *Die Logik der Dichtung* (Stuttgart, 1957).

29 参见 F. R. Leavis’ analysis in *Scrutiny*, 13 (1945), pp. 66-67。

30 *Contributions to the Edinburgh Review* (London, 1844), e.g. vol. 1, p. 263. De Quincey, *Collected Writings*, ed. D. Masson (London, 1890), vol. 11, pp. 222-258.

（借鉴了教育小说，但与斯特恩［Stern］的《项狄传》［*Tristram Shandy*］关联更为密切）成为核心形式——一种反讽与幻想的混合，弗里德里希·施莱格尔在他的《小说论札》（“Letter on the Novel”）[31] 一文中指出了其特征。他自己的《路清德》（*Lucinde*, 1799）——一部杂糅了书信、对话、田园诗、幻想和寓言等形式的作品——作为小说并不成功，尽管它时而包含不少机智、魔幻、情色氛围，甚至是对爱情和婚姻的明智见解。其实，让·保罗才是德国最主要的浪漫主义小说家，是德国小说的伟大先行者，E.T.A. 霍夫曼、海涅、斯蒂夫特（Stifter）和凯勒（Keller）都是
15 他的后继者。1854 年，马修·阿诺德嘲讽“德国过去 50 年的整个文学运动都可以归功于让·保罗和诺瓦利斯”这一观点时，[32] 他错得离谱。在英语世界中，让·保罗的名气（如果他真的为人所知的话）主要来自卡莱尔的翻译，而这些翻译仅限于荒诞的田园诗、《施梅尔兹勒的弗拉茨之旅》（*Schmelzle's Journey to Flaetz*）和《昆图斯·菲克斯莱因的生平》（*Life of Quintus Fixlein*）。卡莱尔本人在他的三篇关于让·保罗的文章中，恰如其分地将让·保罗的风格描述为想象力和宗教幻象的结合。[33] 我们必须理解“天穹

---

31 Friedrich Schlegel, “Brief über den Roman,” part of *Gespräch über die Poesie* (1800), in *Kritische Schriften*, ed. Wolfdietrich Rasch (Munich, 1956), pp. 318-328.

32 可见于给圣-伯夫（Sainte-Beuve）的信（1854 年 9 月 28 日），载于 Louis Bonnerot, *Matthew Arnold: Poète* (Paris, 1947), pp. 521-522。类似的陈述可参见 “Heinrich Heine,” *Essays in Criticism*, First Series, beginning。

33 参见第二章“卡莱尔与德国浪漫主义”。

中死去的基督说没有上帝”，[34] 才能欣赏让·保罗的宏大境界，或者理解那些重叠和镜像的场景，梦幻世界与德国小市民以及小宫廷的世界离奇地混合在一起，形成了主流的社会风俗小说之外的一种小说类型。布伦塔诺的小说《戈德维》(*Godwi*)，一部“疯狂的小说”，[35] 是对让·保罗风格的明显模仿和近乎夸张的戏仿，而霍夫曼的《雄猫穆尔的生活观》(*Opinions of Kater Murr*) 将让·保罗的一些技巧发挥到了极致。一些看似雄猫穆尔本人的回忆与卡佩尔迈斯特·克利斯勒 (Kapellmeister Kreisler)[iv] 的传记片段交替出现，这些片段出现在雄猫穆尔之前用来写作的废纸的反面。所有这些都按照交到印刷商手里的原样连续印刷出来。卡 16
莱尔在《旧衣新裁》(*Sartor Resartus*) 中从让·保罗那里借鉴了一些东西，因为他也同样试图将教育小说、幽默狂想曲和虚幻的想象结合起来。但是在卡莱尔的小说出现之前，英语文学中没有类似的作品，而且《旧衣新裁》一直很难出版。[36]

除了这种奇特的小说，或者更确切地说，除了传奇与反讽的混合形式，德国浪漫主义者还创造了两种当时在英国鲜为人知的体裁：童话故事和中篇小说。诺瓦利斯宣称“童话是诗歌的经典”，[37] 而他自己的小说《海因里希·冯·奥弗特丁根》(*Heinrich*

---

34 “死去的基督自天穹降临，说上帝并不存在”，出自 “Erstes Blumenstück” in *Blumen Frucht und Dornenstücke* (Siebenkas), 1796。

35 *Godwi, ein verwilderter Roman* (Bremen, 1801).

36 《旧衣新裁》写于 1830—1831 年，于 1833—1834 年在 *Fraser's Magazine* 上发表；1836 年于波士顿出版成书，随后又在爱默生的推动下，于 1838 年在伦敦出版。

37 *Gesammelte Werke*, ed. C. Seelig (Zurich, 1945), vol. 4, p. 165.

von Ofterdingen），虽然可以说是一部以幻想的中世纪为背景的教育小说，但很快就进入了童话的氛围，并使用了童话的技法："世界成为梦想，梦想成为世界。"[38] 蒂克用《金发的埃克伯特》（"Der blonde Eckbert"，1797）为浪漫主义童话设定了模式，其他的浪漫主义者则对其加以改写：布伦塔诺的童话故事常常取自 17 世纪那不勒斯的作家巴兹尔（Basile），还有他怪异的巴洛克式把戏和矫揉造作的语言，而霍夫曼的童话故事似乎是学习了戈齐（Gozzi）和"艺术喜剧"（*commedia dell' arte*）传统。没有什么比布伦塔诺的一些童话故事更富于幻想，在语言上更富于创造力，也更荒诞可笑的了，例如在《高克尔、辛克尔和加克莱亚》（*Gockel, Hinkel und Gackeleia*）这个故事中，城堡是由被吮吸过的蛋壳制成的，屋顶是母鸡的羽毛。最奇幻怪异的是霍夫曼的《金罐》（*Golden Pot*），它以优雅从容的姿态从平淡无奇转变
17 为诡异怪诞。卖苹果的老太婆变成了一个咧着嘴笑的门环；大学生安泽穆斯（Anselmus）发现自己被囚禁在图书馆书架上的一个玻璃瓶里。在我看来，布伦塔诺和霍夫曼创造了一种与所谓的民间传说极为不同的童话类型。更加广为人知的德国浪漫主义童话故事——比如蒂克的《鲁能伯格》（*Runenberg*），这是蒂克版的瑞普·范·温克（Rip van Winkle）传奇；或者沙米索（Chamisso）[V] 的《彼得·施莱米赫尔》（*Peter Schlemihl*），他把自己的影子卖给了魔鬼；或者福凯（Fouqué）的《温蒂妮》（*Undine*），这个水

---

38 *Ibid.*, vol. 1, p. 304.

精灵想获得一个凡人的灵魂——都更接近现实存在的民间传说、直白的叙述、短篇故事、“中篇小说”，从而也更接近小说的主流。

德国的中篇小说由于其巨大的艺术成就，引起了很多批评家的关注，他们花费了——恐怕也是浪费了——很多精力来定义这一体裁。我看不出“中篇小说”与短篇故事有什么不同，也看不出它与薄伽丘（Boccaccio）和塞万提斯（Cervantes）创立的叙事形式，即德国小说家心目中的样板，有什么根本区别。在我看来，不太可能把“中篇小说”局限于在既定框架内讲述的故事——这是《十日谈》（*Decamerone*）的技巧，在德国因为歌德的《德国移民的乐子》（*Unterhaltungen deutscher Ausgewanderten*，1795）而大受欢迎。[39] 同样，也不能把“中篇小说”局限于那些有着保罗·海斯的“中篇小说”理论中常常提到的“猎鹰”类意象的故事。克莱斯特的“中篇小说”没有也不需要框架；霍夫曼的《塞拉皮恩兄弟》（*Serapionsbrüder*）的框架则是一种外部手段，它将独立出版的故事汇集在一起，也没有将《塞拉皮恩兄弟》收集 18
的故事与其他未通过任何框架收集的故事区分开来。德国很多可以称之为“中篇小说”的作品，都没有明显的“猎鹰”类意象。我看不出伯恩哈德·冯·阿尔克斯（Bernhard von Arx）建立一个“小说存在”（*Novellistisches Dasein*）概念的尝试对于定义或评论这一体裁有什么价值，这个概念似乎意味着某种低劣、不自由、仓促、压抑的东西，暗含了对某一种情形的过度强调。我们

39 参见 Fritz Lockemann, *Gestalt und Wandlungen der deutschen Novelle* (Munich, 1957)。

被告知“中篇小说”的作者“素材有限”，无法营造一个可与格局宏大的小说家相比拟的世界。[40] 在夸夸其谈的海德格尔式语言中，我们只看到“中篇小说”是短篇故事而非长篇小说，因此更倾向于讲述一个被认为具有代表性和普遍性的事件。可这显然是所有艺术的过程：塞万提斯明白，故事总是声称“有代表性”。我们无须存在主义、某种框架或“猎鹰”式意象，也完全可以欣赏《迈克尔·科哈斯》（*Michael Kohlhaas*），或是为侵犯她的男人做广告的《O 侯爵夫人》（*Die Marquise von O*）[vi]……或是 E.T.A. 霍夫曼写的任何一本引人注目的“中篇小说”。在我看来，霍夫曼的故事在没有挪用现实主义的风俗画或童话，而只是古怪的艺术家的故事或仅仅是恐怖故事时，其实是最精彩的。虽然他在长篇小说《魔鬼的迷魂汤》（*Die Elixiere des Teufels*）中借鉴了哥特式小说传统，尤其是“修道士”刘易斯[vii]，但是在英语文学中，只有后来的爱德加·爱伦·坡（Edgar Allan Poe）能和他的艺术媲美，或者是梅里美（Mérimée）[viii]和普希金（Pushkin）的《黑桃皇后》（*Queen of Spades*）。

最后，如果我们再看一下德国浪漫主义戏剧，就会发现它与英国的差别同样惊人。在英国，舞台剧和案头剧之间有着很深的鸿沟，而这一鸿沟很少得到弥合。当时最好的诗剧可能要数雪莱
19 的《钦契》（*Cenci*），这是糅合了莎士比亚和韦伯斯特（Webster）的一部混成作品，在舞台上效果很好，但由于主题是父女乱伦而

40 Bernhard von Arx, *Novellistisches Dasein* (Zurich, 1953), p. 175：“如此，小说家从某种贫困中挣扎出来。”

无法上演。还有戏剧形式的神话诗，比如雪莱的《解放了的普罗米修斯》（*Prometheus Unbound*），或者拜伦的《该隐》（*Cain*），这些诗都是为虚构的剧场创作的。然而在德国，有一些剧作家创作了效果良好的舞台剧，这些剧目又构成了一种类似体裁的形式：命运悲剧。我知道席勒的《墨西拿新娘》（*Bride of Messina*）是第一个例子，而在较低的层次，"命运悲剧"（*Schicksalstragödie*）退化成了耸人听闻的恐怖剧，比如维尔纳的《2月24日》（*24th of February*）或穆勒的《罪责》（*Guilt*）。但是，克莱斯特的很多剧作，从《施罗芬斯坦的家庭》（*Die Familie Schroffenstein*）开始，还有精彩残篇《罗伯特·吉斯卡德》（*Robert Guiscard*）和《海尔布隆的小凯蒂》（*Kätchen von Heilbronn*），甚至是格里尔帕策的《女祖》（*Ahnfrau*），都不能被贬低为纯粹的娱乐消遣。

德国的浪漫主义作家似乎在命运悲剧中找到了一种独特的形式，它包含着德国浪漫主义者的总体人生观、处世态度和"幻象"——他们对隐藏在世界表象背后的神秘、威胁和邪恶感的体会。与英国和法国的浪漫主义相比，德国的浪漫主义不是卢梭式的：它缺乏对善的信任，对上帝和天意的信任，或是对进步的信任。这种信任赋予华兹华斯和柯勒律治灵感，也以某种世俗的方式鼓舞了雪莱，或者体现在布莱克那种弥赛亚式预言体中（布莱克不应该被误读为撒旦的信徒或者尼采的先驱）。蒂克、布伦塔诺、阿尼姆和霍夫曼那些最好的作品，则传达了一种世界仿佛深渊的感觉——一种对于人类被邪恶的力量、命运、巧合以及无法 20
理解的神秘黑暗所支配的恐惧。

当然，这种感觉本身就是古老的，但德国作家表达它的方式在当时的英国并不存在对照：他们运用了怪诞（grotesque）和浪漫反讽。怪诞是一个使用极为广泛的术语，以至于它的含义往往只不过是稀奇或怪异，但是如果我们追踪它与拉斐尔（Raphael）的怪诞装饰作品的历史联系，特别是视其消除了人类与动物世界之间差异的话，我们就可以像沃尔夫冈·凯泽（Wolfgang Kayser）在他的书中所做的那样，[41]为“怪诞”找到更确切的意涵。怪诞理论认为世界充满恐怖和威胁，并接受一种命运决定论，把人视作强权手中的无助傀儡。这就是为什么木偶和机器人或者小矮人，比如阿尼姆的曼德拉草和泥人哥连，是德国浪漫主义小说，特别是霍夫曼小说中常见的角色；这也解释了为什么克莱斯特在他关于“木偶剧院”的深刻文章中，选择木偶作为他的历史哲学的隐喻。在布伦塔诺、阿尼姆、霍夫曼，还有毕希纳（Büchner）的《雷昂采与蕾娜》（*Leonce und Lena*）的世界里，到处都是无聊的木偶、被扯动抽搐得一瘸一拐的人形玩偶，这些玩偶与典型的角色——莎士比亚喜剧中的男女主人公或缪塞（Musset）[ix]的《幻觉》（*Phantasio*）[42]中甜美忧郁的人物——几乎没有什么共同之处。
21 我想不出当时英国有什么类似的作品：也许贝多斯（Beddoes）[x]

41 *Das Groteske, seine Gestaltung in Malerei und Dichtung* (Oldenburg, 1957). 英译本出版于 1963 年，印第安纳州布鲁明顿。

42 阿尼姆认为，《雷昂采与蕾娜》借鉴了缪塞的《幻觉》，但其内在精神并不相同（参见 *Georg Büchner und das Lustspiel der Romantik*, 16 [Berlin, 1924]）。关于该戏剧，可参见 Rudolf Majut, *Studien um Büchner* (Berlin, 1932)；以及可作为拓展阅读的 Gustav Beckers, *Georg Büchners "Leonce und Lena": Ein Lustspiel der Langweile* (Heidelberg, 1961)。

的《死亡笑话书》（*Death's Jest Book*）中的“死亡之舞”在情绪上有些相似之处。

怪诞有可能令人生厌，或者只是低级趣味，但是作者的超然态度、心理距离、反讽，以及德国浪漫主义者尤其擅长的对材料的把玩，常常将怪诞提升至艺术的境界。如今，人们常常会忘记那些被认为是极为现代的技巧——比如故意打破幻想，作者的干预，对小说或戏剧程式的操纵——在德国浪漫主义者那里是很常见的。布伦塔诺的小说《戈德维》中的同名主人公，自己指出了他在第一卷的哪一页掉进了池塘里。[43] 在蒂克的《穿靴子的猫》（*Puss in Boots*）中，一个角色讨论了正在上演的戏剧《穿靴子的猫》。[44] 蒂克另一部讽刺剧中的人物泽比诺，把剧本倒转回去，就好像它是一台反向运动的机器一样，于是之前的场景又回到了人们的视线中。[45] 打破幻觉作为一种技巧，可以追溯到整个“排演”传统，在小说中的直接典范则是斯特恩。但这种技巧只是弗里德里希·施莱格尔和佐尔格（Solger）所系统阐述的浪漫反讽的表面症状。对他们而言，反讽意味着彻头彻尾的客观性，最终体现
在能够洞察一切存在包含的矛盾和审美幻象的虚无本质。黑格尔 22
和克尔凯郭尔（Kierkegaard）认为浪漫主义反讽在道德上是不负

43 *Godwi*, ed. Heinz Amelung, in *Sämtliche Werke*, ed. C. Schüddekopf (Munich, 1909), vol. 5, p. 310. “这是我在第一卷第 143 页掉进的池塘。”

44 *Der gestiefelte Kater* (1797). 该戏剧最初的、较短的版本重印于 *Satiren und Parodien*, ed. Andreas Müller, vol. 9 of *Reihe Romantik in Deutsche Literatur*, ed. H. Kindermann (Leipzig, 1935), p. 50。

45 *Prinz Zerbino* (1798), in *Schriften* (Berlin, 1828), vol. 10, pp. 330ff.

责任的，它仅仅是在演戏，而且只不过是唯美主义的；但是在最好的浪漫主义作家笔下，它远远超出了“艺术就是艺术，想象是自由和反复无常的”这种看法：它是对人的存在的偶然性，他的渺小，以及他无力主宰自己命运的洞见。这让像黑格尔一样的极度乐观主义者，或者像克尔凯郭尔那样深感苦恼、焦虑不已的信徒，对此感到厌恶。这种浪漫主义反讽在英国浪漫主义作家那里是完全不存在的，即使他们也发笑，也开玩笑，也会戏仿。华兹华斯、柯勒律治、雪莱、济慈都是认真的，甚至是严肃的人，尽管雪莱可能会嘲笑华兹华斯和柯勒律治，或者毫不留情地讽刺“暴虐的俄狄浦斯”，济慈在去往苏格兰的途中会写滑稽的打油诗。兰姆也许滑稽古怪，司各特大体上是幽默的，但当时没有英国人——可能拜伦除外——有艺术即游戏、人生即虚无、艺术家即局外人的感觉。

这种超然的反讽显然与当时围绕所谓艺术家的“疏离”的整个问题有关，这种疏离在德国比在英国严重得多。华兹华斯是孤独的，布莱克活在一个充满幻象的世界里，拜伦和雪莱藐视并攻击他们的社会。德国作家讨厌并嘲笑庸俗的市侩，他们猛烈抨击那些小市民。霍夫曼——至少在他的小说里——不愿意与商人和工匠的世界有任何接触，因为他们扰乱了他的艺术家的理想世界。德国浪漫主义作家的书中充斥着怪人、反常的人、骑木马的人——他们有时和“托比叔叔”（Uncle Toby）或沃尔特·项狄（Walter Shandy）[xi]一样无害，但更多时候是邪恶

又危险的角色。[46] 有些只不过是怪诞的傻瓜：让·保罗的卡岑伯 23
格医生（Dr. Katzenberger）在他的新娘面前吞掉活蜘蛛，吸食活甲虫。其他人则是有着某种执念的罪犯，比如勒内·卡迪拉克（René Cardillac），霍夫曼的《斯库德利小姐》(*Das Fräulein von Scuderi*）中的珠宝商，他不得不杀掉他的艺术品的买家们；另外一些人则是邪恶的人物、江湖骗子或者像霍夫曼的《催眠师》(*Magnetiseur*）那样的催眠师。他们经常是分裂的，被撕碎的（我们现在的说法是人格分裂），有时会由实际存在的两个一模一样的人物呈现出来。[47] 双重角色这一主题是德国浪漫主义的突出特征，它可能仅仅是为了取得幽默的效果，就像普劳图斯（Plautus）的《孪生兄弟》(*Menaechmi*)、莎士比亚的《错误的喜剧》(*Comedy of Errors*）和莫里哀的《安非特里翁》(*Amphitryon*）一样。

让·保罗显然创造了德语中的“复制品”(*Doppelgänger*）一词，在他笔下，它包含了一种对自我身份的不祥的怀疑。朔佩（Schoppe）[xii] 会当着别人的面突然看着自己的手说：“这里坐着一个人，我附在他身上，但他是谁？”他讨厌自己在镜廊里的映像，觉得那就像不断增殖的猩猩。[48] 在霍夫曼的作品中，双重角色往

46　参见 Herman Meyer, *Der Typus des Sonderlings in der deutschen Literatur* (Amsterdam, 1943)。

47　关于“双重角色”，参见 Otokar Fischer, “Dějiny dvojníka,” in *Duše a slovo* (Prague, 1929), pp. 161-208; Ralph Tymms, *Doubles in Literary Psychology* (Cambridge, 1949)。

48　*Titan*, from *Sämtliche Werke*, ed. E. Berend, vol. 9, p. 322. “Da sitzt ein Herr leibhaftig und ich in ihm, wer ist aber solcher?”

往只是另一个自我，即人的罪恶的自我：就像史蒂文森后期的传奇小说《化身博士》中海德先生与杰基尔博士的对立。当代人对“动物磁流学说”和催眠术的兴趣，为每个人都有一个非理性的自我这一观点提供了科学支持。或者像沙米索那首非同凡响的诗歌《表象》(“Erscheinung”)所说的那样，双重角色可能是另一个自我篡夺了本我的位置，但又无法判断哪一个是正确的自我——
24 是那个理想主义者，还是那个懦弱、撒谎的恶棍。[49] 陀思妥耶夫斯基(Dostoevsky)深刻探讨的主题——包括人的存在的具体性、自我的稳固性和恒定性问题，在德国浪漫主义作家笔下有着清晰的表述。[50] 它不仅是与社会的疏离，或是艺术家与社会的冲突；它也是一种更深刻的不安，因为现实难以捉摸，自我支离破碎，自由全无可能。

在浪漫主义艺术家笔下最为复杂，刻画也最为清楚的人格分裂和半癫半狂角色，当属霍夫曼的卡佩尔迈斯特·克利斯勒(Kapellmeister Kreisler)。在他身上，艺术成为对分裂和疯狂的救赎。克利斯勒之所以是一个音乐家，不仅因为霍夫曼本人也有这一身份，还因为音乐对霍夫曼和德国浪漫主义者来说是最高的艺术，是引领我们进入灵魂的黑暗深渊和神秘世界的艺术。

---

49 参见 Adelbert von Chamisso, “Erscheinung,” (1828) in *Gesammelte Werke*, ed. Max Koch (Stuttgart, s. d.), vol. 2, p. 18。

50 参见 Dmitri Chizhevsky, “The Theme of the Double in Dostoevsky,” in *Dostoevsky: A Collection of Critical Essays*, ed. R. Wellek (Englewood Cliffs, N. J.), 1962, pp. 112-129。

这一点与英国浪漫主义诗人的反差非常强烈。他们与音乐没有——或几乎没有——任何深层次的关系。在英国，音乐已不再是一种创造性的艺术。在英国浪漫主义诗人中，我没看到有谁郑重其事地提到过莫扎特、贝多芬，甚至是亨德尔（Handel）。华兹华斯据说曾在一场音乐晚会上睡着了。[51] 雪莱自己谈起过他“对音乐的粗浅看法”：他在托马斯·洛夫·皮科克（Thomas Love Peacock）的劝说下曾先后在伦敦和米兰听过歌剧，而让他感到 25
享受的是简·威廉姆斯（Jane Williams）的吉他演奏。[52] 济慈承认“由于亨特[xiii]的关系，他对莫扎特毫无兴趣”。尽管如此，他还是喜欢和兄弟及朋友们在晚饭后一起玩一个室内游戏——他们模仿一些乐器的声音，济慈本人模仿的好像是巴松。[53] 在散文家当中，对音乐的明确贬低似乎形成了一种模式。兰姆写了一篇亦庄亦谐的“耳朵篇章”，其中写道：“他必须承认，他从这个被大肆称赞的官能那里得到的痛苦比快乐多得多。”[54] 德·昆西认为英国人在音乐方面显出“顽固的迟钝”。[55] 哈兹利特偶尔会撰写关于歌剧和清唱剧表演的评论，他始终在贬低这一体裁，并以赞许的态度

---

51 *Henry Crabb Robinson on Books and Their Writers*, ed. E. Morley (London, 1938), vol. 1, p. 293 (April 5, 1823).

52 给约翰·吉斯本的信（1822 年 6 月 18 日），载于 *Letters*, ed. Roger Ingpen (London, 1909), vol. 2, pp. 976-977。关于歌剧的内容，参见第 592、599 页。

53 Letter to George and Georgiana Keats (Dec. 16, 1818–Jan. 4, 1819), *Letters*, ed. Maurice B. Forman, 4th edition (London, 1952), p. 251. 有关该“室内游戏”，参见 *Letters* 第 73、129 页。

54 *The Works*, ed. T. Hutchison (Oxford, 1924), vol. 1, p. 520.

55 “Style” (1840), in *Collected Writings*, ed. D. Masson (London, 1897), vol. 10, p. 135.

描述英国公众的冷漠。[56]音乐让他感到乏味，因为它呈现不出“任何可供想象的清晰对象”：它“只是不断地诉诸感官的愉悦”；它就像“没有形状的颜色：一个没有躯体的灵魂”。[57]在评论一场莫扎特的《唐璜》(*Don Giovanni*)的演出时，哈兹利特表示，他反对将歌剧提升到非比寻常的高度的做法。它是“一种散发着芬芳
26 的音乐”。泽利纳(Zerlina)的咏叹调《让我们手挽手》(“La ci darem”)带给他“的快乐比其他所有歌剧加起来还要多”。[58]只有柯勒律治是英国作家中的一个例外，尽管他对音乐的兴趣几乎完全是理论上的。不过，我们知道他很早就想过写歌剧剧本。[59]最近，他晚期的一本手册上的记录得以出版，其中提到柯勒律治把音乐描述为“强大的魔力”，他对自己的无知感到懊恼，但也以浪漫主义的方式宣称：“音乐似乎与我的生活有着直接的交融。”“它与我的心灵生活对话，仿佛它本身就是我生活的灵韵。”[60]但是柯勒律治的沉思只是一个孤例，它也再次表明柯勒律治的独特地位，以及他与德国作家的特殊关系。

---

56 “The Italian Opera” (1816), in *Complete Works*, Centenary, ed. P. P. Howe (London, 1930), vol. 5, p. 325. 参见 vol. 5, p. 196。

57 “The Oratorios” (1816), *ibid.*, pp. 296-297. 哈兹利特与英国 18 世纪的观点形成了呼应。参见 M. H. Abrams, *The Mirror and the Lamp* (New York, 1953), pp. 91-94。另参见 Herschel Baker, *William Hazlitt* (Cambridge, Mass., 1962), p. 297。

58 “Don Juan” (1817), in *Complete Works*, Centenary Ed., vol. 5, p. 364.

59 Letter to George Coleridge, April 7, 1794, in *Collected Letters*, vol. 1, 79. 柯勒律治认识了一名音乐家查尔斯·克莱格(Charles Clagget)，后者曾将他的四首诗谱成乐曲。(关于克莱格，可参见《英国人名词典》。)

60 In *Inquiring Spirit*, ed. K. Coburn (London, 1951), pp. 214-215.

总的来说，将喻指“呼应的微风”的风弦琴（迈耶·H.艾布拉姆斯［Meyer H. Abrams］有力地指出，这是描绘英国诗人宇宙和谐感的典型意象）[61]与霍夫曼笔下的魔鬼的声音做对比，也许有些道理。霍夫曼自称小时候在东普鲁士的海滨听到过那种声音：那是一种奇怪的声响，让他充满深深的恐惧和强烈的同情。[62]这 27
种自然音乐是杀死克雷斯佩尔顾问（Rat Krespel）[xiv]之女的歌唱意象，也可能是克莱斯勒邪恶的小提琴演奏——那是一种来自上流社会的声音，它带来了拯救，抑或将人诱往毁灭。霍夫曼在德国作家中并非孤例。在他之前有瓦肯罗德（Wackenroder），他笔下的音乐家贝林格尔（Berglinger）[xv]和克莱斯勒一样，认为音乐是神的启示，并在与世界的冲突中消亡。瓦肯罗德的最后一篇短剧，奇怪的《一个赤裸圣人的东方传奇》（“Oriental Legend of a Naked Saint”）[63]，写于他早逝前不久，其中艺术被认为是从时光之轮永远震耳欲聋的轰鸣声中获救的途径，这位圣人必须用狂喜的手势来模仿这种轰鸣，直到他被一首歌曲的拯救之声所解放。这位圣人的传说几乎预见了叔本华的思想，他曾赞颂艺术有“阻止

61　“The Correspondent Breeze: A Romantic Metaphor” in *The Kenyon Review*, vol. 19 (1957), pp. 113-130. 也可见 *English Romantic Poets: Modern Essays in Criticism*, ed. M. H. Abrams (New York, 1960), pp. 37-54。

62　“Die Automate,” in *Werke*, ed. G. Ellinger (Berlin, 1912), vol. 6, 95. 霍夫曼本人也提到了他的信息来源，见 G. H. Schubert, *Ansichten von der Nachtseite der Naturwissenschaft* (Dresden, 1808), p. 65。

63　*Werke und Briefe* (Berlin, 1948), pp. 197ff.

伊克西翁之轮”[64]的效果，而且会暂时给人一种生存的痛苦得以缓解的幻觉。对于德国浪漫主义艺术家和叔本华（Schopenhauer）（我们得记住，尽管叔本华成名晚，但他和他们是同时代的人）来说，音乐是最核心、最高等的艺术。因此，德国和英国的艺术等级结构不同，就像它们的文学体裁的等级结构不同一样。

我们可以思考能否用因果关系来解释这些差异。两国的经济和社会差异对文学有着决定作用吗？要描述它们比较容易，例如德国的地方性更强，它有很多小州府，没有单一的中心，而英国
28 有它的大都市伦敦。[65]在工业上，当时英国无疑比德国先进得多。但是，在这个马克思主义的时代，这些方面对文学的具体影响似乎被高估了。至于社会根源，两个国家的两个群体都代表了上层和下层资产阶级与贵族的混合体：拜伦和雪莱是贵族出身，诺瓦利斯、阿尼姆和艾兴多夫也是。柯勒律治是牧师的儿子，施莱格尔兄弟也是。蒂克是柏林一个制绳商的儿子。济慈的父亲在伦敦打理一间马厩。如果我们考察这两个群体的经济来源的话，我们会得出这样的结论：只有拜伦和司各特通过写作赚了钱，华兹华斯幸运地继承了一笔遗产，雪莱是凭着自己是男爵的孙子、有望继承大笔财产而借钱生活的，济慈领取了小额的年金，而柯

---

64 *Sämtliche Werke*, ed. A. Hübscher (Leipzig, 1937), vol. 2, p. 231. “Das Rad des Ixion steht still.”

65 W.H. 布鲁福德的两部书包含了丰富的相关素材，分别为 *Germany in the Eighteenth Century: The Social Background of the Literary Revival* (Cambridge, 1935) 和 *Culture and Society in Classical Weimar 1775-1806* (Cambridge, 1962)。

勒律治有一个效力于陶瓷制造商家托马斯·韦奇伍德（Thomas Wedgwood）的赞助人，但他本人也靠写报刊文章、做演讲和收取一些版税维持生计。兰姆则是东印度公司的一名官员。德国的情况与此没有太大区别。奥古斯特·威廉·施莱格尔很多年来一直是斯塔尔夫人家族的一员，后来成为波恩大学的教授。弗里德里希·施莱格尔做了梅特涅时期奥地利的一名高级官员。诺瓦利斯是一个盐矿的主管。阿尼姆和艾兴多夫是普鲁士的地主。E.T.A. 霍夫曼是一名法律官员，尽管他有好几年一直试图以管弦乐队指挥和剧院经理的身份谋生。在我看来，这些信息很难进行概括，也很容易夸大其中一些作家在某个时期所遭受的经济困难。 29

在政治方面，这两个群体的观念不可避免地受到法国大革命和拿破仑战争的深刻影响。在英国，两代作家之间的区别显而易见：华兹华斯和柯勒律治在大革命爆发时还是年轻人，对革命的热情深深感染了他们；但革命的过激之处让他们感到失望，爱国心更强化了他们的厌恶感，于是他们采取了一种保守的立场，后来也表现为对自由主义者所推动的工业革命的敌意。华兹华斯尤其如此，他对城市的敌意和对湖区“牧羊人的完美共和国”[66]的推崇，是他政治思想中的重要内容。年轻的一代——拜伦、雪莱和济慈——是在令人窒息的复辟氛围中成长起来的，他们的自由主义思想不尽相同。雪莱是最激进的，但是尽管他敦促“英国人”

66 华兹华斯自己的概念可见于 *Guide to the Lakes*, ed. E. de Selincourt (london, 1926), p. 67。

为“自卫而锻造和持有武器”[67]，他的激进主义仍然带有强烈的乌托邦色彩。德国作家在政治上很保守，但程度有所不同。在高涨的爱国热情的驱使下反对法国，继而反对启蒙运动思想，这是所有人的共同点。用卢卡契（Lukács）的话来说，诺瓦利斯在他的文章《基督教抑或欧洲》（“Christianity or Europe”，1799）中率先建议回归“中世纪简单的交换经济和整体性的手工艺术劳
30 动，反对资本主义日益碎片化的经济活动”。[68]其他人的保守主义信条则体现在纯粹的政治和宗教方面。弗里德里希·施莱格尔、亚当·穆勒（Adam Müller）和扎哈里亚斯·维尔纳（Zacharias Werner）皈依了罗马天主教，E.T.A. 霍夫曼有些不情愿地执行了迫害德国学生社团（*Burschenschaften*）[69]的法律，而艾兴多夫担任了普鲁士教育部负责天主教教会事务的官员。因此，德国浪漫主义作家相信保守主义和民族主义的结盟，而在英国只有老一代浪漫主义作家群体接受这一点。这是德国 19 世纪历史的一个显著特色，因为在其他地方，在意大利和东欧国家，民族主义和自由主义是紧密相连的。启蒙运动、大革命和拿破仑带来了消除等级与集权控制的倾向，而德国中世纪主义的狂热，对德国的过去和农民民间传说的强烈兴趣，可以与对这种倾向的普遍反对联系在

---

67 “Song to the Men of England” (1819. Published 1839), in *Complete Poetical Works*, ed. T. Hutchison (Oxford, 1933), p. 568.

68 “Hölderlins Hyperion,” in *Goethe und seine Zeit* (Bern, 1947), p. 120.

69 Gottfried Fittbogen, “E. T. A. Hoffmanns Stellung zu den ‘demagogischen Umtrieben’ und ihrer Bekampfung,” in *Preussische Jahrbücher*, 189 (1922), pp. 79-92. 见 H. Hewett-Thayer, *op. cit.*, pp. 91-93。

一起。在英国，我们只能在卡莱尔、罗斯金（Ruskin）和牛津运动中找到相似的思想，将中世纪作为社会规范，即一种包含秩序、传统和愉快的手工艺术的领域。

对于具体的文学来说，经济和政治条件以及意识形态的重要性，还比不上文学与哲学、宗教传统的关系。这其中一部分隐含在经济和政治态度当中：显然，皈依天主教也是出于政治动
机。在英国，启蒙运动和已确立的宗教传统的关系比在德国更具 31
矛盾性。布莱克是不信奉英国国教的新教徒，他是一个明显的例外。柯勒律治一度是个一位论派基督徒，而哈兹利特是一位论派传教士的儿子。英国没有与德国唯心主义哲学对应的体系；在学术上，占主导地位的是常识哲学，而在私人领域，当时功利主义的影响正在蔓延。因此，在这两个国家里，文学与宗教、哲学传统的关系有很大差异。德国浪漫主义作家面对着康德和费希特的哲学的巨大威望，谢林这位具有系统思想的哲学家则是他们的盟友。弗里德里希·施莱格尔和诺瓦利斯自己也在从事技术性的哲学推断，[70]而康德和费希特对门外汉的影响来自一种误读——认为他们要么提出了一种压倒性的怀疑论，要么提出了一种不负责任的唯我论。克莱斯特认为康德剥夺了知识的所有确定性，蒂克从

70　约瑟夫·科纳在 *Neue Philosophische Schriften* (Frankfurt, 1935) 一书的引言中讨论了弗里德里希·施莱格尔作为哲学家的独立和重要性。关于诺瓦利斯，可参见 Theodor Haering, *Novalis als Philosoph* (Frankfurt, 1955)。

费希特那里汲取了“事物因为我们对它们的思考而存在”[71]这一观
点。在英国，只有柯勒律治试图像哲学家一样进行推断，他也大
量借鉴了德国人的思想；雪莱和华兹华斯或局限于英国的经验主
义传统，或是回到了柏拉图那里。在德国，路德宗正统派已经瓦
32 解，而罗马天主教始终是另一种选择，能在犹疑时提供一种慰藉。
弗里德里希·施莱格尔就走上了罗马之路。布伦塔诺生来就是天
主教徒，他虔诚地信奉宗教，并花数年时间记录了一个拥有圣痕
的修女——凯瑟琳娜·埃默里奇（Katharina Emmerich）——的
幻象。只有奥古斯特·威廉·施莱格尔保留了18世纪的怀疑论，[72]
尽管他曾欣赏并摆弄过各种哲学。

从作家与文学传统的关系来看，两个国家的区别同样明显。德国作家面对的是同时期占主导地位的经典作品；歌德一直活到1832年，在浪漫主义的全盛时期始终笔耕不辍。他无疑是个伟大的榜样和巨大的挑战。莎士比亚随后为人所熟知，并与旧的浪漫主义文学建立了极为密切的联系；塞万提斯和卡尔德隆（Calderón）尤其广为人知并产生了深远影响。西班牙诗歌的音

---

71 “Die Wesen *sind*, weil wir sie dachten,” in *William Lovell* (1795), in *Schriften* (Berlin, 1828), vol. 6, p. 178. 参见 Fritz Brüggemann, *Die Ironie als entwicklungsgeschichtliches Moment* (Jena, 1909)，一部“文不对题”的讨论浪漫主义主观主义的作品。

72 参见 *Berichtigung einiger Missdeutungen* (Berlin, 1828)，以及1838年8月13日的一封信件，“Sur la religion chrétienne,” in *Œuvres écrites en français*, ed. E. Böcking (Leipzig, 1846), vol. 1, pp. 189ff。

部也在德国流行开来，德国作家借用了西班牙戏剧和浪漫传奇的
四拍扬抑格，在英国则没有这种情况。英语世界第一个流行的例
子是《海华沙之歌》（*Hiawatha*，1855）。英国并没有出现相近
时期内的权威典范。18 世纪后期，它至少在诗歌上似乎是贫瘠
的，安妮女王时代的古典主义也不再是一个可怕的对手。斯宾塞
（Spenser）、莎士比亚甚至弥尔顿（Milton）都是如此遥远，因 33
此他们可以被自由地加以运用：如果我们不考虑柯勒律治的《古
舟子咏》，尤其是早期的古体版本，以及济慈的《圣马可之夜》
（"Eve of St. Mark"），诗歌的尚古主义很少产生刻意的模仿品。
相反，伟大的英国浪漫主义诗人使用了一种较新的传统，包括奥
古斯都-弥尔顿体诗歌，或柯林斯（Collins）和格雷（Gray）式风
格的颂歌，或 18 世纪八音节的诗歌故事等，并把这个传统提升到
一个更高的境界。德国浪漫主义者更强烈地感到他们必须与歌德
的希腊古典主义决裂。他们更坚定地使用民歌的形式，或是他们
经常误以为流行的浪漫艺术诗歌的形式。就叙事体而论，德国作
家显然代表了一种"再度野蛮化"的情形：他们试图将哥特式小
说、童话和轶事等流行体裁提升到更高的艺术领域。

因此，我们确实可以对当时两种文学之间的差异做出解释，但我会第一个站出来承认，因果解释乃至追溯历史前因都不会有太大帮助。我们必须把空间留给巧合，给天才，给一系列情况，也许还要包括那个晦涩的因素，即民族性格。为什么不能认同我们面对的是一些最终的**图样**（data）呢？多样性是生活和文学的

调味品。文学史家和比较文学家如果能准确地描述、分析、展现和比较他所看到和读到的东西，那么他已经做到了他能做的一切。

译者注

i 塞拉皮恩兄弟：the Serapion brothers，也作 the Serapion Brethren，文学和社交团体，1818 年由德国浪漫主义作家霍夫曼和他的几个朋友在柏林成立。《塞拉皮恩兄弟》也是霍夫曼在 1819 年、1820 年和 1821 年出版的四卷中篇小说和童话集的标题。

ii 司各特被 19 世纪早期的读者称为“北方魔术师”。

iii 保罗・魏尔伦（Paul Verlaine，1844—1896），法国诗人，是象征主义流派的早期代表人物。

iv Kapellmeister Kreisler，霍夫曼三部小说中一个人物的名字。

v 阿德尔贝特・冯・沙米索（Adelbert von Chamisso，1781—1838），柏林浪漫派抒情诗人之一，生于法国，长于德国。

vi 两篇均为德国作家海因里希・冯・克莱斯特（Heinrich von Kleist，1777—1811）的中篇小说。

vii 马修・刘易斯，因其著名哥特小说《修道士》（1796）而得名。

viii 普罗斯佩・梅里美（Prosper Mérimée，1803—1870），法国作家。

ix 艾尔弗雷德・德・缪塞（Alfred de Musset，1810—1857），法国浪漫主义作家。

x 托马斯・洛夫・贝多斯（Thomas Love Beddoes，1803—1849），英国诗人和剧作家。

xi 两者均为斯特恩的小说《项狄传》中的人物。

xii 让・保罗的小说《泰坦》中的人物。

xiii 利・亨特（Leigh Hunt，1784—1859），英国浪漫主义时期作家，与济慈关系密切。

xiv 霍夫曼的小说《克雷斯佩尔顾问》的主人公。

xv 瓦肯罗德的小说《音乐家约瑟夫・贝林格尔非同寻常的音乐生涯》中的主人公。

2

卡莱尔与德国浪漫主义 * 34

人们通常认为卡莱尔是维多利亚时代人士。他的《法国大革命》(*The French Revolution*)出版于1837年(维多利亚女王也在同一年登基),该书大获成功,从此卡莱尔声名鹊起。他活到了1881年,在世时,人们饱含敬意地将他看成一位智者,并同对待先知一般向他讨教。但我们必须认识到,卡莱尔同约翰·济慈一样都生于1795年,而且他比罗斯金年长24岁(他们俩经常被人相提并论)。1837年,卡莱尔时年42岁。他的《旧衣新裁》的终稿写于1830—1831年冬,这部作品预示了卡莱尔后期思想发展的各个主要方面。在这部早期作品中,卡莱尔清晰地阐述了自己的哲学观点,毫不夸张地说,这部总结卡莱尔年轻时

* 最初刊登于 *Xenia Pragensia Ernesto Kraus septuagenario et Josepho Janko sexagenario ab amicis collegis discipulis oblata* (Pragae, 1929), pp. 375-403。稍有修改。

期信念的集大成之作表达了作者所有的基本观点。因此，我们
有充分的理由将卡莱尔和浪漫主义而不是维多利亚时期联系起
来。显然，卡莱尔与浪漫主义有许多共通性。首先，最显著的一
点是两者都敌视 18 世纪的理性主义。从卡莱尔最初在《爱丁堡
评论》（*Edinburgh Review*）上发表的文章开始，到他人生最后岁
月的文字，他都一以贯之地抨击理性主义。在哲学领域，他反对
35 理性主义和感官主义。他反对自约翰·洛克（John Locke）的年
代以来英国哲学的整个发展历程；他批评英国哲学只给出了一种
关于心灵起源的理论，却没有回答真正的哲学问题，即心灵和物
质的关系，必然性和自由的关系，人和上帝、宇宙、时间以及空
间的关系。他对“启蒙运动”的道德信条，以及功利主义和幸福
论（Eudaemonism）所持的那种衡量得失的哲学思想的抨击，甚
至更为激烈、更为明显地体现出他先知一般的自信。他反对理性
主义者们的经济学观点，即亚当·斯密（Adam Smith）、边沁
（Bentham）和密尔（Mill）所主张的一整套政治和社会自由主义
思想。在美学问题上，卡莱尔站在浪漫主义一方，反对规则、对
艺术家创作过程的理性解释、狭隘的形式主义，以及对想象、崇
高和惊奇的压抑。他认识到，试图在科学和宗教之间找到一条妥
协之道会摧毁真正的虔诚，他还怀疑自然神论（Deism）以及其
中包含的多种显而易见的无神论。他的历史观显然和 18 世纪最为
主流的观点相冲突：他怀疑进步这一概念；他在《过去与现在》
（*Past and Present*）一书中赞美了中世纪的社会秩序。

我不必再列举下去了，卡莱尔的观点如此明显，没有人会搞

错的。真正的问题在于：他有多支持浪漫主义？我们不难想象，即使某人敌视 18 世纪，这也并不一定意味着他是名浪漫主义者。乍看之下，卡莱尔拥护着浪漫主义的信条。他显然是名唯心主义者，他倡导意志自由，他梦想实现集体主义的社会架构，他坚信诗歌的启示作用，以及艺术具有揭示绝对事物的形而上的意义。36
他意识到历史的神圣计划不过是上帝意旨的自我实现而已。

然而，这种第一印象是肤浅的。卡莱尔在人类思想的每一个领域中都展示出对浪漫主义的深切怀疑。他有时将浪漫主义看成受欢迎的盟友，但他从未确切地理解浪漫主义，而后者也和他个人的性情有着极大的反差。证明卡莱尔是如何彻底误解并错误地阐释了德国的唯心主义，以及他如何未能且无法看到德国唯心主义美学、伦理学和政治哲学的弦外之音，将是一件饶有趣味的事。我们可以详细论述卡莱尔对英国浪漫主义者们抱有的冷淡甚至敌视的态度。但是，对我们而言，比起研究他和柯勒律治、华兹华斯、司各特、拜伦以及其他人士的关系，详细研究他和德国浪漫主义者们的关系可能更具启发性。做出这一选择的原因显而易见：卡莱尔经常在出版物上发表他对德国浪漫主义者们的评论，因此我们有一系列相当具有系统性的材料可供使用。与之相反，卡莱尔对同时代的英国浪漫主义者们的态度大部分藏在他的私人书信里，这些书信有时欲盖弥彰乃至明明白白地体现出卡莱尔对后者做出的轻率而激烈的评判。他怀着这种态度，用道听途说的证据来反对他们，而他在对德国浪漫主义者们的评价中掩盖了这些特质。但同时，卡莱尔对德国人做出的评价很少受到口头报告的扭

曲——由于缺少能说明相关人物的人格的材料，这些评价经常能够免受卡莱尔作为批评家的主要缺陷的影响：他的美学评价过度
37 依赖于对具体人物的评价。此外，值得一提的是，学术界定义和描述不同德国作家特征的研究已经卓有成效，且数量不断增长，因此我们可以用一套独立于卡莱尔产生的现代标准来衡量他的相关判断，而不至于有失偏颇。

已经有多位学者详细分析了卡莱尔与德国文学的关系。学者们业已揭示出很多最具“卡莱尔式”风格的短语的出处。像“对悲伤的崇拜”（Worship of Sorrow）和“公开的秘密”（Open Secret）那样的套话来自歌德，“自我毁灭”（self-annihilation）这一概念译自诺瓦利斯的“Selbsttötung”，对哲人和“面包艺术家”（bread-artist）的区分源自席勒，关于“笨拙的人”（Bungler）、“混合物”（Mongrel）和世界的“神圣理念”（Divine idea）的段落来自费希特，“美学弹簧锁”（ästhetische Springwurzeln）这类短语来自让·保罗。但是，这些对德语作家的借鉴无关紧要。它们通常来自卡莱尔在翻译德文作品时注意到的某段话。例如，他在翻译一个奇怪的德文术语时遇到了困难，正是由于这个术语的怪异性，它长久以来都萦绕在卡莱尔的脑海中，一个巧妙的说法也经常会由于其奇特性给他留下深刻印象。要说这些案例中的词句对卡莱尔造成了什么影响，显然是荒谬的。例如，《旧衣新裁》的核心章节的标题（“永恒的否定”和“永恒的肯定”）来自弗兰兹·霍恩（Franz Horn）的一本书，后者是个极不起眼的文学史家，同时也是个臭名昭著的莎士比亚批评家；

此外，托伊费尔斯多克（Teufelsdrokh）的作品《衣服及其形成和运作》（*Die Kleider, ihr Werden und Wirken*），其名称也是由瓦赫勒（Wachler）的《论文学的形成和运作》（*Über Werden und Wirken der Literatur*）拼凑起来的。1830年6月14日，歌德把这 38
本书送给了卡莱尔。

要追溯卡莱尔对德国文学知识的借鉴并不太难。但是，我们不得不同意让-玛丽·卡尔（Jean-Marie Carré）[1]的观点，即德国人极度夸大了卡莱尔从事的德国研究的价值。从现代学术或批评的角度来看，卡莱尔的散文作品并不具备太多价值。不管怎样，可能值得一提的有卡莱尔围绕《尼伯龙根之歌》（*Nibelungen*）的戏剧结构所写下的有趣段落[2]，或者是他对诺瓦利斯的《夜颂》（*Hymnen an die Nacht*）和赫尔德（Herder）[3]的诗歌之间的相似性的评价（这一点直到最近才由鲁道夫·翁格尔［Rudolf Unger］做了详细证明[4]），以及他对让·保罗的一些评论，笔者之后会在合适之处对它们进行讨论。显然，卡莱尔所使用的纯事实性的信息（例如作家生平和历史背景）源自德国书籍，详细区分这些来源并无太大价值。假如真要这么做，我们就得找出卡莱尔作为原材料的所有手册、词典和文学史，而分析这些文本就像分析卡莱尔的日常饮食一样对我们毫无帮助。史家之道不仅在于探索知识

1 *Goethe en Angleterre* (Paris, 1920), p. 102.

2 Carlyle, *Essays*, II, p. 238. 我引用的是百年版（London, 1899）。

3 *Ibid.*, p. 44.

4 *Herder, Novalis und Kleist* (Frankfurt am Main, 1922).

的边界，还应清楚地判断通过搜寻获得的知识是否值得所付出的劳动。

例如，我们可以证明卡莱尔在《德国传奇》（*German Romance*）中对姆塞俄斯（Musäeus）的介绍来自柯策布（Kotzebue）对姆塞俄斯《褪色的字符》（*Nachgelassene Schriften*）的介绍。在这
39 段介绍中，卡莱尔有时对原文按字面意思直译，有时自由改述，有时仅仅是根据自己的目的使用信息而已。[5]我们还能详细解释他关于霍夫曼的信息来自何方，[6]以及关于让·保罗、诺瓦利斯、维尔纳的相关信息。我们甚至可以发现他某些论断的出处。他对画家穆勒（Maler Müller）的评论来自蒂克。[7]他对格斯纳（Gessner）的谴责很可能来自奥古斯特·威廉·施莱格尔，他对莱辛的简述的部分细节显然出自弗兰兹·霍恩。[8]这些准备性工作有时是必要的，因为把卡莱尔自己的贡献与心理特征同他进行的简单转述和摘抄区分开来，这一点至关重要。但是这种由分析顺带得出的结论并不能解决我们的问题。我们只是获得了关于卡莱尔研究德国文学的广度和深度的确切知识。而这种结论从一开始就差不多

---

5 可结合 Carlyle, *German Romance*, I, p. 15 参见 *Nachgelassene Schriften* (Mannheim, 1813), p. 7；也可比较 *Nachgelassene*, p. 10 和 *German*, p. 16；*Nachgelassene*, p. 17 和 *German*, p. 13。

6 Chiefly E. Hitzig, *Aus Hoffmanns Leben und Nachlass* (Berlin, 1823).

7 （该评论）可能间接来自霍恩，他在 *Poesie und Beredsamkeit der Deutschen* (Berlin, 1822-1829) 中引用了这段话；参见 *Phantasus*, I, pp. 446-470 以及 Horn, III, p. 309。

8 比较 *Essays*, I, pp. 46-48 与 Horn, III, p. 119。

可以清楚地预料到：卡莱尔在19世纪早期的爱丁堡尽可能地进行研究，他既没有计划，也没有手段去穷尽当时在德国可以获得 40
的材料。[9]卡莱尔的任务是撰写文章，介绍译本——简而言之，这是宣传者的职责。他只在一个很短的时期内（1829—1830）考虑过写作系统的德国文学史，[10]而且他只为整个计划准备过两篇文章：《尼伯龙根之歌》（“The Nibelungenlied”）和《14—15世纪的德意志文学》（“German Literature of the 14th and 15th Centuries”）。这两篇文章是卡莱尔的作品中最淡而无味且没有原创性的，这并不是偶然。他把这些材料用在了1838年他讲授的一门德国文学课程上，关于这门课只有很少的文字材料留存了下来，而从现存片段来看，我们无须对这一损失过于惋惜。就他个人的目的（并非出于学者的身份）而言，并且对于他这个年龄的苏格兰男子来说，卡莱尔对德国文学的了解既全面又精确，这着实令人惊讶。我们可以从威廉·泰勒（William Taylor）的《德国诗歌历史研究》（*Historie Survey of German Poetry*）（共三卷，1828—1830）中一窥当时的一般水准。虽然这部作品绝不能算是

---

9 维尔纳·利奥波德在 *Die religiöse Wurzel von Carlyles literarischer Wirksamkeit* (Halle, 1922)，“Carlyle and Franz Horn,” *Journal of English and Germanic Philology*, XXVIII (1929), pp. 215-219，以及之后的一篇附录“Carlyle’s Handbooks on the History of German Literature”（参见 C.F. Harrold, *Carlyle and German Thought* [New Haven, 1934], pp. 238-247）中彻底地研究了原材料。此外，希尔·夏因编辑的 *Carlyle’s Unfinished History of German Literature* (Lexington, Ky., 1951) 在介绍和注释中有更多的细节。

10 后来，希尔·夏因编辑了 *Carlyle’s Unfinished History of German Literature*，手稿现藏于耶鲁大学图书馆中。

一个门外汉的意外之作，但其中还是有许多严重的错误说法和基础事实的谬误。面对这位德国文学研究先驱的呕心沥血之作，卡莱尔并没有错过揭露这些错误的机会，他的评论虽然尖锐，但都言之有理。

我们的重心将放在欣赏并分析卡莱尔与德国文学更深层次的
41 关系上。已经有学者从不同的角度研究过这个问题。让-玛丽·卡尔的《歌德在英国》(*Goethe en Angleterre*)(巴黎，1920)一书，以不偏不倚的方式对两者之间的重要关系进行了绝妙的叙述。虽然我无法同意他的一些次要结论，但整体而言这部作品十分令人满意，继续讨论这个已经充分研究的话题是多余的。C.E. 沃恩（Vaughan）的文章单薄且不是很有见地，[11]但它同样清晰地看到了这一关系的核心要点。F. 库赫勒（Küchler）的《卡莱尔与席勒》（“Carlyle und Schiller”）[12]一文内容详尽，在所有方面都令人满意。不管怎么说，卡莱尔从席勒那儿受到的影响很少，虽然他写的第一本书是关于后者的，后来在 50 年代还为《席勒传》的第二版翻译了很多关于席勒家庭的补充材料。赫尔德（尽管卡莱尔的《笔记》中有一些赫尔德作品的选节），[13]尤其是他对维兰德（Wieland）的研究，在卡莱尔对德国文学的描绘中并不起眼，赫

---

11 “Carlyle and His German Masters” in *Essays and Studies*, I (1910), pp. 168-196.

12 Anglia, XXII (1903), 1-93, pp. 393-446. 注意同一名作者的 *Carlyle und Schiller* (Halle, 1902)，该书中关于卡莱尔《席勒传》的讨论和前述文章不同。

13 参见 Hili Shine, “Carlyle’s Early Writings and Herder’s Ideen: The Concept of History,” *Booker Memorial Studies* (Chapel Hili, N.C., 1950), pp. 1-33。

尔德和莱辛的关系在他看来也只是对一名值得成为信徒的怀疑论者冰冷的敬意罢了。[14]所有关于舒巴特（Schubart）和姆塞俄斯的信息差不多都是字面直译过来的，[15]我们也不必太过关注卡莱尔偶尔对格斯纳、海因斯（Heinse）、马勒·穆勒和伯格（Bürger）发表的评论。卡莱尔和青年德意志的新文学也没有太密切的关 42
系。显然，他仅有几次提到过海涅[16]（他称后者为“毫无价值的无赖”），还提到了博尔内（Börne）、[17]门泽尔（Menzel）[18]，以及普克勒伯爵（Count Pückler）[19]，而这些文字都表明卡莱尔对他们毫无同情，且显然不太了解德国文学的最新发展。因此，卡莱尔与德国浪漫主义的关系仍是个尚未被挖掘的领域，我相信对该问题的研究可以为卡莱尔的历史观这个大的问题带来有趣的结论。

出于实际考虑（其优点很快就会显露出来），我将首先研究卡莱尔和德国浪漫主义者中年轻一代的关系。一个典型特征是，卡莱尔始终对这个时期的主要诗人（比如布伦塔诺和阿尼

---

14 *Essays*, I, pp. 47-48.

15 舒巴特的生平载于乔登斯《学者百科全书》（*Gelehrtenlexikon*）一书有关席勒生平的附录中，姆塞俄斯的相关信息则是来自柯策布的介绍。

16 参见给瓦恩哈根的信（1840 年 11 月 7 日），载于 *Last Words of Thomas Carlyle* (London, 1892) 第 203 页，以及给爱默生的信（1836 年 11 月 5 日），见 *The Correspondence of Thomas Carlyle and Ralph Waldo Emerson*, ed. C. E. Norton (Boston, 1883), I, p. 109。

17 参见他关于让·保罗的演讲，载于 *Essays*, I, p. 4，以及 *Briefe aus Paris*, *Essays*, III, p. 209。

18 Letter to Emerson, Nov. 5, 1836, *loc. cit.*

19 To Mill, Aug. 28, 1832, in *Letters of Thomas Carlyle to John Stuart Mill, John Sterling and Robert Browning*, ed. Alexander Carlyle (London, 1923), p. 16.

姆）一无所知，而且他显然没有对克莱斯特的第一手知识，因为他只是在介绍富凯时简略地提了一下克莱斯特，[20]尽管我们可以注意到这是第一次有英语作家提到这名伟大的剧作家（1826）。年轻一代的主要作家中，卡莱尔只对三人产生过短暂的兴趣：富凯、E.T.A. 霍夫曼和扎哈里亚斯·维尔纳。卡莱尔怀着平等的同情对待这三人，甚至在晚年提到富凯的《温蒂妮》时仍心怀敬
43 意。他原本计划将它翻译出来，编入自己的《德国传奇》诗选之中，直到他发现已经存在一个英译本。[21] 翻译《阿斯劳加的骑士》（*Aslauga's Ritter*）[22] 显然只是个权宜之计，因为卡莱尔在第二版中就删去了这个故事。他给这篇短小的童话故事写的序言值得我们关注，其中对富凯的概述十分敏锐而中肯。卡莱尔正确地强调了文中英雄们内在的脆弱性，这与他们高超的武力形成了鲜明的反差。卡莱尔使用的“温顺的英雄主义”和“内心柔软，武力高强”的表达十分贴切，和海涅的观点大体上相同，而后者在评价富凯笔下的齐格弗里德时要刻薄得多：“他就像挪威的岩石那样强壮，又像淹没这些岩石的大海那样鲁莽。他的勇气如同一百头雄狮，他的智商却如同两头驴。”[23]卡莱尔轻描淡写地谈到了这门贵族艺术缺乏生气，并暗示了富凯和西班牙艺术之间的内在关系（这可以

---

20 *German Romance*, I, p. 208.

21 参见给约翰·卡莱尔的信（1835 年 12 月 24 日），载于 *Letters*, ed. C. E. Norton (London, 1888), II, 439。*German Romance*, I, p. 210.

22 从 *Die Jahreszeiten* (Berlin, 1814) 的第三篇评论开始。

23 *Die Romantische Schule*, p. 111.

用富凯祖先的身份来解释）。

卡莱尔和E.T.A.霍夫曼的关系更具有启发性，但是这种关系不太能反映出他的审美趣味。卡莱尔不是很有激情地翻译了《金罐》——这是篇结合了奇想和过于简朴的结构的奇迹之作——并在第二版中将它删去。卡莱尔和霍夫曼的关系有一个内在的问题——这个问题时常损害前者对同时代英国人的态度——他很不 44
幸地对霍夫曼的私生活和性格了解得太多了，至少他在读了希齐（Hitzig）的《霍夫曼的生平及遗产》（*Aus Hoffmanns Leben und Nachlass*）之后，产生了自己已彻底了解霍夫曼的错觉。[24]卡莱尔承认这部介绍作品糟糕透顶。[25]在此，卡莱尔展现了他的性格中令人不快的一面：他像一名缺乏人性的布道者一般俯视众生，带着一种居高临下的遗憾之情，认为由他充当牧者的大众已经偏离了正道；作为一名道德学家，他自由地对逝者进行批评，还为如何避免艺术上的波西米亚风格这一可怕的命运提供建议，可怜的霍夫曼就遇到了此等不幸。在卡莱尔看来，霍夫曼是个没有原则、没有信条、没有生活目标的人。他既没有信仰，也没有不信的勇气：他对政治持冷漠态度。他的艺术（显然卡莱尔判断的依据只是《卡罗特式的幻想故事集》[*Phantasiestücke in Callots Manier*]这部相对不成熟的作品）没有目标，只是他不断变化的情绪的流露。他并非纯粹地将艺术作为美的源泉来爱；对他来说，

24　Berlin, 1823.

25　Letter of May, 1826, in *Letters*, ed. Norton, II, pp. 350-351.

艺术是优雅和愉悦的来源。他向往的不是天国的平静，而是尘世的激情。仅仅几个月后，卡莱尔在攻击拜伦时又用上了这一条论证。[26]他告诉我们，霍夫曼从未认识到真理——我们的生活不可能只是一连串的被动的愉悦或令人愉快的情感。他的个性之中有某种不真诚的东西，某种表演式的东西（这显然是卡莱尔对霍夫曼
45 的浪漫主义反讽的反应）。最后，卡莱尔评价霍夫曼身上空有成为诗人的素材，却无法掌控自己："事实上，他没有详细阐述过任何东西；最主要的就是他自己。"[27]他是个像卡罗特（Callot）、特尼耶（Teniers）、拉伯雷（Rabelais）、贝克福德（Beckford）那样的可怜虫，这些人仍会不时吸引到一些欣赏者。霍夫曼可以为这个差劲的群体而自豪，而对卡莱尔来说，这帮人除了讲故事没有别的事可做。事实上，霍夫曼在法国和俄国极受欢迎，在英格兰却运气不佳。他的作品甚至早在卡莱尔着手翻译之前就已经有了英文版。[28]沃尔特·司各特的文章《论幻想作品中的超自然元素，尤其是E.T.A.霍夫曼的作品》（"On the Supernatural in Fictitious Compositions and Particularly on the Works of E. T. A. Hoffmann"）[29]将霍夫曼描写为一个恐怖故事的讲述者，这篇文章既肤浅又狭隘，但它在很多年里决定了霍夫曼在英格兰的名声。

---

26 *Wotton Reinfred*. 印于 *Last Words of Thomas Carlyle* (London, 1892)。

27 *German Romance*, II, p. 19.

28 故事"Das Majorat""Das Fräulein von Scudery""Meister Floh"以及长篇小说《魔鬼的长生不老药》（*Die Elixiere des Teufels*）（Edinhurgh, 1824）。

29 载于《外国评论》（1827），随后更是在霍夫曼作品的法语版中被重印，由勒夫–魏玛斯翻译。

扎哈里亚斯·维尔纳作为个体和作家，显然是浪漫主义者中最麻烦的一个，他在所有方面都与卡莱尔相反，但奇怪的是，后者对他很感兴趣，而且这种兴趣并非总是含有敌意。卡莱尔在1828年的《外国评论》（*Foreign Review*）中发表了一篇很长的关于维尔纳的文章，其中他几乎完全根据希齐的传记讲述了维尔纳的生平，完整地描述了《萨尔之子》（*Die Söhne des Thals*）、《波罗的海的十字架》（*Das Kreuz an der Ostsee*）、《马丁·路德》（*Martin Luther*）和《马加比人之母》（*Die Mutter der Makkabäer*），其中还穿插着他自己相当笨拙的散文体译文。这一点本身并不意味着卡莱尔个人赞同维尔纳，只是因为他出于经 46
济原因需要写一篇详细的长篇论文。但是他的兴趣偶尔会闪现出来。虽然卡莱尔并不总是热衷于维尔纳，但他承认维尔纳的行为从未有一丁点儿不真诚的迹象——如果我们知道“真诚”在卡莱尔的评价标准中有着怎样的含义，就会明白这算得上是一个很大的让步了；由于维尔纳经常被认为是在演戏，这一让步就显得更加引人注目。在卡莱尔看来，维尔纳终其一生都具有真正的宗教信仰；他渴求真理，将它当作人类最崇高的财富，单就这一点，他就比非信徒更为高尚。当卡莱尔赞扬《波罗的海的十字架》的简朴结构时，他还认为维尔纳有高超的艺术技巧。然而，他并未对维尔纳的缺陷视而不见：维尔纳的想象粗糙而桀骜不驯，且理性软弱，意志衰微。卡莱尔认识到维尔纳野心勃勃的计划和平庸的结果之间存在的反差；他敏锐地注意到后者有着亚洲人（更确切地说是天主教徒）的被动和慵懒的神秘主义。但卡莱尔对他的批判显得犹豫不决，甚至承认他对后者了解不够全面。卡莱尔惯于轻率地对人下判断，这种谦逊的表现实在不常见。我们可以将卡莱尔对扎哈里亚斯·维尔纳的兴趣解释为纯粹是出于人性：维尔纳最大的吸引力在于他是一名改宗了的天主教徒。令人好奇的是，卡莱尔身为清教徒，却没有表现出对皈依天主教的弗里德里希·施莱尔马赫和扎哈里亚斯·维尔纳等人的憎恶。有可能卡莱尔的新教信仰过于坚定，以至于他不认为天主教是个严重的威胁。他离改宗的行为实在太过遥远，因此可以客观地评价这一事件。他个人对所有皈依宗教事件的发生都抱有极大兴趣，自己也曾经
47 历过内在启示的危机，但他无法感受到从加尔文宗改信天主教的诱惑。卡莱尔试图解释改宗发生的原因，但他承认自己的解释还远不完整。他提出了一种心理学上的解释——天主教是一个安宁的庇护所，是受苦受难之人的避难之处——以及一种历史学上的解释，这种解释与其说揭示了当时改宗热潮在德国如火如荼的原因，还不如说是揭示了卡莱尔本人的信念。卡莱尔认为，德国人将基督教的教派看成是纯粹的外部形式（他引用了约翰内斯·穆勒、谢林和赫尔德作为佐证），或者用托伊费尔斯多克的话来说，教派“只是信仰的外衣”。但是这并不能解释人们为何会抛弃简朴的路德宗的外衣而转向天主教的华服。这个心理学上的难题显然占据了卡莱尔思想的一大兴趣点。但是在其他方面，维尔纳的学说也并非全然不合卡莱尔的口味：卡莱尔赞同前者关于忘却自我的哲学，赞同让“我”潜入理念之下的必要性，这一理论和卡莱尔常用的术语“自我毁灭”（Self-annihilation）是相称的。带着明

显的赞同之意，卡莱尔引用了维尔纳表达他憎恨快乐主义和在天国中得到奖赏这一信条的段落，而且他在翻译《波罗的海的十字架》某条注释里一段十分晦涩的文字时，满满的都是赞许。在那段文字中，维尔纳谈论了新教："然而，还有另外一种新教，它通过行为所形成的东西就如同艺术在思辨中扮演的角色，我是如此尊重这种新教，以至于我甚至将它置于艺术之上，正如行为永远高于思辨那样。"[30]除了这篇文章之外，卡莱尔的其他作品几乎没有
提到过维尔纳。在《旧衣新裁》的一个决定性段落中，即"地狱 48
的圣托马斯街"（Rue St. Thomas de l'Enfer）这一著名场景的结尾处，卡莱尔谈到了他精神上的新生，或者说"用巴弗灭之火进行的洗礼"，这个古怪的术语来自维尔纳《塞浦路斯的圣殿骑士》（*Templer von Cypern*）的第五幕第二场，卡莱尔在他的长文中翻译了这部剧作。[31]讨论"旧衣服"的那一章中，有一条引文也来自这部骇人听闻的戏剧。[32]

就此而论，讨论一下卡莱尔对弗兰茨·格里尔帕策（Franz Grillparzer）的批评或许也不为过。在《德国剧作家》这篇发表于《外国每季评论》（*Foreign Quarterly Review*, 1829）的评论文章中，卡莱尔以相当居高临下的态度谈论了这名伟大的剧作家，他是从《女祖》（*Die Ahnfrau*）、《萨福》（*Sappho*）和《奥图卡》

30　*Essays*, I, p. 132.

31　参见 *Sartor*, p. 136 与 *Essays*, I, pp. 100-101。

32　"人们称之为'生活'的监狱"，出自"他把他赶了出去，并将他禁锢在名为'生活'的监狱里"。对照 *Sartor*, p. 192 与 *Essays*, I, p. 109。

（*Ottokar*）中了解的后者。卡莱尔认为格里尔帕策是个十分天真、温顺、优雅而纯粹的人，而在我们这些对格里尔帕策同奥地利的狭隘思想及官僚主义进行的艰苦斗争有所了解的人看来，卡莱尔的误判令人费解。令人好奇的是，卡莱尔认为格里尔帕策只是跟随当时的风尚才选择创作戏剧，假如他选择了写作散文，或者深耕诗歌的某个小领域（如十四行诗或哀歌）的话，他将发挥出更大的才华；事实上，格里尔帕策的诗歌相当笨拙，且显然乏味无力，因此卡莱尔的判断还是不成立。但是卡莱尔正确地认识到了格里尔帕策的性格以及整个艺术创作中最根本的自我中心主义，而他的艺术创作只不过是其性格的扩展而已。卡莱尔还认清了《奥图卡》和席勒的《皮柯洛米尼父子》（*Piccolomini*）之间的关系。（今天，我们不可忽视连接这两部作品的马蒂亚斯·科林［Mathias Collin］的剧作。）但是这篇文章的重要性在于它是德国
49 之外[33]最早对格里尔帕策的记述之一，它还显著地体现了卡莱尔作为批评家在遇到某个他显然一无所知的作者时的弱点——他说格里尔帕策“似乎是个奥地利人”。[34]

卡莱尔和老一辈浪漫主义者们的关系自然要密切得多，不仅是因为后者在哲学上更有趣味，也跟所处的时间序列有关：第二

33 然而，请对比拜伦对《萨福》做出的高评价（1821 年 1 月 12 日），见 *Letters and Journals*, ed. R. E. Prothero (London, 1901), V, pp. 171-172，以及《布莱克伍德杂志》（*Blackwood*）中的评论。参见 Artur Burkhard, *Franz Grillparzer in England and America* (Vienna, 1961)。

34 *Essays*, I, p. 361.

代浪漫主义者跟卡莱尔处于同一个时代，跟他们相比，第一代浪漫主义者们的地位稳固得多，争议性也更小。施莱格尔兄弟通常被认为是德国浪漫主义的领袖和创立者。今天人们有时会怀疑他们的哲学创新性——尽管最新研究表明，弗里德里希·施莱格尔并非完全被动地接受了费希特和诺瓦利斯的观点——而且将文学品味的变化主要归结于他们的活动简直是谬论。但是在德国之外，他们是浪漫主义运动最重要的代表人，这主要是因为斯塔尔夫人在《论德国》中将奥古斯特·威廉·施莱格尔介绍为它的代言人。对于卡莱尔来说，要讨论他自己对浪漫主义的理解，无疑要从这两人开始，因为表示一种文学体系的“浪漫”（romantic）一词是经由他们传入英国的。卡莱尔在这一点上是对的：他不相信斯塔尔夫人所声称的三个年轻人（施莱格尔兄弟和蒂克）在耶拿这个小镇里可以引发如此大规模的变化。他认为这三人和所谓的古典 50
主义者之间并不存在什么鸿沟。他们在进行文学批评时使用了歌德和席勒的原理，[35] 而且他们成功地传播了康德、赫尔德、席勒、歌德和里希特的思想，同时试图将这些思想统一起来；[36] 他们只是歌德和席勒的捍卫者和辩护者而已。[37] 当然，这种说法过度简化了两兄弟和魏玛古典主义者之间错综复杂的关系。有人认为施莱格尔兄弟的反抗是针对席勒和歌德的，卡莱尔反对这一观点，认为这种反抗只是对占统治地位的狭隘保守思想的老调重弹式的反抗，

35 *German Romance*, I, p. 261.

36 *Essays*, I, p. 53.

37 *Ibid.*, p. 71.

仅仅是对抗启蒙运动而已。[38]卡莱尔认为，从《格言诗》（*Xenien*）到蒂克、瓦肯罗德（Wackenroder）和施莱格尔兄弟之间有一场关键的运动。[39]这至少是个前后连贯的观点，特别是从英国人的角度来说是如此。在英国，从对18世纪的最初反应到浪漫主义的高峰之间确实存在一个延续的变化过程。因此，卡莱尔将德国文坛从狂飙突进到古典主义再到浪漫主义的演变过程，当成和英国的状况一致的模式。近期的德国文学史——尤其是H．科尔夫（H. Korff）的优秀作品《歌德时代的精神》（*Geist der Goethezeit*）和《人文主义与浪漫主义》（*Humanismus und Romantik*）——已经再次开始淡化这个巨变时期不同阶段之间的差别，而更加强调将它们统一起来的理念——抨击18世纪理性主义的非理性主义。虽然卡莱尔的观点过于简化、过于明确，无法掌握历史事实的多样性，
51 但它整体上来说完全合乎情理，前后一致。当然，他也顺势提出了支持他的观点的第二个，同时也是最确凿的理由：德国浪漫主义不只是德国独有的现象，它的影响范围涵盖了整个欧洲。他援引了英国人重新燃起的对莎士比亚和伊丽莎白时期文学的热情，和对蒲柏以及法国品味的反抗作为例证。甚至连法国人也开始怀疑三一律的价值，贬低高乃依（Corneille）的权威性。[40]卡莱尔再次相当明晰地看清了全局；但他的视野被他对不同浪漫主义运动之间细微差别的习惯性忽视影响了，因为对他个人而言，他所关

---

38 *Essays*, II, p. 18.

39 *Ibid.*, p. 353.

40 *German Romance*, I, p. 261.

心的是各运动之间的一个共同特性，即对启蒙运动的敌意。

卡莱尔尊重施莱格尔兄弟，但是他反对夸大这两个人的重要性。他从他们那里获取了许多信息，但偶尔也会反驳其观点。在《席勒传》（*Life of Schiller*）中，偏向席勒的卡莱尔反对奥古斯特·威廉·施莱格尔对《阴谋和爱情》（*Kabale und Liebe*）和《奥尔良的姑娘》（*Die Jungfrau von Oreleans*）的评价。[41] 在其他时候，他会带着赞同之意引用弗里德里希·施莱格尔关于《威廉·迈斯特》（*Wilhelm Meister*）[42] 或是休谟（Hume）之后的英国哲学 [43] 的评论。他重复了弗里德里希将宗教改革和康德的批判哲学对应起来的观点，[44] 还引用了奥古斯特·威廉·施莱格尔对蒂克的看法。[45] 卡莱尔在他关于伟大的语文学家海涅的文章中，[46] 称施 52
莱格尔兄弟创立了一种对古希腊和罗马的更为人道的新观点。在他的讲演集《英雄和英雄崇拜》（*Heroes and Hero-Worship*）中，他赞扬奥古斯特·威廉·施莱格尔将莎士比亚的历史剧称为一种“民族史诗”的说法。[47] 但是卡莱尔几乎从未欣赏他们在历史上的

---

41 与《席勒传》第 36 页和 A. W. Schlegel, *Vorlesungen über dramatische Kunst und Litteratur*, 2nd ed. (Heidelberg, 1817), III, p. 407 相对照；也可与 Carlyle, *Schiller,* p. 169，以及 Schlegel, *op. cit.*, III, p. 412 对比，卡莱尔在此处写道：“玫瑰的颜色令奥尔良的姑娘欢欣鼓舞。”

42 *Wilhelm Meister*, I, p. 7.

43 *Essays*, I, p. 80.

44 *Ibid.*, p. 77.

45 *German Romance*, I, p. 258.

46 *Essays,* I, p. 351.

47 *Heroes*, p. 109.

重要性，尤其是在批评、语文学和哲学方面。他甚至在记忆中混淆了两人，将一段来自弗里德里希的文字错认为是奥古斯特·威廉·施莱格尔的。[48]

后来，兄弟二人里更偏向文学创作和学术研究的奥古斯特·威廉，几乎从卡莱尔的视野中消失了，而更注重思辨的弗里德里希却仍然能引起卡莱尔的强烈兴趣。他在评价弗里德里希改宗一事时使用了十分包容的语气，[49]而他最伟大的文章之一《特征》（"Characteristics"，1831）就是关于弗里德里希·施莱格尔最后一部哲学著作《哲学讲座，及语言和词语的哲学》（*Philosophische Vorlesungen, insbeondere über Philosophie der Sprache und des Wortes*）（维也纳，1830）的。卡莱尔对施莱格尔著作的评价总体而言并非真的是对施莱格尔的评价，而是卡莱尔对后者和形而上学的关系的声明。他强调了施莱格尔的唯灵论（spiritualism）——在卡莱尔看来，这种观点认为所有的物质都消散为一种现象，而尘世的生活（包括其所有行为和外在表现）是
53 一种由时代精神（Zeitgeist）产生的阻碍（Zerrüttung）。[50]贯穿施莱格尔思想的唯灵论并非为他所独有，而卡莱尔在此处将施莱

---

48 对比 *Essays*, I, p. 80:"这就是奥古斯特·威廉的结论：他的原文含义与此一致。"《爱丁堡评论》上的初版（1827）写道："这是施莱格尔的观点，他所说的并不比我们更早。"而这段文字实际出现在 Friedrich, *Geschichte der alten und neuen Literatur* (Vienna, 1816), II, p. 224。这一点最早由维尔纳·利奥波德指出，见 *Die religiöse Wurzel*, *loc. cit*。

49 Speaking of Werner's conversion *Essays*, I, p. 144.

50 *Essays*, III, p. 54.

格尔的原始观点阐释得如此模糊不清，甚至算不上正确，我们可以自信地将这一情况解释为卡莱尔惯常的无法理解更为抽象的思辨之故。在施莱格尔的理论中，将时间从永恒之中分离出来的力量和“个性化”（individuation）的原罪是一致的，甚至和邪恶的原则、和撒旦本人是一致的，这种力量被称为“时间的精神”（Spirit of Time），[51]因此这个概念和伏尔泰的“时代精神”（Esprit des temps）无关。卡莱尔继续写道：施莱格尔将时间和空间单纯当作人的意识的形态，认为不能将它们载于任何外部实体和存在之上，[52]这个观点在认识论唯心主义中也是常见的，根本不是弗里德里希·施莱格尔所特有，相反，施莱格尔反对其中暗含的现象主义，也并未将时间的概念排除在事物的本质之外。[53]卡莱尔似乎并未理解施莱格尔的观念，而只是单纯地凭自己的喜好，将自己所理解的唯心主义归在他名下。施莱格尔的整部著作只是被当作一个借口，卡莱尔则基于这个借口，对他自己时代的精神，对英国启蒙（他一生都能感受到它们压抑的影响），进行了一场漫长而精彩的论战。

几年之后，两兄弟中较年长的奥古斯特·威廉重新进入了卡莱尔的视野。1832 年，奥古斯特·威廉·施莱格尔访问了伦敦，
但卡莱尔显然避免了会面，只留下了一张名片，还在笔记本中的 54

51 参见 *Sämtliche Werke,* 2nd edition (Vienna, 1846), XV, pp. 90-91。

52 *Essays*, III, p. 54.

53 *Sämtliche Werke*, *loc. cit.*, p. 84.

几处写到施莱格尔脸上涂了油彩（这很可能是真的）。[54]施莱格尔没有生气，因为不久之后他就向海沃德（Hayward）引荐了卡莱尔，称卡莱尔是唯一一个能够对“刚去世不久”[55]的歌德做总体评价的英国人。

在卡莱尔看来，三位年轻人中剩下的那个没有引起一场文学革命，他就是路德维希·蒂克（Ludwig Tieck），他对卡莱尔的重要性比施莱格尔兄弟自然要小得多。卡莱尔的确在《德国传奇》中翻译了蒂克的几篇短篇小说（《金发的埃克伯特》[*Der Blonde Eckbert*]、《忠诚的埃克哈德》[*Der getreue Eckhard*]、《如恩堡》[*Der Runenberg*]、《精灵》[*Die Elfen*]，还有《茶杯》[*Der Pokal*]），但是他给这些故事写的介绍尤其空洞而无关紧要。卡莱尔显然对蒂克所知甚少，不然他是不会把《皇帝屋大维》（*Kaiser Oktavianus*）这部戏剧当成小说的。他对蒂克的描绘十分别扭。卡莱尔自己也承认，这段概述的第一段可以用在任何一名诗人身上。[56]随后，他将蒂克的想象力定义为人格的想象而不是才智的想象，我承认这个定义乍听之下十分令人费解。但是，如果我们假设“人格”一词的含义等同于德文中的“天性”（Gemüt），那么这个含混不清的定义至少有几分意义。卡莱尔承

54 *Two Note-books*, ed. C. E. Norton (New York, 1898), p. 258.

55 参见海沃德给卡莱尔的信（1832年4月6日），首印于D. A. Wilson, *Carlyle till the French Revolution* (London, 1924), p. 284。

56 *German Romance*, I, p. 264. 详细记载参见E. H. Zeydel, *Tieck and England* (Princeton, 1931), pp. 114-124。

认蒂克在童话史上的成就，甚至称他的文体“朴实而简洁”。这差不多就是他关于作家蒂克所能说的一切了。卡莱尔对蒂克本人更感兴趣，但从文中蒂克生平相关事实材料的稀少程度来看，他 55
显然对后者了解不多。对卡莱尔来说，蒂克是个通过否定事物得到信仰的人。在这个阶段（他的价值评判标准在此稳定下来了），他必须解决以下难题：如何将“高贵的情感用合适的语言，即行动的语言”表达出来。此处卡莱尔的判断实在是过于明显地掺杂了他行动主义的信条，我们有理由怀疑其大多数判断的价值。后来，卡莱尔经常使用蒂克的判断和信息。他翻译了一大段蒂克对诺瓦利斯作品的介绍，还引用了后者对《斯瓦比亚时代的抒情诗人》（*Minnelieder aus dem schwäbischen Zeitalter*）的介绍，[57]以及对但丁《神曲》的评价。[58]即使是在1843年这个较晚的年份，卡莱尔也详细评述了蒂克的《维多利亚·阿克罗姆波娜》（*Vittoria Accorombona*，1840），他是在巴黎之旅期间阅读的这部作品。[59]但是我们可以肯定地说，他们之间的关系永远是冷淡而得体的，不过这只是因为两人之间没有摩擦，在空间上也相隔甚远而已。

卡莱尔第一次前往德国的旅程一度被耽搁。1852年10月17日，他在柏林拜访了蒂克。他给蒂克留下了很糟的印象，但二人

57 对照 *Essays*, II, pp. 275, 276 与 Tieck, *Kritische Schriften* (Leipzig, 1848), I, p. 196。

58 （该评价）原位于《英雄和英雄崇拜》第90页，取自蒂克对诺瓦利斯的介绍，后被卡莱尔翻译并收录在 *Essays*, II, p. 53。

59 参见1843年6月12日的信件，作为引文出现在 J. A. Froude, *Thomas Carlyle: A History of His Life in London* (London, 1884), I, p. 258。

还是保持了友好。卡莱尔在给简的信中写道："昨天我见到了老蒂克，他是个英俊的老人；如此安宁，如此平静，如此忧伤。"在一次访谈中，他说蒂克是个"友好、高贵而有才华的人，几乎是我见过的最聪明的人"。[60]

56 诺瓦利斯对卡莱尔的吸引力要大得多。卡莱尔十分尊重他，并表示了对他的感激之情："诺瓦利斯是位反机械论者——一个思想深刻的人——现代精神先知中最完美的人。我对他抱有几分谢意。"[61] 虽然卡莱尔无法也不愿去理解诺瓦利斯如柯勒律治般碎片化的思想，但他还是被这名德国神秘主义者的个人魅力所吸引。卡莱尔在《外国评论》（1828）中的文章是一次诚实地理解外国观点的尝试，这是卡莱尔教条式的作品中为数不多的几个表现出同理心的例子之一。他甚至承认自己并未完全搞懂这些问题，要解开诺瓦利斯巧妙思辨过程的神奇的材质之谜，他仍然需要进行许多研究。卡莱尔的文章在某种意义上是为敌对的读者进行的介绍：它为神秘主义进行了冗长而乏味的辩护，根据蒂克的说法讲述了诺瓦利斯的生平，其中包含了一系列相当具有多样性的译文段落，包括《塞斯的学徒》（"Lehrlinge von Sais"）选段，某些断章，《海因里希·冯·奥弗特丁根》（*Heinrich von Ofterdingen*）中的两场，以及第三篇《夜颂》（"Hymne an die Nacht"）。卡莱尔再次将德国唯心主义的普遍特征用相当基础的术语进行解释：唯心主义（和印度哲学相类似）即现象论，它应当被理解

60 Zeydel, pp. 122-128.

61 *Two Note Books*, ed. Norton, p. 140.

为纯粹的认识论的理念，是空间和时间的非现实性，是和理解（Understanding）相反的理性（Reason）所具有的神奇能力。在此他引用了雅各比（Jacobi）的话（“理解本能地反对理性”），[62]仿佛他在支持康德的观点，但是康德肯定不会认同理解和理性之间的对立。卡莱尔将诺瓦利斯视为倡导这些观点的激进先锋：他将后者看作一名唯灵论者，对他而言现世已经失去其意义，他是 57
新神“理性”的一名传令官。他在诺瓦利斯的伦理学中看到了善和美的统一，以及基督教上帝和柏拉图主义中爱洛斯（Eros）的结合，他还透过诺瓦利斯的自然观看到了后者对有机主义和宇宙的隐藏意义的强调。如果我们忽视卡莱尔总体上对诺瓦利斯心智的神奇精妙之处以及高超的抽象思维能力的慷慨赞美的话，以上几乎就是卡莱尔关于后者能说的一切了。

卡莱尔对诺瓦利斯的诗体故事《海因里希·冯·奥弗特丁根》进行了更细致的批判性研究。卡莱尔不认为该作品有特别伟大之处：“在他据称充满诗意的文字中，毫无疑问存在着一种冗长乏味的特性，带几分慵懒，但并非软弱，而是懒散，诗歌的含义过于寡淡……他说话的声音很轻，听起来悦耳却单调。”人们通常认为《海因里希·冯·奥弗特丁根》比诺瓦利斯的其他作品都要强，卡莱尔正确地反驳了这一点。他对诺瓦利斯诗歌的批评最终成为对后者人格的解剖，并从中找到了缺陷：它太过软弱而敏感，它缺乏激烈的能量，它是被动、柔嫩而纯真的。卡莱尔用一个中肯

62 *Essays*, II, p. 27.

的隐喻阐述了他的印象："我们可以说，他坐在庞杂、精细、由上千个部分组合而成的事物中间，而这些事物几乎完全是由他的头脑呈现给他的。"[63] 卡莱尔称诺瓦利斯和维尔纳一样有"亚洲的性格"。如果放在柯勒律治那儿，这一点将是对诺瓦利斯的谴责，但卡莱尔说到这一点时用的却是平静而客观的语气。当卡莱尔无法对诺瓦利斯进行设身处地的思考时（例如在诺瓦利斯的年轻情人索菲·冯·库恩［Sophie von Kühn］之死对他有多大影响的问题
58 上），他只是在反对蒂克的权威而已。卡莱尔的现实主义视角抓住了诺瓦利斯和朱莉·冯·夏彭蒂埃订婚一事，这件事发生在索菲死后不久；在此他凭借冷静的本能看清了事实。

我们仍需阐明卡莱尔对诺瓦利斯感兴趣和抱有宽容心的原因。他看起来对后者某些完美的、富含悖论的格言警句，以及这个技艺高超的"文字金匠"所散发出来的巨大语言魅力的兴趣，要胜过对他的性格与信念的兴趣。卡莱尔确实在某种意义上同意诺瓦利斯的观点，因为他明显将后者看成了一名对抗理性主义的盟友；但是，在另一方面，我们几乎没有证据可以说明卡莱尔能够理解诺瓦利斯那些微妙的联想，以及充满哲思的双关语和悖论。他欣赏诺瓦利斯将哲学和宗教统一起来的愿望。他心满意足地引用诺瓦利斯在《基督教抑或欧洲》[64] 中对启蒙运动的著名攻讦，并将这段话放在自己讨论（更确切地说是批判）伏尔泰的伟大论文结尾。卡莱尔还为诺瓦利斯的其他文字着迷。首先是片段"真正

63 *Ibid.*, p. 52.

64 *Schriften*, ed. J. Minor Oena, 1925), II, p. 32. 参见 *Essays*, I, pp. 465-466。

的哲学行为乃是自杀；这是所有哲学行为的真正开始”。[65]“对自
我的毁灭”或“自毁”这一术语时常在卡莱尔的写作中出现，尽
管我们怀疑卡莱尔借此表达的含义并不合诺瓦利斯的口味——在
后者的运用中，这些词并不是指基督徒出于道德原因的自我牺
牲，而是将个性淹没在神秘主义的迷醉中。在《旧衣新裁》中
“永恒的肯定”一章的核心段落内，卡莱尔使用这个术语表达了
基督教的含义，认为它是最初步的道德行为，即“自我的毁灭”
（Selbsttötung）。有趣的是，卡莱尔还喜欢另一个片段，但是诺 59
瓦利斯在其中表达的享乐主义与感官主义式的神秘主义和卡莱尔
的清教主义实在是相去甚远：“世上只有一座神殿，那就是人的
身体。没有什么比这个长条状的东西更为神圣。在人前躬身即是
对肉体中这一启示的尊重。当一个人触碰人体时，他也触碰了天
穹。”[66]卡莱尔认为以上观念和他的衣裳哲学是相似的：身体是上帝
的外衣。也许这就是他频繁引用这段话的原因。[67]另一个短语成为
卡莱尔常备短语库的一部分。诺瓦利斯用以下惊人的文字描述了
理性主义哲学的影响：“他（即 18 世纪的哲学家）将宇宙创造性
的永恒音乐变成了一个巨大磨坊的单调响声。这个磨坊由流动的
巧合驱动，并漂浮于巧合之上。它是一个独立的磨坊，里面没有
建筑师和磨坊主，它事实上是个真实的永恒运动之物，一个自动
磨坊。”[68]卡莱尔翻译了这段话，[69]显然，我们在他之后的作品中找

65 *Schriften*, ed. Minor, II, p. 178. 参见 *Essays*, II, p. 39。

66 *Schriften*, ed. Minor, II, p. 226.

67 *Essays*, II, p. 39. *Sartor*, pp. 190-191. *Heroes*, p. 10.

68 *Schriften*, ed. Minor, II, p. 33.

69 *Essays*, I, p. 466.

到了一些逻辑性的、自动的磨坊，或是死亡的磨坊。[70]还有些更短小的语汇也来自诺瓦利斯，例如他在《旧衣新裁》、有关诺瓦利斯的文章，以及《约翰逊博士》（*Dr. Johnson*）中都称人类为“自然的弥赛亚”。[71]但是这些只是修辞的小伎俩而已，并不能启发我们更好地认识两人之间的精神关系。

60 我们还需要讨论一个对卡莱尔的重要性仅次于歌德的人。人们常用带着遗憾的、居高临下的眼光看待卡莱尔对让·保罗（让·保罗·弗里德里希·里希特［Johann Paul Friedrich Richter］）的热爱，他们将这种热爱看作卡莱尔这名伟人的弱点，因为让·保罗的名气只是暂时的。这种观点在英国人写的书中尤其多见。当然，这至少在某种程度上必须归因于德国的文学学术研究——直到最近，让·保罗都还只是块背景板，这部分是出于艺术上的原因，因为德国学术研究反对让·保罗这种和德国古典主义理念相差巨大的艺术家，还有部分则是出于个人原因，因为它倾向于忽略任何怀疑经典作品无上权威的人。但是让·保罗最终还是出头了：同荷尔德林、赫尔德和哈曼（Hamann）一道，现在让·保罗受到了他完全应得的关注。斯特凡·乔治（Stefan George）这位拥有严格而微妙的艺术原则的艺术家，认为让·保罗“属于德国人当中最伟大的诗歌力量”（但不是“最伟大的诗人”，因为该头衔属于歌德）。[72]一群文学史家和批评家已经开

70 例如 *Sartor*, pp. 53, 130, 133。

71 *Sartor*, p. 175. *Essays*, I, p. 40; III, p. 90.

72 见乔治选集的导言 *Deutsche Dichtung* (Berlin, 1923), I, Jean Paul, p. 5；也可对照其另一部作品“Lobrede auf Jean Paul,” *Tage und Taten* (Berlin, 1925), p. 60。

始开垦这块巨大而相对冷清的土地。在对他颇感兴趣的德国人
中，最为热忱的要数为他作新传记的沃尔特·哈里奇（Walther
Harich），此人曾公开表示他对让·保罗的喜爱要甚于歌德。虽
然这种热忱有点儿过头了，但我们必须将让·保罗看作 19 世纪德
国文学的巨大驱动力之一。他在历史上确实十分重要。我们现在
可以清楚地看到他对德国浪漫主义运动和“青年德意志”（博尔内
和海涅）使用的文体和意象有多么重要，对现实主义的起源有多
么重要，尤其是被恩斯特·伯特伦（Ernst Bertram）准确地形容 61
为“让·保罗帝国的一个省”（eine Provinz aus dem Reiche Jean
Pauls）[73] 的阿达尔贝特·施蒂夫特（Adalbert Stifter），以及戈特
弗里德·凯勒（Gottfried Keller）。[74] 和通常的看法相反，我们可
以自信地说，卡莱尔对让·保罗的评价在某种程度上是独立做出
的（尽管他肯定是从弗兰兹·霍恩这名批评家那儿得知了让·保
罗的重要性，还十分频繁地参考了霍恩的观点），虽有英国传统
在前，他还是依靠自己自由而未受约束的直觉，认识到了一个陌
生却相似的灵魂中的伟大之处。此外，在评价让·保罗的不同作
品时，卡莱尔的判断是独立于当时流行的德国评价标准的。他对
《泰坦》（*Titan*）感到失望，明确地说他是在完全不了解德国人的
态度的情况下，[75] 相当独立地选择了翻译《施梅尔茨勒的弗拉茨之
旅》（*Schmelzles Reisen nach Flätz*）。今天，这部作品几乎被所有

73 *Nietzsche* (Berlin, 1922), p. 238.

74 参见 Frieda Jäggi, *Gottfried Keller und Jean Paul* (Bern, 1913)。

75 *Essays*, II, pp. 138-139. *German Romance*, II, p. 129.

人认为是体现了让·保罗的幽默的最成功的短篇作品之一。

我们首先需要去除一种误解，它让我们无法正确地理解让·保罗对卡莱尔的影响。人们常说卡莱尔的文体习自让·保罗。库赫勒提出的公式——歌德决定了《旧衣新裁》的内容，让·保罗决定了其形式——看似几乎被人普遍接受。只有伯恩哈德·费尔（Bernhard Fehr）怀疑过这个结论。[76]当然，我们不能用弗劳德（Froude）那种简单的方式来反驳这一论述——他断
62 言两种文体之间毫无相似之处。我们也不能接受埃德蒙·舍雷尔（Edmond Scherer）那种认为卡莱尔的文体完全借鉴自让·保罗的论断，这一影响广泛的观点还被洛厄尔（Lowell）、梭罗，以及施特罗伊（Streuli）、帕佩（Pape）这样的德国人复述。[77]卡莱尔本人是这么回答该问题的："至于我糟糕的文体，爱德华·欧文

76 B. Fehr, "Der deutsche Idealismus in Carlyles Sartor Resartus," *Germanisch-Romanische Monatsschrift*, V (1913), p. 100："虽然已有诸多论著做出推断，但卡莱尔的风格是否来自里希特还有待证明。"

77 J. A. Froude, *Thomas Carlyle: A History of the First Forty Years of his Life* (New York, 1882), I, p. 323："很多人都讨厌卡莱尔的'风格'，有人认为这种风格源于他对让·保罗的研究。这实在是无稽之谈。" Edmond Scherer, *Études sur la littérature contemporaine* (Paris, 1882), VII, p. 67. James Russell Lowell, *My Study Windows* (Boston, 1871), p. 124："不可否认的是，在《旧衣新裁》中，让·保罗的影响力显而易见，在内容和形式两方面都是。" Henry David Thoreau, *Miscellanies* (Boston, 1894), p. 100："在他对里希特的风格的形象描述中，卡莱尔几乎是在描述他自己的风格；毫无疑问，是那个源泉首先解放了他的语言，并启发他达到了同样的自由和创新性。" Wilhelm Streuli, *Thomas Carlyle als Vermittler deutscher Literatur und deutschen Geistes* (Zürich, 1895), pp. 33ff. Henry Pape, *Jean Paul als Quelle von Carlyles Weltanschauung und Stil* (Rostock, 1904), pp. 50ff.

（Edward Irving）以及他对古代清教徒和伊丽莎白时代人士的景
仰（我们或许可以补充说，这种景仰很可能来自柯勒律治），他和
其他人的信条所造成的影响要比让·保罗大得多。如果你听过我
父亲或者母亲讲话，尤其是她内在的心灵和嗓音的旋律的话，你
可能会说最重要的还得数自然的影响。”[78] 造成影响的不是简单的
自然，而是家族传统（它深深扎根在《圣经》的语言，以及伟大
的英国国教与清教的教堂演说传统之中）。但在那时，有一个影响
了卡莱尔文体的要素显然被遗忘了。我们在其中找到了一种劳伦
斯·斯特恩（Laurence Sterne）风格（他本人则传承了 17 世纪的
一些伟大传统，例如伯顿［Burton］的《忧郁的解剖》［*Anatomy* 63
of Melancholy］）中新的世俗元素。斯特恩是卡莱尔早期的最爱
之一，他的影响很快就清晰可见；早在 1814 年，卡莱尔的朋友托
马斯·穆雷（Thomas Murray）就找到了前者“表达方式转变为
项狄式”的迹象。[79] 尽管卡莱尔的书信中[80] 有许多段落可以说明他
阅读并欣赏斯特恩，并在各个要点上显示出我们习惯称之为“卡
莱尔式”的特质，然而就总体而言，《席勒传》、《德国传奇》的
介绍部分、《沃顿·伦弗雷德》（*Wotton Reinfred*），以及他最早
期的散文，毫无疑问都是用 18 世纪的文体写就的。巨大的文体
变化——它基本上意味着回归更为古老的力量，并有意识地去实

78 Froude, *History of the First Forty Years*, I, p. 323; *History of his Life in London*, I, pp. 35-36.

79 Froude, *History of the First Forty Years*, I, pp. 322, 329.

80 比如 *Early Letters*, ed. C. E. Norton (London, 1886), pp. 2-5 的第二段。

践很久之前就认识到的原理——必须被认为是受到让·保罗的影响之故。在卡莱尔于1826年7月19日写给简·韦尔什（Jane Welsh）的一封信中，他自己承认了这种影响："真奇怪，我成了一只反舌鸟。我在写这封信时无意识地用了J.P.里希特的腔调，我过去四周都在努力钻研他的作品。"[81]这种影响不可否认，尽管卡莱尔的整个发展过程倾向于这个方向，而让·保罗本人也和卡莱尔一样，从《圣经》和斯特恩那儿吸收了部分养分。（斯特恩也通过希佩尔［Hippel］间接影响了让·保罗。）当然，《旧衣新裁》和虚构出来的"酸面团教授"（Professor Sauerteig）的众多引语并不能成为让·保罗影响的可靠见证，因为卡莱尔在《旧衣
64 新裁》中故意夸大了这种文体的某些特点，来强化这些所谓译文的"德国特征"。在此，即使是十分贴近的模仿也有很好的艺术上的理由。可是，后来连那些看上去听起来并不需要假装有德国风格的作品，例如《法国革命》、《论英雄》讲演集、《现代短论》（*Latter Day Phamphlets*）也是用这种风格写的，尽管卡莱尔一直可以选择改用他年轻时更为持重而正常的文体。这一点从几部作品中显而易见：不仅《斯特林生平》（*Life of Sterling*）和《回忆录》（*Reminiscences*）是这样，而且《腓特烈大帝》（*Frederick the Great*）和《过去与现在》也大体如此。这两种文体在卡莱尔的作品中很少完全单独出现，但二者之间确有差别，而且卡莱尔显然只在荒诞或辞藻华丽的段落中使用更为"巴洛克"的文

81 给简·韦尔什的信（1826年7月19日），载于 *The Love Letters of Thomas Carlyle and Jane Welsh*, ed. Alexander Carlyle (London, 1909), II, p. 305。

体，以体现他读过让·保罗。卡莱尔十分频繁地引用让·保罗的文字，通常是在他作品的重要段落或私密信件中；他喜欢使用让·保罗的意象，还从后者那儿借用了稀奇的德国名字。但是，我们很难想象卡莱尔的这一兴趣仅仅来自让·保罗而已。这种文体上的影响只是一种迹象，是某种更为有力、更为重要的东西的必然附带效果。这种东西部分是让·保罗思想的影响，部分是他的个性与人格的魅力，它们在卡莱尔的眼中永远不仅是文学上的联系而已。因为这两位伟人有惊人的相似之处，这种强烈的印象才成为可能。我不想低估他们之间的差异，这些差异显而易见，可以轻松详述，但是他们俩又足够相似，足以解释卡莱尔为何对让·保罗如此着迷。在我们读到卡莱尔谈论让·保罗的文字时，会感觉他好像就是在谈论自己。

卡莱尔对让·保罗的第一篇简述[82]就相当清楚地展示了他的 65
观念：这不是篇狭隘的阐释，也不局限于后者作品的某一个方面。卡莱尔很好地认识到了让·保罗的形式原则，它有别于古典主义者强调的清晰轮廓、合理比例，以及结构、收尾、文字的精练与统一。在让·保罗的艺术中，“他结构的元素是宏大的，是由有生机并能赋予生机的东西，而非美丽或对称的秩序结合起来的”。[83]这种对比和施莱格尔对机械和有机的艺术的区分类似。从歌德《西东合集》（*Westöstlicher Divan*）注释里的一段话（在“比较”［*Vergleichung*］这一标题之下）开始，卡莱尔将让·保罗的意象

82 见 *German Romance*, II(1826), pp. 117-130，即译本的导论部分。

83 *German Romance*, II, p. 121.

同东方诗歌进行比较，也发现了他和东方诗人在气质上有类似之处。[84]然而，歌德的比较只看到了事情的一个方面；如果我们考虑到让·保罗的意象的纯粹形式上的特征，加上概念之间的比较，我们会发现让·保罗和远东的诗人更为接近，而歌德考虑的却是和波斯以及阿拉伯诗人的相似性。让·保罗对东方文学没有任何专门的知识；他的朋友伊曼纽尔·塞缪尔（Emanuel Samuel）向他介绍了希伯来文学，而《金星》（*Hesperus*）中的印度人伊曼纽尔成了这名饱学之士的传统形象。卡莱尔简短地暗示了让·保罗和哥特风格有可比较之处，并谈到让·保罗那“茂盛端庄的枝叶”，[85]而让·保罗的第一位欣赏者卡罗琳·赫尔德（Caroline Herder）详细论述了这一相似之处，她正是那名伟大批评家的
66 妻子。但是和“巴洛克”风格的比较要切中要害得多：卡莱尔正确地提到了伯顿，还提到了杰里米·边沁（我们怀疑他是在开玩笑）。[86]引用让·保罗研究的最高权威爱德华·贝伦德（Eduard Berend）的话或许已经足够，他十分简洁地描述了这段关系：“他们十分相似，身上兼有对理性主义与神秘主义，以及情感和风趣的洞察；他们同样喜爱珍贵的寓言故事和尖锐的对比，以及情绪的粗犷对立，对粗鄙之语和愉悦的喜爱也不算少见。”[87]这一段话或许同样可以用来描述卡莱尔的风格。卡莱尔认识到里希特的结构

---

84 *Ibid.*, p. 125.

85 *Ibid.*, p. 124.

86 *Ibid.*, p. 130.

87 *Deutsche Rundschau*, vol. 52 (Nov. 1925), p. 125.

所具有的深层次音乐性，[88]这和哈里奇以及其他一些人做的比较相当一致，这批人认为让·保罗的作品和巴赫的复调作品是相似的。

在这第一篇总体而言相当淡而无味且毫无吸引力的文章中，卡莱尔也阐明了让·保罗在思想史中的地位。他在评价后者时并不仅仅看田园诗这个狭窄的领域——相反，他对《昆图斯·菲克斯莱因》（*Quintus Fixlein*）持保留意见这一点就说明他认识到这个例子不够全面——也不只看缥缈的梦境国度，而是强调让·保罗对现实的朴素而清晰的观点；卡莱尔认识到后者炽热的社会情感，与自然的密切联系，以及像里希特的《美学入门》（*Vorschule der Aesthetic*）所暗示的那样，具有的塞万提斯与斯特恩式的幽默感。但是，卡莱尔最感兴趣的还是要数里希特对上帝以及灵魂不朽的信仰。这对卡莱尔而言是一个奇迹：在他看来，让·保罗
是现代德国人中唯一一名真正的信徒。他豁免了赫尔德和雅各比，67
并表现出他了解里希特对这两人的喜爱。让·保罗在思想史中的地位被雅各比和赫尔德以最好的方式描绘了出来。雅各比几乎是影响了让·保罗的唯一一名哲学家，而后者几乎终其一生都在向赫尔德的天才致敬（比如《美学入门》的结尾处）。卡莱尔可以在《隐形的小屋》（*Die Unsichtbare Loge*）中找到一篇对雅各比的颂词，这是里希特的系列长篇小说中的第一部。[89]这段话他如果不是从小说本身获悉的，那就肯定是从霍恩那儿了解到的。[90]此外，在

88 *German Romance*, II, p. 128.

89 *Sämtliche Werke* (Berlin, 1826), I, p. 158.

90 *Poesie und Beredsamkeit*, II, p. 404.

细节的措辞方面，这第一篇文章十分成功（尤其是和差不多同时写成的对蒂克、姆塞俄斯和霍夫曼的介绍相比），比如，当他解释里希特的笨拙和艰涩时，他使用了一个优秀而巧妙的隐喻：里希特不是用灵魂的某种官能，而是用他的整个存在来运动，即心智、崇高、才思和幽默。他很好地指出里希特性格的复杂之处，认为这一特点将里希特和启蒙运动那种更为单轨和直来直去的思维方式区分开来，后者只能培养人类的一种官能（尤其是理性、感受能力或肉欲），却要以其他官能为代价，或是以破坏这种官能不同组成部分之间的和谐为代价。在这里，我们已经能感受到卡莱尔对让·保罗个人的强烈兴趣，尽管那时他对后者的生活还所知不多。他称让·保罗为“在这个世上曾经生活过的最真实、深刻和温柔的心灵之一”，并强调后者的和善以及“真正的感受能力”。[91]

卡莱尔第二篇更为成熟的关于让·保罗的文章标志着其创作
68 生涯的一个重要时期。这是他首篇刊登在《爱丁堡评论》上的文章，他从 1827 年早期开始向该刊投稿，因此，这篇文章介绍的是《散文集》（*Essays*）的第一卷。整体而言，卡莱尔的观点和第一篇里的一致，因为两篇文章之间只隔了一年出头。但是第二篇文章篇幅更长，作者对材料的阅读也更为深入，因此该文章带上了更多的个人色彩，足以和更抽象苍白的第一篇文章区别开来。卡莱尔在开篇严厉批判了多林（Döring）的《让·保罗·弗里德里希·里希特的一生》（*Jean Paul Friedrich Richters Leben*），[92]

---

91 *German Romance*, II, 126n, pp. 119, 123.

92 Gotha, 1826.

然后，他生动乃至优雅（卡莱尔尽可能保持了轻松的笔触）地分
析了里希特的个性。此处对文体的描写要具体得多，更少凭印象
为之，更迫切地试图在描述其特征时保持客观：里希特喜爱括
号、破折号以及附属从句，他发明新术语的创新性永不枯竭，借
此赋予了旧词新的生命，甚至将相隔最远的词语链接、配对、打
包成互相冲突的新组合；他使用的意象和隐喻极其丰富，使用的
典故遍及大地、海洋和天空；他的中断之处耐人寻味，爆发的情
感外放激昂，转折时带着嘲弄，且善于使用插入语、俏皮话和双
关语。卡莱尔继续描述让·保罗的框架技巧，指出后者总是会解
释作者是如何得到原稿的，并倾向于假装代表作者进行发言。他
还指出了让·保罗题外话（Extrablätter）[93] 的特点，并将他的方法
和吟游诗人进行比较。[94] 他再次将让·保罗的文体和 17 世纪伟大
散文家们的文体进行比较，例如弥尔顿、胡克（Hooker）、泰勒 69
（Taylor）和布朗（Browne）。[95]就连鲁本斯（Rubens）这名最伟大的
“巴洛克”风格画家的名字也在此出现。[96] 卡莱尔再次强调了让·保
罗作品的伦理学意义，而且这次的力度要大得多。对里希特而言，
愉悦只是实现道德目标的手段，他本质上是一名——无论他如何伪
装自己——哲学家与道德诗人，研究的对象仅为人类的天性。[97] 卡

93 参见 *Die Unsichtbare Loge* 和 *Hesperus*。

94 *Essays*, I, pp. 12-13.

95 *Ibid.*, pp. 18, 25.

96 *Ibid.*, p. 15.

97 *Ibid.*, p. 9.

莱尔赞美里希特从未试图创造超自然的人物，因为他无法写作自己不相信的东西。[98]

比上一篇文章要明显得多的是，卡莱尔强调了里希特的幽默，它对后者来说是灵魂最核心的光明，是点亮他整个存在并使之充满活力的最核心的火焰。当然，对卡莱尔来说，幽默和爱以及感受能力是不可分割的，他对幽默的理论分析和德国美学高度相似，尤其是和让·保罗本人的《美学入门》相比。[99]其中曾有这样的表述：幽默被定义为某种倒置的崇高，它在一定程度上将处在我们之下的东西提升为我们钟爱之物，而崇高则是将在我们之上的东西下拉为我们钟爱之物。这段话和席勒的观念一致，但让·保罗却攻击过席勒的观点，[100]因此，它们作为新证据，表明了卡莱尔的理论立场根本算不上十分清晰，前后也并不一致。他对莎士比亚、斯威夫特、斯特恩、塞万提斯、阿里奥斯托（Ariosto）以及莫里哀（Molière）的评论和让·保罗的《美学入门》中第六、七课的
70 讨论相似。[101]卡莱尔再次极力强调了里希特著作的哲学内涵，并

---

98 *Ibid.*, pp. 21-22.

99 *Vorschule* (Stuttgart und Tübingen)，特别是第二版（1813）的第 187 页。

100 *Vorschule*, p. 183.

101 卡莱尔曾经强烈地排斥柯勒律治的美学观念，但是有些讽刺的是，此处由于两人的原材料一致，他们的观点十分相似。参见以下章节："On the distinctions of the Witty, the Droll, the Odd, and the Humorous,""The Nature and Constituents of Humour-Rabelais-Swift-Sterne" in *Miscellanies* (Bohn Library, 1885), p. 121，早先 *Literary Remains* 的第 2 辑，以及 *Lectures and Notes* 的流行版本（比如 Everyman's Library, p. 258），即 1818 年课程中的第九次讲座。

再次深深赞许了后者对不朽的信仰。卡莱尔对他过去抱有的“里希特的思想在德国作家中独一无二”的想法沉默不语，因为他此时可能已经发现了歌德的信念。他比以前更加强调，里希特的哲学结出的最优秀的果实是一个高贵的道德体系，以及坚定的宗教信仰。[102]他试图反驳里希特是名无神论者的假设，还为此引用了后者《施梅尔茨勒之旅》中的互不相关的注释（那只是一连串格言罢了）里的一句话，[103]在这句话中，里希特讨论了所有不同种类的宗教崇拜，称它们为“隐形神殿以及其中最为神圣之物的具有民族特色的前院”。[104]卡莱尔还再次思考了里希特性格中最为根本的真诚、诚实和温柔的特性，对卡莱尔来说，这些特点是后者艺术的严肃性、高度和力量的最终保证。

尽管卡莱尔的态度在他第三篇——也是远比前两篇要长的——关于让·保罗的论文（《外国评论》，1830）中并没有明显改变，我们仍需要简单谈谈它。这篇文章的风格和《旧衣新裁》类似，在谋篇布局上带有最为明显的个人特质，是三篇中最有卡莱尔风格的。这篇文章的价值某种程度上因为它经常大段引
用旧论文的段落而受到了损害，卡莱尔在引用时假称这些文字是 71
其他英国批评家所作；另一个负面因素则是文中的大量译文。卡莱尔选择了哪些译文这一点相当有趣。他翻译了《美学入门》中

102　*Essays*, I, p. 22.

103　Translation in *German Romance*, I, p. 58n.

104　*Essays*, I, p. 22.

的一段话，[105]其中让・保罗描述了最重要的德国作家们的风格；卡莱尔还引用了《昆图斯・菲克斯莱因》中的两段话，他可以直接采用自己的译本。[106]随后，他为了给让・保罗的幽默举例，还用了后者称赞老姑娘的例子，“满是女孩的家族的额外一片叶子”（Extrablatt über töchtervolle Häuser），[107]这几句话位于《金星》第一版的前言的末尾，[108]最后，卡莱尔还选了来自《希埃本卡斯》（*Siebenkäs*）的第一首“花之歌”（Blumenstück）中描述梦境的著名段落。这篇论文负起了讲述里希特生平的重担，其内容来自三卷本小书《真实的让・保罗生平》（*Wahrheit aus Jean Pauls Leben*，1826—1827—1828）；为了补充这部关于他青年时期的历史书，卡莱尔还从多林那儿得到了些许零散的信息，但这些信息时有纰误或语焉不详，举个例子：让・保罗旅居魏玛时的年表是一团糟。然而，卡莱尔重新讲述的让・保罗的生平也有其魅力，他成功地浓缩了啰唆的传记，同时还能够再现其中最为动人的场景。但是，较卡莱尔用来描述他对让・保罗的热爱和崇敬的新说法而言，以上这些意义不大。在让・保罗身上，“哲学和诗歌不仅达成了妥协，还混合成了一种更为纯粹的精华，即宗教”，[109]这个说法也可以用来总结卡莱尔自己的追求。

---

105 *Vorschule*, pp. 604-606.

106 *German Romance*, II, p. 287.

107 *Hesperus*, 3rd edition (Berlin, 1819), II, pp. 196-200.

108 *Ibid.*, 1st edition, I, pp. 31-32.

109 *Essays*, II, p. 100.

甚至更为明显的是，卡莱尔对让·保罗本人的兴趣使他赞 72
颂后者的传记与生平。让·保罗的一生充满英雄气息而纯粹，是一场漫长的对贫困的胜利，也是一个激励人心的古希腊斯多葛主义的例子（在此，卡莱尔召唤了苏格拉底和第欧根尼的身影），让·保罗克服了令人窒息的贫困所加在他身上的沉重锁链，以及在德国盛行的洛可可风格所带来的那种保守的狭隘精神；他是周遭事物和内心之中的敌人的征服者，但与此同时，他并未失去自己友善而充满爱心的灵魂。对卡莱尔来说，让·保罗是一名真正的哲学家和诗人，揭示了“世界的神圣理念”（费希特）；让·保罗不只是一名“甜美的歌唱者”，一名信仰机械因果论的哲学家，还是无形事物在有形世界的一名信使，是上帝的真正先知。如之前的论文所述，对卡莱尔来说，里希特心智和文学上的特性只是他性格中实践（根据康德的定义）与道德的部分对应物与镜像。[110] 卡莱尔对里希特的历史地位的观点变得更为具体：他尤其看到了后者与席勒的仇怨，并用一段来自《歌德与席勒通信集》（*Correspondence between Goethe and Schiller*）（出版于1828—1829年）的引文证明了这种仇怨。[111] 他一方面认为让·保罗和歌德的关系是冷淡而克制的，且仍未能看到分开这两极的深层次冲突。在另一方面，卡莱尔看到了让·保罗与赫尔德以及雅各比的

---

110 *Ibid.*, p. 142.

111 *Ibid.*, p. 138. 卡莱尔写过一篇关于它的长文，在“Richter,” *Fraser's Magazine* (1831) 发表后旋即出版。

紧密联系。他再次引用了《美学入门》里对赫尔德的狂热致敬。[112] 我们还在这里发现了他对让·保罗笔下人物塑造模式的最终表述。在之前的文章中，他谈到过让·保罗的悲剧性人物缺乏真正
73 的活力，但是现在他以缄默的姿态略过了这些人物的缺陷。卡莱尔将让·保罗的喜剧人物分为两组：一组更有田园诗的气息，例如菲克斯莱因、施梅尔茨勒，以及菲贝尔（Fibel），另一组则以怪异为特征，例如《尴尬年代》（*Die Flegeljahre*）里的伏尔特（Vult），《希埃本卡斯》里的莱布格伯（Leibgeber），以及《泰坦》中的朔佩。[113] 卡莱尔将其中一人描述为“一名鲁莽的幽默家，本质上是诚实的，但是会随时随地爆发出最为奇怪的思想和行动”。[114] 这听起来像是在描述《旧衣新裁》的主人公第欧根尼·托伊费尔斯多克，那个有着奇异名字的古怪哲学家。

对我们来说，要详细列出卡莱尔提到让·保罗的其他所有段落显得多余。除歌德之外，卡莱尔在私人信件和作品的显著位置（例如《欧洲文学阶段讲演集》[*Lectures on the Periods of European Literature*] 1838年6月11日一篇的末尾处，[115] 或是《作为文人的英雄》[“The Hero as a Man of Letters”] 这篇演讲稿末尾，或是关于诺瓦利斯的文章的结尾[116]）引用作家的次数没有比

---

112 *Essays*, II, 138；与 *Vorschule*, p. 1024 对照参看。

113 *Essays*, II, p. 151.

114 *Ibid.*, p. 129n.

115 Ed. J. Reay Greene (New York, 1892), pp. 221f.

116 *Essays*, II, pp. 54-55.

引用让·保罗还多的。在所有作家当中，只有让·保罗作为一名角色出现在了《旧衣新裁》里。[117] 卡莱尔对让·保罗的爱从未改变。当然，随着时间流逝，让·保罗的影响逐渐消减。但是从卡莱尔频繁提到让·保罗这点来看，我们可以在一定程度上对他的《散文集》构成补充。卡莱尔在讨论歌德的文章中，[118] 将歌德列为一名主观主义者，后者比起描述陌生的事物，总是更擅长描述自己。在让·保罗对斯塔尔夫人《论德国》的评论的卡莱尔译本引言里，[119] 卡莱尔再次十分明确地将前者描述为“一团巨大的心智， 74
有着极为奇特的外形与结构，但其肌肉和筋腱如同一名真正的巨人之子”。顺便一提，这句不为人所知的评论对卡莱尔的意象相当重要。在讨论“传记”的文章中，[120]酸面团教授那奇怪的“美学弹簧锁”一词，以及苏里南的发光甲虫的意象就来源于此。[121] 有一次，卡莱尔明确表示他喜爱让·保罗要甚于歌德，[122]但是他在《欧洲文学阶段讲演集》中再次公开声明自己放弃了这一异端邪说。[123] 甚至在后来撰写一篇讨论瓦恩哈根（Varnhagen）的《纪念录》

---

117 Book I, ch. IV, pp. 25-26.

118 *Essays*, I, p. 245.

119 *Fraser's Magazine*, 1830; *Essays*, I, p. 476. 里希特的文章刊载于 *Kleine Bücherschau* (Breslau, 1825), I, pp. 56ff。

120 *Essays*, III, 49; 参见 I, p. 486。

121 出自演讲《作为文人的英雄》的结尾，见载于给托马斯·巴兰坦的信（184 年 5 月 11 日），D. A. Wilson, *Carlyle on Cromwell and Others* (New York,1925), p. 89；可与 *Essays*, I, p. 491 和 *Kleine Bücherschau*, I, p. 68 对照。

122 *Essays*, II, p. 438.

123 见本章注 115 。

（*Denkwürdigkeiten*）的文章时，卡莱尔还翻译了瓦恩哈根记录自己在拜罗伊特拜访让·保罗的经过的长篇报道。[124] 带着特殊的满足感，他重复了瓦恩哈根令人感到宽慰的证词：让·保罗是个真诚、真实而高贵的人。卡莱尔还将让·保罗的朴素市民生活和“充满诗意的项狄式、莎士比亚式，甚至但丁式的生活方式进行了对比，这几种生活方式是让·保罗的朴素生活在公共领域结出的果实”。[125]

现在，我们很容易就能找出卡莱尔与他对让·保罗的描述之间的对应关系。在很多情况下，只要把卡莱尔用来谈论让·保罗的文字搬到他自己头上就已足够。我们花很大篇幅讨论了文体及其相似性；在此占主导地位的是“巴洛克”的印象，更确切地说，是“17世纪传统”的印象。关于实际的文学影响，我们还可以稍微补充一些讨论。这些影响看上去主要发生在文学技巧领域：我认为《旧
75 衣新裁》的框架效仿的是让·保罗的模式，这一点并无太多可质疑之处。它尤其令我们想起《菲贝尔的生活》（*Leben Fibels*）——在那部作品中，作者连续在小纸条上、被揉成一团的纸袋子上、破布上，甚至是胸衣上，找到了他正在讲述的传记片段——其复杂流程正像《旧衣新裁》的故事所展示的那样：作者假装自己成了托伊费尔斯多克的哲学与传记的拥有者和使用者。托伊费尔斯多克教授在一座瞭望塔上审视人类的命运，詹诺佐（Giannozzo）栖

124 写于 1808 年，见 *Essays*, IV, pp. 94-97。

125 *Ibid.*, p. 97.

身的柱子[126]和弗利特（Flitte）居住的钟楼[127]都是与之类似的设施。卡莱尔笔下英雄人物的神秘降生可以在让·保罗的作品中找到一些类比（除了《菲贝尔》中出现的那些）。在《轮回》的结尾处，有一个和托伊费尔斯多克找到布鲁曼（Blumine）的花园住宅相似的场景，而在《威廉·迈斯特的漫游》以及《飞艇艇员詹诺佐》（*Des Luftschiffers Giannozzos*）中都能找到和群山中的会面类似的段落。《花花公子问答》（*Catechism of Dandyism*）在方法层面类似于《泰坦》的第二卷《法国重要法院的法规》（*Statuten des kritischen Fraisgerichts*）。但是，在卡莱尔和让·保罗的作品中，相似性最引人注目的一对段落要数让·保罗对自己顿悟的经历的描述（以内心幻景的方式写就，“我就是我”［Ich bin ein Ich］[128]），以及《旧衣新裁》“永恒的否定”结尾处地狱的圣托马斯街中最有力的场景。毫无疑问，我们无法否认让·保罗的顿悟确有其事，卡莱尔这段相同的经历也是真实的。但是由于其他同 76
时代的作品中都没有和“永恒的否定”结尾相似的场景，我们至少可以猜测卡莱尔压缩了缓慢发展成戏剧形式的过程，这种形式在让·保罗更为平静的叙述中已有预示。

《旧衣新裁》史诗般的骨架在很大程度上是由让·保罗的技艺决定的。卡莱尔从未自己发明过任何故事；《旧衣新裁》的史诗内

126 In the 2nd “Belustigung” from the *Biographische Belustigungen unter der Gehirnschale einer Riesin*.

127 In *Die Flegeljahre*.

128 见 *Wahrheit aus Jean Paul's Leben*，由卡莱尔翻译，载 *Essays*, II, p. 111。

核仅仅是自传而已（《沃顿·伦弗雷德》也是如此，它是卡莱尔早期将自传虚构化的一次尝试），其框架是由不同的技巧拼凑起来的，部分借鉴自小说写作的各个传统，部分来自让·保罗。此外，第欧根尼这一人物毫无疑问地体现出里希特的影响。我无法理解别人通常将托伊费尔斯多克理解成康德的化身的假说，因为前者的狂野幻想以及笨拙却多变的活力，同康德这名抽象的思想家那规矩而清醒的生活方式毫无相似之处。我也无法看到托伊费尔斯多克和让·保罗个人性格的相似之处，尤其是鉴于他已作为另一名角色出现在了《旧衣新裁》之中。但是托伊费尔斯多克和让·保罗笔下某一类英雄的相似之处颇引人注目。这一类人是卡莱尔所列举的古怪的人物，[129] 尤其是《希埃本卡斯》里的莱布格伯。和托伊费尔斯多克一样，莱布格伯是个标准的怪异而丑陋的人。但是，为了不给含有偏见的描述留下空间，我在此引用哈里奇写的一段简述，它读起来就像在描述托伊费尔斯多克："如同自然之力一般，莱布格伯冲进了生活。没有任何人类的风习可以俘
77 获他。他蔑视女人和爱情，像风暴一样徘徊。他从未显得年轻，他步履蹒跚，他的心脏在熊一般多毛的胸膛中跳动。他必须活得自由、无名、不为人所知。"[130] 这个莱布格伯理应在《泰坦》之中再度出现——"人们预想他会跃向空中，进入泰坦，并从高空居高临下地俯视渺小的人群"，[131] 就像《瓦恩加斯》（*Wahngasse*）中

129 Vult, Giannozzo, Leihgeber and Schoppe, *Essays*, II, p. 151.

130 Walther Harich, *Jean Paul* (Leipzig, 1925), p. 547.

131 *Ibid.*

托伊费尔斯多克在他的塔楼上面做的那样。最终以朔佩这个新名字进入《泰坦》的人物甚至和第欧根尼更为相似。“费希特主义是朔佩的关键，他对自由的无条件需求和费希特关于自我的哲学密切相关。此外，此人自给自足，和世界断绝了一切联系，他的幽默只是他无条件的自我休息所结出的果实而已。”“他也是名犬儒主义者，但是更为优雅，就像第欧根尼那样。”[132]这就是一位德国的让·保罗专家所描绘的朔佩的形象，这名专家甚至没有提到卡莱尔。当然，这一相似性在旧的机械的意义上并不能算是“影响”，因为两人之间只有内在的同质性，而这一同质性引向了相似的结果。这一结论比单纯的借鉴要有趣得多。

但比这些类比更重要的是：卡莱尔的思想整体上十分接近让·保罗，而不是费希特和康德，甚至不像人们常说的那样接近歌德。他和让·保罗一样，都经历了相似的发展过程：从最初来自双亲的宗教虔诚，到在18世纪怀疑论的影响下经受物质主义的危机（至于让·保罗，怀疑论在他早期冷淡得令人难以置信的讽刺作品中就已崭露头角），并最终形成新的信念。就和卡莱 78
尔一样，让·保罗皈依了现代的新教，它牺牲了教会的教条，同时坚持基督教的伟大道德信念。[133]两人和18世纪思想的主要运动之间的关系基本一样，这尤其引人注目。让·保罗的思想和卡莱尔的一样，都起源于新教，后者在德、英两国都有其历史传承，虽然遭受了18世纪理性主义的猛攻，但相对而言没有发生改

132 *Ibid.*, p. 586.

133 参见哈里奇的概括，第870页。

变。我们甚至可以说，卡莱尔和让·保罗之间最明显的区别几乎只存在于二人的背景方面：即德国虔敬主义和苏格兰长老会之间的区别。让·保罗，就像卡莱尔一样，在道德行为和生活的实践中，看到了生活的全部意义以及哲学的全部目的。就像卡莱尔一样，他在改宗之后和当时的理性主义哲学做斗争（正如卡莱尔所认识到的，他在引用让·保罗时将后者当成了共同对抗敌人的盟友）。就像卡莱尔一样，让·保罗对德国唯心主义哲学持根本性的负面态度，但他也同卡莱尔一样，在某些基本理念上同意德国唯心主义哲学的观点。尤其是在赫尔德的影响下，他开始反对康德；他攻击过费希特，尽管费希特相比康德要跟让·保罗意气相投得多，正如他对卡莱尔来说是伟大的康德一派中最容易理解、最富有同情心的哲学家那样；他攻击过谢林，他在后者身上闻到了天主教蒙昧主义的味道；他还攻击过黑格尔，将后者称作“辩证法的吸血鬼”。他对“哲学的赫尔德”（philosophische Herder）[134]毫
79 无赞同之意，并在大体上紧跟着雅各比和赫尔德的哲学。这两人不是专业的哲学家，但他们在所有方面上都代表着前康德的思辨方式。卡莱尔自己阅读过雅各比的著作，[135]并因其思想的深度[136]以及他关于灵魂不朽的学说[137]对他颇为推崇。比如在卡莱尔写过的

134　Harich, p. 475.

135　参见 *German Romance*, I, p. 3，以及 1825 年 6 月 24 日的信件，后者作为引文出现于 D. A. Wilson, *Carlyle till Marriage* (New York, 1923), p. 387。

136　*Essays*, I, p. 49.

137　*German Romance*, II, p. 126.

关于德国唯心主义最重要的论文[138]中，他引用了雅各比关于“理
解”（Verstand）和“理性”（Vernunft）所具区别的论述，同时
确信雅各比不是一名康德主义者。卡莱尔的整体倾向都在很大程
度上同意让·保罗以及这些思想家的观点。和卡莱尔一样，雅各
比是一名典型的二元论者；他主要为以下学说进行辩护：任何纯
概念性的哲学（例如一元论），必将不可避免地导向斯宾诺莎主
义，更确切地说，是他所理解的斯宾诺莎主义：无神论、机械论，
以及物质主义。根据雅各比的观点，我们只有通过“信仰之跃”
（“salto mortale” into faith），更确切地说，是不需要任何证明而
通过感觉去直接验证，[139]才能避免这一危险。雅各比在《纯粹理性
批判》中只看到了它的负面内容，即对旧的形而上学系统的毁灭，
而没有十分在意康德为解决问题做出的努力。他只是将康德看成
一名再次为信仰开辟道路的解放者；他并不想承认，康德的毁灭
性的行为会把他的哲学也牵连进去。康德对赫尔德《人类历史哲
学的理念》（*Ideen zur Philosophie der Geschichte der Menschheit*）
做出的负面评价清楚地说明了他有多么反对妥协（或他认为的妥
协），例如赫尔德那种让基督教和哲学达成妥协的方案。这种被雅 80
各比称为解放者的新信仰被卡莱尔称为“理性”；它的活动通常
在实践性的观念、上帝、自由，以及不朽之中最为明显。我们只
能暗示赫尔德对康德的误解有多么深。和卡莱尔一样，让·保罗

138 见有关诺瓦利斯的文章 II, p. 27。

139 关于完整的说明和阐释，参考 1780 年他和莱辛的著名对话。*Jacobi's Werke* (Leipzig, 1812-1824), IV, pp. 51-74.

在费希特那儿看到了这些观念的弥赛亚，虽然鉴于他早年的虔敬主义训练，让·保罗相信道德是我们灵魂的一个自然而根本的本能。

卡莱尔站在思想史的同一位置之上，即从 18 世纪基督教哲学向新的唯心主义理论转变的过程中。他无法避免使用新哲学的某些术语。但是从根本上说，他从未进入新哲学家们的思想。这就解释了卡莱尔为何态度游移。这种游移并非发生在他的头脑之中，而在本质上是因为他兼收并蓄地使用术语，这些术语则给人带来了一种虚假的印象，即卡莱尔和伟大的思辨哲学家们各种截然不同的思想都心意相通。卡莱尔是个典型的例子，他在内心深处是名基督徒——不仅是单纯的基督徒，还是一名清教徒，他寻求通过新的模式将他的信仰同新时代统一起来。但是，他在形式上也显示出时代的印记：他时常在两极之间摇摆：一方面是“启蒙”所代表的明晰和简洁，以及新教布道者和吟游诗人们《圣经》风格的演讲术；另一方面是浪漫主义的最初迹象、斯特恩的幽默，
81 以及让·保罗的视野与幽默。由此看来，卡莱尔是这个欧洲哲学和艺术发展的巨大危机时期里最令人惊奇的具有两面性的人物。他最深的根基位于宗教改革之中，他战斗的对象是“启蒙”，他还进化出了某种接近浪漫主义的东西。但是，卡莱尔身上最奇怪之处可能是这个和 18 世纪晚期的问题做斗争的人活到了普法战争时期，他还在很多方面决定了 19 世纪英国的思想和艺术。在思想上，他要早于真正的英国和德国浪漫主义，但在年代顺序上，他又站在浪漫主义者们的大潮之后——这一事实令人瞩目地说明，

社会较低阶层以及更偏远的省份仍存在文化上的分层，而凭着他独特人格的力量，卡莱尔的例子照亮了英国浪漫主义的根源及其消亡的年代。我们遇上了雅努斯的头颅，其中一张脸向后遥望英国以及我们的思想史，另一张脸充满魄力地观察着新工商业文明遇到的难题。

3

82

卡莱尔与历史哲学 *

近年来，有两本新出版的书专门详细阐释了卡莱尔的基本历史概念。路易丝·梅温·扬女士（Mrs. Louise Merwin Young）在《托马斯·卡莱尔与历史的艺术》（*Thomas Carlyle and the Art of History*）（费城：宾夕法尼亚大学出版社，1939）一书中为卡莱尔作为一名历史学家所取得的成就进行了辩护，称卡莱尔发展出了一套连贯而可靠的历史哲学与历史编纂学理论。扬女士认为，我们不应该仅依据卡莱尔的英雄理论来评判他的观点，卡莱尔"作为一名历史学家，其真正的关注点是社会群体的命运，而不是个人的"。[1] 总而言之，作者引用了德国新康德主义哲学史家威廉·文德尔班德（Wilhelm Windelband）的话作为权威论据："没

---

* 最初刊登于 *Philological Quarterly*, XXIII (January, 1944), pp. 55-76。

1 Page 86.

有人能像卡莱尔那般深刻把握住世界历史观的精髓……并热情洋溢地表达出来。”[2]

希尔·夏因先生（Mr. Hill Shine）在《卡莱尔和圣西门主义者：历史周期性的概念》（*Carlyle and the Saint-Simonians: The Concept of Historical Periodicity*）（巴尔的摩：约翰霍普金斯大学出版社，1941）中选择了一个历史哲学的核心概念，即历史周 83
期性：他认为这个概念的含义是“历史发展表现为一个（1）进步的阶段与（2）衰退的阶段周期性交替出现的过程”[3]，他还向读者展示，卡莱尔在1830—1831年阅读了圣西门主义者的作品，并在后者的影响下形成了自己的观点，即“有机”和“关键”阶段的交替。夏因先生花费了大量精力，通过在巴黎购买的微缩胶片，仔细分析了卡莱尔在那几年里收到的由圣西门主义者出版的十分罕见的手册和报纸。为了挖掘这些理念在卡莱尔作品中的回响和应用，作者还通读了卡莱尔的全部作品。此外，他还研究了卡莱尔《德国文学史》（*History of German Literature*）的手稿残篇，这些残篇已由耶鲁大学图书馆购得。在全书的简介部分，作者指出卡莱尔在接触到圣西门主义的理念之前，还没有萌生出历史周期性的概念。他也许听说过歌德在《西东合集》[4]的一条注释中对“信仰和怀疑阶段互相交替”一说的评论，但这似乎不太可能，因

2 第91页，引自威廉·文德尔班德著作 *A History of Philosophy*（New York, 1898）的J.H.塔弗茨译本第640页。

3 Page 1n.

4 “Isreal in der Wüste,” Goethe, *Werke*, Weimarer Ausgabe, VII, p. 157.

为卡莱尔直到1832年才引述这段话。毫无疑问，夏因先生通过审慎论证表明，至少卡莱尔历史周期性概念的特定形式源自圣西门主义者们的作品。

不管是扬女士关于卡莱尔的历史理论与实践的观点，还是夏因先生将卡莱尔和法国思想联系起来的新主张，它们都会在相当程度上改变对卡莱尔历史学家的身份及其思想背景的现存看法，
84 因此我们需要对它们进行讨论。此外，这两部作品提出了许多关于19世纪思想史、历史编纂学和文学史编纂学的学科史、“历史意识”的起源和本质、历史发展的概念和个性，以及其他方面的重要问题。因此，以这两部作品为起点，我们可以对这些思想史领域的基本问题发起讨论。

在回到扬女士书中得出的结论之前，我们首先应当解决两个问题，它们来自夏因先生那一丝不苟的考据工作。我们要问，卡莱尔和圣西门主义者们的两种历史理论真的有根本上的亲缘关系吗？在历史编纂学方面，卡莱尔思想的源头为何？在我看来，第一个问题的答案无疑是否定的。虽然两者在讨论历史周期性时使用了相似的模式，它们之间仍然存在着一道不可逾越的鸿沟。圣西门及其门徒是自然主义者（虽然他们倡导乐善好施的“新基督教”）。他们是18世纪历史哲学家——比如孔多塞（Condorcet）和杜尔哥（Turgot）——的传人，并为此感到自豪。他们还是孔德（Comte）的前辈（孔德本人当过一段时间的圣西门的门徒），而且他们的思想几乎在每一点上都是整套实证主义历史哲学的前身。我们可以就此做出详细论证，但由于圣西门主义所有的合格

学生都能确认以上观点，所以我们大可不必这么做。[5]因此，卡莱 85
尔——18世纪自然主义的大敌——和圣西门主义者没有思想和哲学上的亲缘关系。夏因先生（当然是出于无意地）误读了卡莱尔，称后者得出了一种“社会学”方法，甚至是一套“19世纪社会学的——或者说是后验的——历史方法论”。[6]扬女士也犯了类似的错误，她认为卡莱尔思想中的“抽象法则，即事物随着时间变化的普通概念，强调的不是个体的形式，而是从现代科学发展角度看到的社会生活及其历史发展过程”。[7]这些术语及其隐含意义相当具有误导性，因为卡莱尔关于历史法则的概念和圣西门主义以及现代实证主义有着显著的差别。和圣西门与孔德不同的是，卡莱尔从未试图确立历史演化的法则。他从未思考过如何详细预测未来，他对历史的目标没有概念，也拒绝通过寻常的因果关系进行解释。当然，他无法像圣西门主义者们那样认为历史学是一门物理科学，或者心理活动和历史演化都是生理机能。虽然卡莱尔

5 尤其可对照 Georges Dumas, “Saint-Simon, père du positivism,” in *Revue philosophique*, LVII (1904), pp. 136-157, 263-287。以及下述文章进行的讨论：Robert Flint, *Historical Philosophy in France* (Edinburgh, 1893), pp. 394-408; J. B. Bury, *The Idea of Progress* (New York, 1932), pp. 282-289; Ernest Troeltsch, *Der Historismus und seine Probleme* (Tübingen, 1922), pp. 383-390; George Boas, *French Philosophies of the Romantic Period* (Baltimore, 1925), pp. 263-276。另可见专著 Georges Weill, *Saint-Simon et son œuvre* (Paris, 1894) 以及 *L'École Saint-Simonienne* (Paris, 1896)。

6 Pages 88, 105n.

7 Page 91.

厌烦形而上学，甚至对席勒的“关于历史的奉承话”[8]以及密尔的历史哲学观点[9]也充满了轻蔑之情，但我们并不能借此证明他同
86 意自然主义实证主义的观点。卡莱尔很有可能既反对他所认为的对终极形而上学问题或知识论（他一直无法理解这门学科）的无稽猜测，又反对自然主义的历史哲学研究方法。根据老亨利·詹姆斯（the elder Henry James）的报告，在上文提到的关于密尔的谈话中，卡莱尔反对的就是密尔提出的“历史中的未来可以预测”的概念，密尔的这个观点也为孔德和圣西门所有。[10]卡莱尔自己关于发展的概念是特意排除了科学性，乃至于反科学的。夏因先生和扬女士的误解源自他们错误地以为，一种后验的、社会学的、“现代的”方法必然是德国先验的形而上学阐释之外的唯一选项。可是，在费希特、谢林和黑格尔等哲学家的先验体系之外，英国和德国都存在着另一大类对历史的观点，它们既不属于自然主义也不属于唯心主义（在后康德时代的形而上学的意义上）。这种倾向被人冠以不同的名称，例如“历史主义”或“器官学”（organology），它的某一分支则被称为“历史学派”。但它是一种具有广泛影响力的观点，起源于18世纪的英格兰和苏格兰，得到了来自法国的一些帮助，在德国“古典主义”（赫尔德和歌德）与浪漫主义的滋养中兴旺发达，并因此被重新引入法国、英国以及

8 *Two Note-books*, ed. C. E. Norton (New York, 1898), p. 36.

9 由亨利·詹姆斯记述，载于 *Literary Remains* (Boston, 1885), p. 426。

10 “就好像某个人一旦骑上了那样一头心神不宁的野兽之后，还真能看清自己的去路似的。”（*loc. cit.*）

其他大部分欧洲国家。这种观点并不总能和所谓理性主义或自然主义的观点清楚地区分开来，也不能和德国辩证形而上学的猜想划清界限。但卡莱尔的思想显然来源于此，而不是法国的理性主 87
义者们。

我无法详细描绘这类历史思想的特征。很多历史编纂学的学者，例如富特（Fueter）、狄尔泰（Dilthey）、特勒尔奇（Troeltsch）、罗特哈克（Rothacker）和梅涅克（Meinecke）[11]已经详细研究了这个问题。对我们来说，提一下它的几个主要特征就已足够：（1）对在根本上难以言喻的个性的强调。这种个性还包含了某个国家、时期，或是其他集体力量的典型独特性。（2）然而，发展的概念与较早和较晚的自然主义进化概念有很大差异：这种发展无法预料，在历史中没有明确的目的；其中的各个阶段或时期不仅仅是通向进化终点的垫脚石，它们每一个都有着独特的地位和各自的价值。最后，（3）它不采取探究因果关系的科学方法，不试图进行总结乃至得出定律，而是阐释性的，依赖于本能甚至是揣测。上述简短的总结就足以表明这类思想与卡莱尔的主要概念的类似之处。后者也时常强调个性、个人的神秘之处、他的（心理和生理上的）面貌、文学的国民性，或是时代之间的

11 Eduard Fueter, *Geschichte der neueren Historiographie* (München, 1911); Wilhelm Dilthey, "Das achtzehnte Jahrhundert und die geschichtliche Welt", in *Gesammelte Schriften* (Leipzig, 1927), III, pp. 210-268; E. Troeltsch, *loc. cit.*; E. Rothacker, *Einleitung in die Geisteswissenschaft* (Tübingen, 1920); F. Meinecke, *Die Entstehung des Historismus* (München, 1936), 2 vols.

88 差异。[12]卡莱尔的发展概念还和“历史学派”的类似：发展各阶段没有绝对的一致性，其目标含混不清。[13]卡莱尔的理论也是刻意非理性的：反对因果解释，依赖揣测，或者用他本人的话说，是一种“光辉夺目的对事实的洞察”。[14]

关于卡莱尔的主要历史概念的前身，我们可以做一些更为详细的说明。在周期性的问题上，夏因先生只考虑了歌德的一段文字，并在一条注释中，指出费希特在《现时代的根本特点》（*Grundzüge des gegenwärtigen Zeitalters*）里也对历史进程做了类似的猜想。夏因先生认为这种高度抽象的先验模式对卡莱尔不具重要性，我同意他的看法。[15]但是，如果我们接受卡莱尔历史进化概念中的一个十分显著的特征，即“轮回”（palingenesis）概念的话，我们就能轻易跳出由歌德、费希特和圣西门主义者组成的迷人小圈子了，而夏因先生的著作就是在这个范围内进行讨论的。当然，夏因先生意识到“轮回”这个术语在圣西门主义者之前就

---

12 “个人的神秘之处”，如 *Two Note-books*, p. 125；“生理学（概念上的面貌）”参见致大卫·莱恩（David Laing）的信（1857 年 5 月 3 日），该信与苏格兰肖像画的国家展览项目有关，收录于 *Miscellanies* (Centenary Edition, New York, 1899), IV, pp. 404-405；“文学的国民性”见注 43；“时代之间的差异”见 *Cromwell*, ed. S. C. Lomas (London, 1904), I, p. 73。

13 见下文注 64。

14 引用于 J. A. Froude, *Thomas Carlyle: A History of his Life in London* (New York, 1884), I, p. 197。

15 Page 104n. 两部德国作品，即 Paul Hensel, *Thomas Carlyle* (Stuttgart, 1901) 和 A. Ströle, *Thomas Carlyles Anschauung von Fortschritt in der Geschichte* (Gütersloh, 1909)，创造了这种所谓联系。更透彻的讨论参见 C. F. Harrold, *Carlyle and German Thought* (New Haven, 1934), pp. 171-173。

已为人所知，并给出了一个相当完整的使用者名单，其中包括博内特（Bonnet）、让·保罗以及柯勒律治。[16]但是，使用这个术语最为频繁而引人注目的还要数赫尔德，他的名字却没有出现在夏因先生的清单上。《人类历史哲学的概念》的整个第五卷都是在讲“轮回”，《散叶》（*Zerstreute Blätter*）里也有一篇标题为《轮回》 89
（“Palingenesien”）的文章，在赫尔德汗牛充栋的著作中，还有很多地方提到和讨论了这个概念。[17]1823年，早在读到圣西门主义的作品之前，卡莱尔就在笔记本里抄下了两段来自赫尔德的文字：一段关于睡眠和死亡的文字来自《散叶》，[18]另一段是《人类历史哲学的概念》第五卷的最后一段话。在后边这段话中，赫尔德以诗歌和散文的形式，抒发了对人类灵魂完成“轮回”，在另一个星球上重生的希望。[19]在赫尔德关于历史哲学的作品中，卡莱尔可能发现了周期交替、动态进化的概念，赫尔德称这种现象为“相反性”（contrarities），即每个时代都维持平衡或是“最大化”的理论。当然，在赫尔德之前就已经有人强调这些概念，将它们看作时代或国家的精神，国民面貌的理念，以及其他种种版

---

16 Page 75n.

17 充分的讨论可参见 Rudolf Unger, “Herder und der Palingenesiegedanke,” in *Herder, Novalis, und Kleist* (Frankfurt, 1922), pp. 1-23。

18 *Two Note-books,* pp. 33-34. 参见 Herder, *Werke*, ed. B. Suphan, XV, pp. 457-458。卡莱尔在注释中称这段话来自“Nemesis”一章，但事实上它出自“Nemesis”之后的“Wie die Alten den Tod gebildet”一章。

19 *Two Note-books*, pp. 34-36.

本。[20]我们不必坚称卡莱尔是从赫尔德那里得到的这些观点，也不必为卡莱尔反驳了赫尔德历史哲学中很多自然主义和神学的特征感到
90 惊奇。[21]卡莱尔不喜欢赫尔德的预定论以及后者将自然、生命和意识紧密联系起来的观点，他还对人性的理想抱持着怀疑态度。但是，在卡莱尔思想成型的岁月中，通过自己阅读的歌德、德国浪漫主义者，以及德语和英语文学史家们的作品，他发现了很多经不同方式整合与重塑的赫尔德关于历史哲学的观点。在歌德的作品中，除了那段有关信仰和怀疑的段落之外，周期变化的概念寻常可见：在歌德关于宗教史的思考中，它是以一场实证的历史宗教与自然神论的斗争的形式出现的；在《色彩学历史》（*Geschichte der Farbenlehre*）中，它暗藏在粗粝的经验主义和缥缈的理性主义这对基本冲突之下；《诗与真》（*Dichtung und Wahrheit*）第七卷里那段著名的对德国文学史的讨论[22]也隐含了这一概念。在《旧衣新裁》中，[23]卡莱尔在重复信仰和怀疑的周期交替时使用了“舒张

20　关于赫尔德的历史哲学，有大量的参考文献。这一部分特别优秀：Meinecke, *op. cit.*, II, pp. 383-479。Sigmund von Lempicki, *Geschichte der deutschen Literaturwissenschaft bis zum Ende des achtzehnten Jahrhunderts* (Göttingen, 1920), pp. 360-414 则很好地讨论了作为文学史家的赫尔德。

21　*Two Note-books*, pp. 72-73. 此外还有《德国文学史》手稿中针对“遗传计划”（genetical schemes）的批评（见夏因先生在第 11 页注中所引文字），显然指向了频繁使用“遗传原理”（genetisches Prinzip）概念的赫尔德。

22　关于歌德，见 Meinecke, *op. cit.*, II, pp. 480-631; Ewald A. Boucke, *Goethes Weltanschauung* (Stuttgart, 1906), pp. 402-410; E. Cassirer, *Goethe und die geschichtliche Welt* (Berlin, 1932)。

23　*Sartor Resartus*, ed. C. F. Harrold (New York, 1937), p. 112.

期”和“收缩期”这两个术语；这两个生理学术语是歌德的最爱，他曾反复将它们安插进自己的作品。[24]

在德国浪漫主义者之中，卡莱尔的历史观和诺瓦利斯的最为贴近。在众浪漫主义者之中，和诺瓦利斯联系最为紧密的不会是
赫尔德，而两人的联系为卡莱尔所注意到，并由现代德国文学研 91
究者进行了详尽的论证。[25]卡莱尔知道诺瓦利斯的论文《基督教抑或欧洲》（1799），并在他关于伏尔泰的文章结尾处引用了其中的话。[26]在诺瓦利斯这篇论文中，有一段话读起来几乎是对卡莱尔早期历史哲学观点的总结。“难道摆动，即相反运动的变化，不重要吗？”诺瓦利斯猜想道，“难道它们有时间限制这点很奇怪吗，难道它们的本质不是增长和衰亡吗？但是，难道我们不也充满信心地期待它们以一种新的健康形式恢复活力并复生吗？进步的、永远不断增长的进化，是历史的主题。”[27]然后，诺瓦利斯将中世纪描绘为信仰的时代，将18世纪描绘为怀疑的时代，预计并期待着第二次改革的发生，而这个复生和革新的年代将开创一段新历史、一个新的黄金年代。这一切将在不远的未来发生，尤其是在德国。毫无疑问，卡莱尔无法赞同诺瓦利斯的天主教倾向，也

---

24 这些术语也在 Herder, “Von Geiste der Ebräischen Poesie,” *Werke*, ed. B. Suphan, XII, p. 20 中出现了，但是在那里它们指的是诗的格律。

25 卡莱尔讨论诺瓦利斯的文章见 *Miscellanies*, II, p. 44；另可参见 Rudolf Unger, “Novalis' Hymnen an die Nacht, Herder, und Goethe,” *op. cit.*, pp. 24-61。

26 “Voltaire,” in *Miscellanies*, I, pp. 465-467；与 Novalis, *Schriften*, ed. R. Samuel and P. Kluckhohn (Leipzig, 1929), II, p. 75 对照。

27 *Op. cit.*, p. 70.

无法像后者一样对不远的未来抱有乐观的期待；但是，两人主张的历史分期的主要体系是相同的，诺瓦利斯笔下的发展概念也暗含着周期交替与重生，或是“轮回”。这两点也正是卡莱尔和圣西门主义者们的思想中最显著的相似之处。卡莱尔（假如他有足够的耐心去阅读下列作品的话）也可能在费希特的《现时代的根
92 本特点》、谢林的《论学术》（*Vorlesungen über das akademischen Studium*），或是弗里德里希·施莱格尔的《哲学史》（*Philosophie der Geschichte*）中接触到更具有试探性、更为详尽的类似体系。[28] 但是，我们不必过分细探这些类似的观点，因为卡莱尔将德国历史哲学混为一谈，对哲学家个人阐述之间的歧异不感兴趣：他只是从中去除了他认为过分牵强的形而上的东西，或是由于其罗马天主教倾向令他感到憎恶的东西。卡莱尔在这一点上的态度和他对待德国哲学整体的态度如出一辙。我在别处已经详细展示过，在卡莱尔的心目中，康德、费希特和谢林几乎融合成了同一个人，他对德国哲学的使用方式也十分狭隘，仅限于几个核心概念而已。[29]

卡莱尔不大可能只在历史哲学中接触到这些观点。他发现当时德国的许多部历史和文学史都广泛提到了这些观点较为浅显的

28 卡莱尔指的是谢林《学术方法论》（*Methode des akademischen Studium*）中有关法语的段落。可参见“State of German Literature” (1827) , *Miscellanies*, I, p. 83。我不知道是否存在证据可以说明卡莱尔知道费希特和弗里德里希·施莱格尔的这几本书。

29 见拙作《伊曼纽尔·康德在英国》（普林斯顿，1931），第183—202页。

版本。由于卡莱尔本人在其学术生涯的早期，关于通史和文学史都著述颇多，这些观点立刻派上了用场。夏因先生过分强调卡莱尔对具体历史现象的讨论与圣西门主义的理论之间的相似之处，但这种相似之处十分模糊和牵强，而且他未能提出以下问题：既然这些概念中有很多和文学相关，那么它们不也可能是从当时的文学史和通史著作中得到的吗？如果我们研究如约翰内斯·穆勒（Johannes Müller）的《通史》（*Universal History*）或德国的文学教科书，比如艾希霍恩（Eichhorn）、布特韦克（Bouterkwek）、 93
瓦赫勒、霍恩等人的作品，也可能会有所发现。[30]当然，弗里德里希·施莱格尔的《古代与现代文学史》（*Geschichte der alten und neuen Literatur*，1816）与卡莱尔的《文学史演讲集》（*Lectures on the History of Literature*，1838）在总的体系，甚至是个别的判断上都有相似之处。卡莱尔早在 1827 年就引用过施莱格尔书

30 卡莱尔知道穆勒所著的 *Vierundzwanzig Bücher Allgemeiner Geschichten* (1810)：参见 *Two Note-books*, p. 290; *Love-Letters of Carlyle and Jane Welsh*, 2 vols. (London, 1909), I, p. 89; *Letters to J. S. Mill*...(London, 1923), p. 163。卡莱尔曾两次引用穆勒关于荷马的观点，见 *Lectures on the History of Literature*, ed. J. R. Greene (New York, 1892), pp. 17, 20，出自 *Universal History*, Book I, Chapter 13。维尔纳·利奥波德先后在几篇文章中表明这样的研究会有多大的成效：*Die religiöse Wurzel von Carlyles literarischer Wirksamkeit* (Halle, 1922); "Thomas Carlyle and Franz Horn," *JEGP*, XXVIII (1929), pp. 215-219; "Carlyle's Handbooks on the History of German Literature" in C. F. Harrold's *Carlyle and German Thought*, pp. 238-247；案例之一就是霍恩提出的"永恒的否定 / 肯定"概念。

中的文字，[31] 他分散各处的评论判断和施莱格尔有许多一致之处。我将特地选取夏因先生引用的几段卡莱尔的文字作为例子，以和圣西门主义的概念进行比较。和卡莱尔一样，施莱格尔认为欧里庇得斯是颓废的；[32] 和卡莱尔一样，施莱格尔也将骑士精神视作日耳曼尚武精神和基督教谦逊精神的综合体，[33] 二人都认为文艺复
94 兴真正的开端是查理大帝的年代；[34] 他们都认为莎士比亚在根本上是一名天主教徒；[35] 他们还都将一个国家的青年时期和抒情诗联系在一起。[36] 当然，我们不能假装施莱格尔是这些广为流传的观念的唯一来源。关于上文所述的最后一点，卡莱尔自己就援引过路德维希·蒂克的《士瓦本时代的回忆》(*Minnelieder aus dem schwäbischen Zeitalter*)，[37] 蒂克的想法则又可能来自他的朋友弗里德里希·施莱格尔或是赫尔德。但是，这些观念以及关于世界文

---

31 见 "State of German Literature"(1827), *Miscellanies*, I, p. 80；卡莱尔在《爱丁堡评论》中提到"施莱格尔的观点"，但是在 1839 年的重印版中将它改为"奥古斯特·威廉·施莱格尔的结论"。事实上，这段话来自弗里德里希·施莱格尔的《古代与现代文学史》(*Geschichte der alten und neuen Literatur* [Vienna, 1816], II, p. 224)。利奥波德最早注意到了这一点 (*op. cit.*, p. 59n)。

32 Carlyle's Lectures, *op. cit.*, p. 31；参见 F. Schlegel, in *Sämmtliche Werke* (Vienna, 1846), I, p. 60。

33 MS *History of German Literature*，由夏因引用，*op. cit.*, p. 15；参见 Schlegel, *op. cit.*, II, p. 7。

34 MS *History*，由夏因引用，p. 13；参见 Schlegel, *op. cit.*, I, p. 204.

35 *French Revolution*, Centenary Ed. I, p. 10；参见 Schlegel, *op. cit.*, II, p. 94。

36 MS *History*，由夏因引用，p. 17；与 Schlegel, *op. cit.*, I, p. 214 对照参看。

37 Shine, pp. 16-17，来自 MS *History*。蒂克所作前言载 Ludwig Tieck, *Kritische Schriften* (Leipzig, 1848), I, pp. 185-214。

学史和德国文学的主要时期的总体系，在卡莱尔查阅过的德国古代研究者和文学史家当中无疑是寻常可见的。我们甚至可以在英国境内找到很多相似的观念，它们被德国人引进并完善，随后又被卡莱尔再次引进。例如，卡莱尔未完成的《德国文学史》的写作计划分为三个前后相继的部分：想象的年代、理解的年代、理性的年代，这个建立于心理学基石之上的体系令我们不由得想起托马斯·沃顿（Thomas Warton）的《英国诗歌史》（*History of English Poetry*，1774—1781）所拥有的类似框架。卡莱尔熟知沃顿的这部作品，不仅因为后者是当时的标杆，还因为他自己也想写一部与之竞争的英语文学史，他将把沃顿的作品“当作一名帮手，而不是模子”。[38]沃顿使用的体系可以被简要地解释为三个 95
连续的时代：想象的时代，随后是理性和想象结合的时代，再之后是理性的时代。受沃顿影响，相似的体系在很多出版于沃顿和卡莱尔的计划之间的对英语文学史的概述中都寻常可见。沃顿的体系是以下诸人著作的基础：乔治·阿尔维斯（George Alves）、乔治·埃利斯（George Ellis）（卡莱尔认识并“敬重”他）、托马斯·坎贝尔（Thomas Cambell），以及内森·德雷克（Nathan Drake）。哈兹利特《论英国诗人》（*Lectures on the English Poets*，1818）中的体系和沃顿的稍有区别：一开始是由伊丽莎白时代的人代表的想象的时代，接下来是由玄学派诗人代表的幻想的时代，再然后是睿智的复辟时代，最后是充满悖论和陈词滥调

38 *Two Note-books*, pp. 119-120，写于 1827 年 2 月后不久。

的18世纪。[39]

此外，在这个时期的英语文学史编纂学中，时代交替的理论也十分流行。约瑟夫·贝灵顿（Joseph Berington）的《中世纪文学史》（*Literary History of the Middle Ages*，1814）所使用的体系假定有两种时代不断交替，即堕落无知的年代与进步启蒙的年代，而总的趋势是不断进步的。罗伯特·骚塞（Robert Southey）在他《近代英国诗人选集》（*Specimens of the Later English Poets*，1807）的前言中，区分了英国诗歌起源、发展、衰落和复兴的各个阶段。英国文学周期交替的观点似乎在19世纪30年代变得尤
96 为流行，那时卡莱尔已经阅读过圣西门主义的作品。但是，该观点的流行看起来并不像是由卡莱尔发表的那些有关德国文学的匿名文章里的零散看法导致的，也不像是直接受到了圣西门主义的影响。骚塞在《简述英国诗歌从乔叟到考珀的发展》（*Sketches of the Progress of English Poetry from Chaucer to Cowper*）一文中（它是对骚塞《考珀传》［*Life of Cowper*，1833］一书的介绍），将英国文学看成是"一连串的异端"，它与自然的正典相悖，但

39 关于沃顿，参见拙作 *Rise of English Literary History* (Chapel Hill, 1941), p. 193; George Alves, *Sketches of a History of Literature* (Edinburgh, 1794); George Ellis, "The Rise and Progress of the English Poetry and Language" in *Specimens of the Early English Poets*, 3 vols. (London, 1801)。另可参见 Carlyle, *Two Note-books*, p. 127："我读过埃利斯，且在一定程度上尊敬他"（1828年1月后）；Thomas Campbell, "An Essay on English Poetry" in *Specimens of the British Poets*, 7 vols. (London, 1819); Nathan Drake, *Shakespeare and his Times*, 2 vols. (London, 1817); Hazlitt in *Complete Works*, ed. P. P. Howe (London, 1930), VI, p. 83。

在伊丽莎白时代和他自己的年代这两个时段，英国文学符合正统的正确思想。他说："文学中的潮流包含了真实或假定的缺陷；在这两种情形下，对抗精神都普遍导致了与之相反的错误。"[40]罗伯特·钱伯斯（Robert Chambers）的《英语语言文学史》（*History of English Language and Literature*，1836）乍看之下只是本"关于英语文学的教科书，和很多大学使用的力学或其他学科的教科书没什么两样"，但甚至在这部广受欢迎的书里，作者也认为，"在文学发展的过程中，有一条看上去几乎是固定不变的法则：创作充满活力的年代与充斥着模仿和重复的年代有规律地轮流出现"。[41]和卡莱尔与圣西门主义者们一样，德·昆西在他关于《文体》（*Style*）的文章中（1840），谈到创造性和反思性的时代在文学领域轮流出现，但是他举了一个古典的例子作为该周期性概念的出处——维莱乌斯·帕特库鲁斯（Velleius Paterculus）的《罗马史》（*Historia Romana*）。[42]我们还可以举出更多例子，但上述例子足以说明这些概念一直在流行，卡莱尔的版本不太可能只借鉴了一个源头。

此外，作为一名文学史家，卡莱尔偶尔会使用一下周期论， 97
这并不算十分关键。卡莱尔在关于《尼伯龙根之歌》和《列那狐》（*Reineke Fuchs*）的两篇文章中，谈到了文学中想象和道德

---

40 引自 William Cowper, *Works* (London, 1836), vol. II, ch. 12, p. 123。

41 Edinburgh, 1836, p. 190.

42 见 De Quincey, *Collected Writings*, ed. David Masson (Edinburgh, 1889-1890), XX，第 186 页及以后，尤其是第 200、202 页。

训诫的时期的轮换交替，这一点似乎来自他的《德国文学史》手稿。但是这两篇文章只是描述性的，算不得重要的批评，它们是卡莱尔最不起眼的作品。显然，卡莱尔作为文学史家和批评家的成就存在于他对歌德、席勒和让·保罗的描绘中，以及他关于博斯韦尔和彭斯的文章中，而不是这些较宽泛的历史综述。如果说卡莱尔对文学史表达过什么重要的理论性观点的话，我们应该到他早年将文学史尊为“民族意识的历史”的论述中去寻找。在对诺里奇的威廉·泰勒（William Taylor of Norwich）《德国诗歌史》（*Historic Survey of German Poetry*，1831）进行的刻薄评论中，卡莱尔阐释了自己心目中理想的文学史为何物：“一个民族诗歌的历史是它政治、科学和宗教史的本质。一个称职的诗歌史家应当对下列话题熟稔于心：民族的面貌，包括其中最精细的特征，还有它逐步成长的全部过程；他应当辨明每个年代的宏大精神倾向，即人类的最高目标和热情所在，以及每个年代如何从前一个发展而来。他应当记录一个民族的最高目标，包括其连续不断的发展方向和过程；因为民族诗歌正是如此调整自身：这正是民族的诗歌。以上就是真正的诗歌史的精髓。”[43] 这些观点中的每一条
98 都能追溯到德国文学史家那里，而后者又汲取了18世纪英格兰和苏格兰作家们发展的观点。在前面提到过的《古代与现代文学史》的前言中，弗里德里希·施莱格尔陈述道：“文学是一个民族智性生活的精髓（Inbegriff）。”[44] 赫尔德这名伟大的文学民族主义传播

43 *Miscellanies*, II, pp. 341-342.

44 Schlegel, *op. cit.*, p. xviii.

者使用了“民族面貌”这一术语，他详细地阐述了时代（age）和
纪元（epoch）的精神为何。[45] 在英国，文学史中的民族主义力量
微弱，几乎不具有自我意识，但在 19 世纪早期，主要是在民间诗
歌的领域，它的声音开始变得洪亮。但是骚塞等人极力反对蒲柏
和托马斯·格雷关于写作英国文学史的方案，因为后者忽略了英
格兰人有其“独特的装扮和秉性”。骚塞称英国诗歌是“土生土
长的”，称英国文学“受到民族特征的影响，就像不同地方酿出
的酒具有不同的口味”。[46] 在前文引用过的那段话中，卡莱尔将这
一文学史的理想模式论述得比他之前的任何英国人都要清晰和充
分。在很长时间里，这一观念在英格兰和其他地区决定了文学史
的理想形式：它在亨利·莫雷（Henry Morley）的书中随处可见，
那些作品将英国文学史讲述为一部民族伦理学。虽然 W. J. 寇尔索
普（Courthope）的《英国诗歌史》（*History of English Poetry*,
1895—1910）中的批评观点和卡莱尔的大不相同，但就连这本书
本身也是由“文学史即民族意识史”这一观念主导的，寇尔索普 99
认为民族意识在其政治思想和制度中体现得最为淋漓尽致。我们
无法在此讨论这些文学史观念明显会带来的危险：它们对民族主
义的强调甚至盖过了西欧文学的共同传统，它们过于看重文学的
意识形态，以致忽视了其艺术作用和发展。卡莱尔只是设想出了
一项理想的计划，并没有真的试图将其付诸实践。

45　“Nationalphysiognomie” in Herder, *Werke*, *op. cit.*, XIII, p. 365；与 XIX, 148, “Nationalseele” 对照，例如 III, p. 30。另参见 Lernpicki, *loc. cit*。

46　Southey, *op. cit.*, p. 126.

我希望这些关于卡莱尔部分早期历史观念的信息能为一个问题提供充分说明：卡莱尔的历史哲学与圣西门和孔德所主张的那种“社会学”的、在根本上是自然主义的理论是毫无关系的。不过，虽然夏因先生令人信服地展示了卡莱尔是如何接受了圣西门主义所主张的有机与关键时期互相交替的模式，但这并不影响我们的结论。卡莱尔肯定是在德国学者那儿得知并接受了这个理论，圣西门主义只是为他提供了旁证而已。关于这一点，卡莱尔确实大方地承认了他对圣西门主义者们的借鉴。[47]但是在私人信件中强调观点的一致性是很自然的事；我们可以猜测，卡莱尔自己可能没有很清楚地意识到他的观念和圣西门主义有着多大的分歧。如果我们仔细观察两者基本的宗教和社会信念，他们之间的差异就会变得更为明显。夏因先生许诺要对这一点进行详尽的讨论，但
100 至今还没有很好地完成这项工作。[48]虽然《卡莱尔和圣西门主义者》一书在细节问题上一丝不苟，但它有个缺陷：主题过于孤立。这本书再次证明了一个古老的事实：即使是某个特定作者的一个观念的历史，也应该放在一个更大的背景下进行研究。

考虑到以上结论，我们可以更为确定地着手回答卡莱尔作为

47　见给古斯塔夫·艾希哈尔的信（1831 年 5 月 17 日），载 *New Quarterly*, II (1909), p. 285，由夏因引用，p. 67。

48　D. B. Cofer, *Saint-Simonism in the Radicalism of Thomas Carlyle* (College Station, Texas, 1931) 相当缺乏批判性思维。另有 Ella M. Murphy, “Carlyle and the Saint-Simonians,” *Studies in Philology*, XXXIII (1936), pp. 93-118，这篇文章更具批判性思维，但包含了许多错误信息。

历史学家的地位和重要性这一问题。毫无疑问，在为卡莱尔作为历史哲学家和历史学家的地位辩护时，扬女士确实谈到了一些要点。人们过于强调诸如“世界史究其根本就是伟大人物的历史”[49]之类的话。我们不应当误解卡莱尔笔下的伟大人物和英雄们：他们不是尼采式的游离于道德秩序之外、超越了善恶的超人，而是上帝意志的代言人，是某种不由他们选择，且不实现他们个人目标的命令的执行者。他笔下的英雄们永远是“代表性的人物”，是他们时代的“梗概和缩影”，[50]而不是利己主义者和巨头。

但是，英雄史观只是卡莱尔历史理论的一个侧面，后者在其他方面并不是只着眼于个体和原子化的。卡莱尔将社会想象为一个整体，一个“集体化的个人”，而一个建立在此种社会观上的历史理论必须同时考虑到静默运作的集体力量和伟大人物的事迹。
卡莱尔关于“历史”的文章（1830）其核心论点事实上是“战争 101
以及它带来的骚动就像酒吧乱斗那样烟消云散”，真正的历史是由“所有一系列被人遗忘了的艺术家和工匠们”创造的，后者塑造了“规范和支持着我们存在的发明、传统和日常习惯”。至少在那时，卡莱尔反对那些只强调外交和政治的历史，倡导写作有关宗教信仰、发明创造、哲学文学的历史——它们本身就可能成为未来历史哲学的基础。[51]他明确地批评有些历史书忽略了真正的“人的生活”。卡莱尔在批评罗伯逊的《苏格兰史》（*History of Scotland*）

49 *Of Heroes, Hero-worship and the Heroic in History*, p. 1.

50 *Miscellanies*, III, p. 90 (“Boswell”).

51 *Ibid.*, II, pp. 86-87.

时，所用的话几乎和他之前批评司各特的《祖父的故事》（*Tales of a Grandfather*）时用的一模一样，指出这两本书只关心“一个放荡的年轻女王的爱情”，“一系列的宫廷阴谋、残杀和战斗”，却忽视了主要问题：“美丽的苏格兰，它的艺术和工艺、神殿、学校、组织、诗歌、精神、国民特征，是靠谁，通过什么方式，在何时，如何创造出来，又产生出独特的性质，由此兴旺发达，日趋伟大？”[52] 缓慢而持续的发展的概念，甚至是进步的概念，暗含在这样理想化的文化和宗教史中，甚至成为后者的必需。我们偶尔会发现卡莱尔发表这样的观点：“在所有的时代里，人类的幸福和伟大在大体上是不断进步的”，“毫无疑问，这个年代也在向前
102 迈进。”[53]在这当中，我们甚至可以依稀感到卡莱尔设想历史的目的是达成“更高的，来自天国的自由”。[54]

根据一种由来已久的类比，卡莱尔经常把发展过程本身想象为人生的各个阶段。对他而言，“社会也有生病和健康的阶段，有青春、成年、衰老、瓦解和重生的阶段”。[55] 每个阶段之间的过渡一定是缓慢进行的，几乎和人类一生中的生理变化那样难以察觉。“当时间迈进新的一小时，我们会听到钟声响起；但是当纪元过渡之时，宇宙中可没有钟锤划过。”[56] 他认识到“最重要的原因可能

---

52 关于司各特，见 *Two Notebooks*, pp. 168-169（1830 年 6 月后），以及 *Miscellanies*, III, pp. 81-83 (“Boswell”)。

53 *Miscellanies*, II, p. 80.

54 *Ibid.*, p. 82.

55 *Ibid.*, III, p. 13.

56 *Ibid.*, II, p. 88.

最为沉默”。由于历史的进程是一个“永远存活、永远运作的混沌的存在”，历史学家会因其使用的叙事性的方法而处于不利的地位；我们的“大小链条”和“因果关系”创造出了“线性的叙事”，其中“所有的行动都是固定的”。“它在广度、深度和长度上扩展开来……它向四处延伸，改变外界又被外界改变；它还向着完成态前进。”[57]这种“思想和行动的强大潮流”在根本上是神秘的，并且由于其神秘性，它值得我们的尊重和接受。卡莱尔甚至说：“一切存在过的事物都有其价值：如果某物中没有真理和价值，它是不可能聚合起来的。”[58]如果某物曾经真实存在过，这个事实本身就足以让卡莱尔感到敬畏，这种敬畏使得他对虚构作品抱有怀疑，对历史则满怀尊敬。卡莱尔在评论布拉克朗德的乔斯林（Jocelin of Brakelond）的编年史中的一段话时说道：“无地王曾经就在那儿，他真的存在过；他确实留下了这十三便士（*tredecim*
sterlingii）……确实曾生活过，朝某个位置看过，而那时的整个 103
世界也同他一道活着，看着。我们要说，这就是伟大的独特之处所在；是无法衡量的特殊性；它将最乏善可陈的历史事实同不论何种虚构以无限大的程度区分开来。”[59]既往事件的独特事实，巨大集体力量的缓慢而持续的发展——这是卡莱尔青年时期的世界历史观中的两大核心概念，卡莱尔在他的许多文章中播撒了这两个概念。

---

57 *Ibid.*, II, p. 89.

58 *Ibid.*, III, p. 100.

59 *Past and Present*, p. 46.

虽然我们将卡莱尔的观点简化成了某种符合逻辑的结构，但是他这样就算是一名伟大的历史哲学家了吗？他是黑格尔或孔德再世吗？扬女士将卡莱尔的历史哲学称为“黑格尔式的”，或是更为小心地称他关于社会机制的观念“混合了黑格尔和赫尔德思想的元素”，她肯定是弄错了。[60]我们没有证据能够表明卡莱尔——至少在他的早年——不只是听说过黑格尔的名字而已；但是不论卡莱尔是否真和黑格尔有联系，他甚至不能牵强地算作一名黑格尔主义者，因为在黑格尔的历史哲学中，其绝对理念的发展过程和卡莱尔主张的思维与行动的非理性浪潮之间存在巨大差别。卡莱尔认为历史没有结束，而不像黑格尔那样认为自己可以目睹历史的最终完满。卡莱尔自己对未来的预测只是对即将来临的动荡和革命的恐惧而已，他似乎希望这些事件可以在两个世纪的暴力
104 之后带来一个虔诚与安定的新时代。[61]卡莱尔和孔德也很不一样，后者试图建立起一门关于社会变化的科学，将正在开启的实证主义时代的目的描绘为完美人性的确立。

但是，如果卡莱尔既不是黑格尔第二又不是孔德第二，那么他真的始终如一地坚持从历史角度看问题吗？会不会我们所阐述的观点只是出现在某个特定的时代，即19世纪30年代，然后它们就遁入背景，消失不见了？难道它们不是经常和其他互相冲突的观念（它们在卡莱尔的头脑和经历中的地位要稳固得多）联系在一起，甚至在一开始就是如此？他的具体实践又是怎样的？他

60 *Loc. cit.*, p. 68.

61 *French Revolution*, I, p. 133.

写作历史时是不是根据他看上去如此确定的理论进行的呢？我们似乎无法否认卡莱尔从未能始终如一地保持从历史角度看问题，他永远会从历史之外引入一套道德标准，而后者使他无法以某个人物或时期的内在标准来评判他们。卡莱尔是名绝对主义者和严格的道德主义者，他对自己遇到的每个时代、人物和纪元都用一套关于真理、真诚和信仰的标准进行衡量。当他看上去在使用一套形而上的现实与幻想对比的标准时，他实际上还是在进行一种掩藏得不太好的道德评价：对他来说，幻想意味着虚伪、不真诚和虚假，而现实即真理、真诚和善良。卡莱尔肯定没有历史学家那种对一个时代的个性的感受，就是兰克（使用与赫尔德相同的说法）描述为“直达上帝”（unmittelbar zu Gott）的那种。[62] 卡
莱尔自己也这么说过：在谈论 17 世纪的英国时，他宣称“对我 105
而言，这两个世纪是这样联系起来的——17 世纪毫无价值，除了它能被变成 19 世纪这一点之外”。[63] 卡莱尔不仅把历史当成“生活的老师”（magister vitae），对他来说，唯一值得书写的历史是“对我们而言生机勃勃、枝繁叶茂”的历史。听到“不再能探出地面，不再能为人类长出新叶结出新果”的事物，对他而言是种“痛苦”，只有“学究、愚钝的家伙和糟糕的为非作歹者才会这么

62　Leopold Ranke, *Ober die Epochen der neueren Geschichte*. 参见 Herder, *Werke* (ed. Suphan, V, p. 527)：“上帝的整个国度中没有任何东西，除了工具……一切同时是工具和目的，这个世纪自然也是如此。”

63　*Correspondence of Thomas Carlyle and R. W. Emerson* (Boston, 1888), II, pp. 10-11（信件写于 1842 年 8 月 29 日）。

做”。[64] 对过去本身缺乏兴趣这一点在此说得再清楚不过了：这一段强调可持续的当下的事物，和之前引用过的关于无地王约翰的段落形成了巨大反差，因为无地王肯定无法归来，他只能在贝里圣埃德蒙兹现身一次。

卡莱尔忽视或忽略历史发生在过去这一点不只是出于道德和功利主义的考量。他这么做还有一个形而上的原因：对时间本质上的非真实性的坚定信念，导致他的世界观是静止的。没有哪条康德的思想（或者是被错当成出自康德的思想——康德从未将时间看成幻想）比他关于时间和空间的表象性的观点对卡莱尔有更大的影响力。对于卡莱尔而言，时间成了“说谎的时间”和“虚幻的外表”，“伟大的反魔法师和万能的奇迹掩藏者”。在他晚期
106 的一篇日记里，他再次证实了时空的表象性理论对他造成的深刻影响。“我因为想到过去的时间的长久持续性而感到深深困扰；康德提出时间可能与我们想象的完全不同，这让我得到了安慰。”[65] 卡莱尔不想像历史学家那样把自己转移到另一个时间中去；他想扫除时间的幻象，让它四分五裂，“穿透时间的元素并望向永恒”。[66]

此外，他关于发展的概念有一个显著特征和“历史学派”有很大不同。当然，卡莱尔避免了黑格尔和孔德的严格体系中的陷

---

64 *Cromwell's Letters and Speeches*, ed. Lomas, I, p. 6.

65 *Sartor Resartus* (ed. C. F. Harrold, New York, 1937), p. 262; *Journal*, dated April 1851, quoted in D. A. Wilson, *Carlyle at his Zenith* (London, 1927), p. 374; W. Allingham, *Diary* (London, 1908), p. 273. 该笔记写于 1879 年 2 月 5 日。

66 *Sartor*, ed. Harrold, p. 261.

阱：他的论述不涉及辩证法和进步的三阶段。但他只是偶尔才会理解“缓慢而持续的发展”这一概念。在大部分时候，卡莱尔认为历史被动乱和灾难打断，其进程是革命而不是进化，崭新的社会如不死鸟一般由此得到重生。[67]卡莱尔对个体指向转变和突然启示（就像托伊费尔斯多克在地狱的圣托马斯街体验到的那样）的需求有着心理上的亲近感，这可能使得他能够看到历史对这类大灾变的需求，并能看到灾难发生的事实，就像当时的地质学家也在地球的历史中发现了这类灾难一样。

如果我们得以一窥卡莱尔历史写作的实践，我们之前的观察结果将频繁反复地得到确证。[68]在扬女士研究卡莱尔作为历史学 107
家的实践时，她几乎没有越出《法国革命》的范畴，过度着眼于为其叙事性和戏剧化的写作方式提供合理解释，但是在档案研究的时代之前，大部分历史学家都和卡莱尔一样使用了这种手法。我们真正需要回答的问题是：卡莱尔是否将他集体主义和发展性

67 *Sartor*, III, Ch. V, "Phoenix," (ed. Harrold, pp. 231-238). 也可参见第 268 页。

68 关于将卡莱尔看成一名历史学家的观点，参见 H. Taine, *History of English Literature*, Book IV, Ch. V (translated H. van Laun, Edinburgh, 1872, II, pp. 467-476); F. Harrison, "Histories of the French Revolution," in *The Choice of Books* (London, 1886), 特别是 pp. 408-414; G. M. Trevelyan, "Carlyle as an Historian," in *Living Age*, vol. 223 (1899), pp. 366-375; C. H. Firth, introduction to Mrs. S. C. Lomas's ed. of *Cromwell's Letters and Speeches* (London, 1904, 3 vols.); E. Fueter, *Geschichte der neueren Historiographie* (München, 1911); A. Aulard, "Carlyle, Historien de la Révolution Française," in *La Révolution Française*, LXII (1912), pp. 193-205; G. P. Gooch, *History and Historians in the Nineteenth Century* (London, 1913), pp. 323-332; J. W. Thompson, *A History of Historical Writing* (New York, 1942), II, pp. 301-303, 可惜这一部分简短而单薄。

的理论投入了实践。虽然我们能够提出一些论点来使否定的回答显得不那么有力，但是我们不得不承认，卡莱尔几乎完全忽视了制度、发明、经济和社会力量——所有这些都是他认为罗伯逊的《苏格兰史》所缺少的东西。他无疑忽略了起源和延续性，以及每个时代之间的过渡。已经有人质疑过卡莱尔对法国革命的观点的可信性，他对英国内战期间议会和王室的宪政之争的过度低估，以及对腓特烈大帝行政工作的忽视，同时批评了卡莱尔对人物性格和战斗场面的片面强调，而扬女士从未涉及这些论点。在卡莱
108 尔的笔下，法国革命是一次人心中魔鬼般的要素的爆发，一场上帝和恶魔之间的斗争，一次持续不断的对报应法则和天谴的展示，是上帝特别的神意的例证。[69] 卡莱尔谴责 18 世纪在内的多个时代完全是负面的，是假象、是幻觉，甚至根本不存在；它们本身从未被当作是有效的东西，甚至整体而言都一无是处。卡莱尔的每一本历史著作都有明确的适时目的：他的《法国革命》似乎是要警醒英国人，让他们负担起社会责任，《克伦威尔》（*Cromwell*）无疑描绘了一位理想领袖的形象，《过去与现在》中对布拉克朗德的乔斯林的记述唤起了对乌托邦式社会的回想，甚至腓特烈大帝也被赞颂为一名模范国王和统治者。

虽然卡莱尔花费了大量精力来研究史料，而且根据当时的标准，其学术成果也算得上准确，但这些论点并不能帮助我

69　*French Revolution*, I, pp. 48, 65 等。J. A. Fronde, *Thomas Carlyle: Life in London*, II, p. 394，引用了杂志上最近的一篇文章（1869 年 12 月）：“我发现我的内心深处有一些令人迷惑但无法消除的信念，那就是某种‘特别的神意’的存在。”

们确定他的“历史意识”和作为一名历史学家的地位。哈罗德（Harrold）先生已经展示过卡莱尔是如何富有技巧、勤勤恳恳地将法国人的回忆录与《导报》（*Moniteurs*）结合起来用在《法国革命》之中；[70] 理查德 · A.E. 布鲁克斯（Richard A. E. Brooks）先生在他编辑的一篇尚未出版的来自《1858年秋德国游记》（*Journey to Germany: Autumn 1858*）[71] 的日记中，证明卡莱尔为了写作《腓特烈大帝》里的战斗场景，曾十分仔细地研究了战场的地形地貌，还公正地评估了手头的书面资料。我们不必通 109
过指出卡莱尔《克伦威尔书信和演讲集》（*Cromwell's Letters and Speeches*）中令人费解的省略之处和突兀的插入语与改写，或是他对于手稿原始资料的完全忽略，[72] 来反驳以上观点。整个问题的关键不在于学术伦理，也不在于卡莱尔个人的真实性和真诚性（我想我们应当认为他是相当诚挚的）。卡莱尔缺乏历史意识这一点在《斯夸尔书信集》（Squire papers）这个可悲的事件中体现得明确得多（扬女士甚至没有提到这件事）——卡莱尔不仅在面对一个骗子时展示出几乎令人难以相信的天真，还表现出他对17世纪的文体和氛围都完全没有概念。这些信件据称是由斯夸尔先生的一位先人所写，但卡莱尔中了最粗糙的骗术，始终对它们的真

70 C. F. Harrold, “Carlyle's General Method in the French Revolution,” *PMLA*, XLIII (1928), pp. 1150-1169.

71 New Haven, Yale University Press, 1940.

72 关于克伦威尔，见 Reginald F. D. Palgrave, “Carlyle, the ‘Pious Editor’ of Cromwell's Speeches,” in *National Review*, VIII (1887), pp. 588-605，以及 C. H. Firth, *loc. cit*。

实性毫无怀疑。[73] 或许最能体现出卡莱尔缺乏历史洞察力的例子，还要数他误读了腓特烈大帝的动机和人格，导致他荒唐地将后者赞颂为一名卡莱尔式的英雄、真理和信仰的捍卫者。[74] 整体而言，卡莱尔的爱好者们严重夸大了他对个性和人物性格的洞察力。卡莱尔非理性的心理学认识到，人类的行为不仅由理性和个人的愉悦决定；他使用的猜测性的研究方法摈弃了因果解释和“挖掘动
110 机”，这些因素确实使他免于犯下 18 世纪历史编纂学的许多谬误：后者会在每一处都找到有意为之的动机和谋划，也因此找到了骗局和诡计。但是卡莱尔很少带着同情心进入一个人的思想：他经常满足于用“火焰般的图像”，或者在最糟糕的情况下，用耸人听闻的戏剧化方式或嘲弄的口吻概述人物的外貌。他对柯勒律治和兰姆的讽刺是绝顶杰作，他对雪莱、济慈、哈兹利特和奥古斯特·威廉·施莱格尔的嘲弄则只是偏见与恶意的体现。[75] 卡莱尔狭隘的同情心本身就和真正的“历史精神”相冲突，而他最令人憎

73 Firth, *loc. cit.* 所有文件都被重印在 W. Aldis Wright, “The Squire Papers,” *English Historical Review*, I (1886), pp. 311-348。

74 参见 Norwood Young, *Carlyle: His Rise and Fall* (London, 1927)，卡莱尔（的评价）总显得不太公平，但他对《腓特烈大帝》的批评是中肯的。

75 关于柯勒律治，见 *Life of Sterling*, Ch. VIII。兰姆的相关内容见 *Reminiscences*, ed. C. E. Norton (Boston, 1887), I, p. 94; *Two Note-books* (New York, 1898), p. 218。有关雪莱的讨论，见 *Reminiscences*, II, pp. 292-293; Letter to Browning in *Letters to Mill, Sterling and R. Browning* (London, 1923), p. 292; W. Allingham, Diary (London, 1908), p. 242; Sir Charles G. Duffy, *Conversations with Carlyle* (London, 1892), pp. 63-64; T. Wemyss Reid, *Life of Richard Monckton Milnes, Lord Houghton,* 2 vols. (London, 1890), I, pp. 435-436。关于康德，见 Reid, *loc. cit.* 和 W. Allingham, *op. cit.*, pp. 41, 205, 310。关于哈兹利特，见 *Two Note-books*, p. 213; *Letters*, 1826-1836, ed. C. E. Norton, 2 vols. (Boston, 1888), I, p. 171; *Letters to Mill, Sterling ..., ed, cit.*, pp. 28-29。关于施莱格尔，见 *Two Note-books*, p. 258, 以及 D. A. Wilson, *Carlyle on the French Revolution* (London, 1924), p. 284。

恶的特征，即对纯粹权力的崇拜，也正是由此而来。这种崇拜之情表现在他对爱尔兰人、波兰人、黑人和捷克人的态度中。[76]我认为，老亨利·詹姆斯在一篇今日几乎无人知晓的文章中触及了问 111
题的要害："我认为，卡莱尔智性上的主要缺陷在于他过于绝对地强调人心中的道德准则，或者说他贫乏的想象力赋予了人类经验中的善恶之争一种不可改变的性质。"[77]

因此，如果有人声称卡莱尔具有对历史观点的深刻理解，甚至是历史法则的现代社会学观念的前身，这种努力注定失败。毫无疑问，在特定的时间和背景下，卡莱尔采纳了历史信条的某些主要原则：对个性和发展的强调。但是卡莱尔没有吸收这些理念，而是同时抱持着一些和它们互相冲突，且更加根深蒂固的非历史的假设。卡莱尔的历史观大体上是道德说教的、二元论的，将历史设想为上帝和魔鬼之间的战场，这种观点在他后期的作品中完全占据了上风，而且贯穿了他的整个实践过程。当然，卡莱尔早

---

76 爱尔兰人相关问题可参见 *Cromwell*, ed. Lamas (I, pp. 459-462, 472-473; II, pp. 58-60); "Reminiscences of my Irish Journey in 1849," *Century Magazine*, XXIV(1882)。另有一封信可以证实弗劳德的观点，见 Herbert Paul, *Life of James A. Froude* (London, 1905), p. 224，以及和丹尼尔·奥康奈尔（Daniel O'Connell）有关的信件，见 *Correspondence of Thomas Carlyle and R. W. Emerson* (Boston, 1883), I, p. 143。波兰人问题见 *Frederick* (VIII, pp. 44, 55, 59, 120, 123-124) 对"隔离"所持的赞许态度。黑人问题见"Occasional Discourse on the Nigger Question," *Fraser's Magazine*, XL (1849) 以及"Ilias Americana in Nuce," *Macmillan's Magazine*, VIII (1863)。捷克人相关内容见 *Journey to Germany: Autumn 1858, ed. cit.*, pp. 71-92。

77 *Literary Remains*, ed. William James (Boston, 1885), p. 457.

期对历史观点的看法有些许值得称道之处；但他自己写作的历史并不算是践行了这种历史理论。那些观点中的很多条都只是被卡莱尔当成称手的武器来对抗 18 世纪理性主义这个公敌而已。他自己从未在实践中吸收过这些观点，就像他从未根据民族意识史的框架写过文学史一样。在内心最深处，卡莱尔始终是名加尔文宗的基督徒，他试着用新的方法将他的信仰和新时代统一起来。他最深的根基扎在其先祖的信仰之中，这种信仰在他的祖国和出生
112 地几乎毫无改变地幸存到了他的年代。因此，卡莱尔在历史哲学史中的地位和他在思想通史中的地位惊人的相似：他表面上宣扬新的德国唯心主义，但事实上仅仅抓住了几个用来对抗 18 世纪的核心概念。卡莱尔在哲学和历史理论两个领域中都只是短暂地接近了新的德国唯心论。在哲学领域，他更倾向于非理性的暗流而不是伟大的辩证哲学家，倾向于雅各比和让·保罗，而不是康德、费希特和黑格尔。[78]他对于德国历史哲学观点的偏好也是一样，其兴趣仅限于赫尔德和浪漫主义者们，而不是费希特、谢林和黑格尔所建立的理论体系。在内心最深处，卡莱尔拒绝接受新的唯心主义一元论，也拒绝接受德国人在世纪之交时定义的历史观点。因此，卡莱尔可能在技术层面上不算是一个哲学家或历史学家，尤其是他无法用完整连贯的原创观点来反对新的信条。不过，虽然卡莱尔在根本上拒绝这些观点，但他的态度可能也有几分值得

78 我在此重复《卡莱尔与德国浪漫主义》（1929）（即本书第 34—81 页［边码］）与《伊曼纽尔·康德在英国》（普林斯顿，1931）第 183—202 页中，从有关卡莱尔的部分里得出的卡莱尔和德国哲学的关系的结论。

称道之处，这些优点可能算得上重要而伟大。我们已经目睹过太多的“历史主义”泛滥所带来的危险，足以知道它可能会导致价值观的彻底混乱，导致“绝对事物中最坏的一种，绝对的相对主义”。[79]在卡莱尔严格的道德主义甚至二元论中，有一种古老而深刻的洞见，它无法忽视人类和历史中“超常”（daemonic）的 113
元素。毫无疑问，无论过去还是现在，缓慢而持续的进化都是现代历史编纂学的核心工具和判断标准之一。但是，关于进化的持续性的教条，或者是增长和衰亡之循环的绝对规律性，已经太过频繁地导致人类盲目地相信进步，或同样盲目地相信斯宾格勒式的悲观宿命论。现代生物学已经接受了“变异”和“突变”等概念，这甚至可能暗示着“不死鸟重生”或者社会的“轮回”之类的说法都有几分道理。近期的历史肯定让最愚笨的人也懂得了世上有灾难和祸患，古老的谚语“自然界无跳跃”（*natura non facit saltum*）可以被改为“历史有跳跃”（*historia facit saltum*）。尽管卡莱尔作为历史学家在很多基本的资质上有缺陷，他对某些历史进程的洞见却可能比19世纪的职业历史学家们更为深刻。但是由于本文的主题是卡莱尔的历史观，上述问题不必在此回答。

---

79 这是诺曼·福尔斯特（Norman Foerster）使用的表达方式。

4

114 德·昆西在观念史上的地位[*]

近年来，至少在文学界，德·昆西受到了极大的关注。目前已有三部新传记，[1]一部新书信集，一部反映其历史和宗教思想的德语专著，[2]以及若干关于他生平和作品的文章；[3]如今，密歇根大

* 原载于 *Philological Quarterly*, XXIII (July 1944), pp. 248-272。

1 Edward Sackville-West, *A Flame in Sunlight; the Life and Work of Thomas De Quincey* (London, 1936); Horace Ainsworth Eaton, *Thomas De Quincey: A Biography* (New York, 1936); John Calvin Metcalf, *De Quincey: A Portrait* (Cambridge, Mass., 1940). 随后，约翰·E. 乔丹也做出了明智且有同情心的分析，详见 John E. Jordan, *Thomas De Quincey Literary Critic: His Method and Achievement* (Berkeley, Calif., 1952)。

2 *De Quincey at Work: As Seen in One Hundred Thirty New and Newly Edited Letters*, collected and edited by Willard H. Bonner (Buffalo, 1936); E. T. Sehrt, *Geschichtliches und religiöses Denken bei Thomas De Quincey* (Berlin, 1936).

3 原文附录列有十六条普罗克特作品的清单，位于第 276 页注。

学又出版了一部论述其文学理论的著作。[4] 该书作者西格蒙德·K. 普罗克特（Sigmund K. Proctor）已于 1938 年去世，但克拉伦斯·D. 索普（Clarence D. Thorpe）和保罗·穆埃什克（Paul Mueschke）两位教授对此书进行了仔细的编辑。索普教授加入了一大段“补遗，及德·昆西与德国文学关系之评论”。普罗克特收 115
录了德·昆西所有涉及文学理论的观点，对它们进行了详尽的分析解释和系统的编排，并给出了逻辑缜密的评判。尽管他并未对德·昆西的观点照单全收，而是指出了其中的自相矛盾之处，他仍然坚称德·昆西在文学理论史乃至文学理论的构建中有着重要地位。普罗克特收集和分析材料的能力毋庸置疑，但他的总体研究方法似乎有待商榷。本文将阐明其对德·昆西思想的批判性评价中的错误之处。我希望通过探讨普罗克特的著作，检视德·昆西在观念史上的地位乃至研究观念史的方法。

普罗克特在该书中预设自己能从连德·昆西本人都承认是随手写下的各种言论中抽离出一个连贯的观念体系。他认为德·昆西的思想存在一套内在逻辑和观念系统，并经常提及这一点。[5] 普罗克特不但预设自己可以梳理出这条内在逻辑，甚至认为自己对德·昆西的思想比其本人还要了如指掌。例如，他声称“德·昆西偏离了自己真正的思路”，或断言他“必然持有”这样或那样

4 Sigmund K. Proctor, *Thomas De Quincey's Theory of Literature* (University of Michigan Publications: Language and Literature, Vol. XIX [Ann Arbor, The University of Michigan Press, 1943], viii + 311 pp).

5 例如第 192、212 页。

的观点。[6] 实际上，普罗克特意图重建德·昆西的理论，同时以此为基础构建自己的理论。这种方法是危险的，其危险性尤其表现在普罗克特自己都无法判断他到底是在揭示德·昆西脑中已成
116 型但未付诸笔端的思路，还是在对德·昆西的系统进行修补整理，以使之完善。诸如“德·昆西只赐予了我们一点直接的提示”[7] 等充满敬畏的词句似乎指向前一种方式，但很明显他又试图在其他地方纠正德·昆西的错误。普罗克特研究的“首要关注点”甚至“最笼统的结论”便是（德·昆西思想中）根本性的矛盾；[8] 他也常常提及这些前后矛盾、含混不清之处。[9] 遗憾的是，普罗克特并未对自己研究方法中的预设进行探讨，也从未考虑到一种可能的情况，即涉及专业批评时，德·昆西严格来说只是一位“临时”作家，多年来他出于各种目的、在各种情绪作用下创作了混杂多样的文章，而这些作品除了带有他的性情风格之外，几无共通之处。唯有一个结论可以支持普罗克特的研究方法，即德·昆西是一个具有系统性、原创性的思想家。因此，在回到研究方法的论述之前，最好先探讨德·昆西自称思想家是否合理，以及普罗克特对其理论的肯定是否成立。

普罗克特以对德·昆西哲学观念的讨论作为开篇，这无疑是

---

6 Pages 176, 249.

7 Page 54.

8 Pages 138, 264.

9 第 191, 210, 249, 251, 252, 253, 257 页至“confused”，第 191, 200, 201, 206 页至 236 页注。也可对照“his absent-minded moments”（第 258 页）。

恰当的。德·昆西与康德的关系在其哲学观念中具有中心地位，前者常常在写作中提及康德。普罗克特尖锐地批评了我在《伊曼纽尔·康德在英国》[10]中对德·昆西与康德的关系做出的论述。我 117
认为德·昆西对康德的哲学思想“只知皮毛，他仅仅将后者视作自己当下绝望和无聊情绪的一种表达”，而普罗克特对这一观点嗤之以鼻，认为其“过于荒谬，甚至不值得反驳”。[11]我所得出的结论，即德·昆西对康德的真正立场一无所知，被普罗克特称为“几乎比德·昆西对康德的失望只是浮于浅表这一结论更站不住脚”。[12]但是普罗克特自己也不得不承认，“德·昆西的作品缺少对康德思想哪怕是最粗略的阐释”[13]（关于“德国研究及康德”的那一章除外），并且他“对康德及其哲学思想的描写明显不符合事实”。[14]普罗克特写道，若将德·昆西所写的某个段落“孤立看待，则他确有理解不当之嫌”。[15]索普在该书附录中似乎肯定了我的判断，但并未明确提到我或者普罗克特的观点。他甚至写道，德·昆西在阐述康德思想时有一套用以蒙混过关的“心理防卫机制”，并发问：我们是否可以“怀疑对德·昆西来说，康德的理论难以捉摸，因此他竭力避免阐明其中的奥义”。[16]索普引用伊

10 Princeton, 1931, pp. 171-180.

11 *Ibid.*, p. 180; Proctor, p. 29.

12 *Ibid.*, p. 29.

13 *Ibid.*, p. 17.

14 *Ibid.*, p. 32.

15 *Ibid.*, p. 30. 很难理解这些段落为什么不能独立进行判断。

16 *Ibid.*, pp. 296-297.

顿（Eaton）的话，用以证明德·昆西“不过是在玩弄康德的次要作品和无关紧要的观点”，以及邓恩（Dunn）的话，以证明“他
118 并未触及康德作品的思想核心”。[17] 对德国文学有所了解的詹姆斯·哈钦森·斯特林（James Hutchinson Stirling）更是直言不讳地表达过类似看法。[18]

然而我无须借助这方面其他学者的权威来巩固自己的观点，德·昆西的作品就是最好的证明。在这些作品中，他将“超验”（transcendent）与“先验”（transcendental）、“先验”与“先天”（*a priori*）混为一谈；将“范畴”说成“大的观念”；称康德具有“恶魔般的头脑”，“犹如禽兽”，他的“教义令人毛骨悚然”，他“从不阅读”，还向他的国王“撒谎”。[19] 另一点无可否认的事实在于，德·昆西一再承诺自己会阐明问题，声称他已形成了深刻的理解，并贬低所有其他评论者，而这一切不过是虚张声势和招摇撞骗。德·昆西厚颜无耻地宣称自己读了“上百篇”评论者的文章，其中没有一个人“能月华般照清康德的哲学思想”，而他自己只消稍加解释，便能使“读者掌握康德的思想系统，省得他们（指读者）专门花力气去研究”。接着，德·昆西宣称，能解释康德的思想，其价值不亚于发动了一场哥白尼式的革命，并吹嘘说

17 *Ibid.*, p. 290, quoting Eaton, *op. cit.*, p. 312; *ibid.*, p. 294, quoting William A. Dunn, *Thomas De Quincey's Relation to German Literature and Philosophy* (Strassburg, 1900), p. 115.

18 “De Quincey and Coleridge upon Kant” in *Jerrold, Tennyson and Macaulay, with other critical Essays* (Edinburgh, 1868), pp. 172-224.

19 *Collected Writings*, ed. Masson, I, pp. 98-99, 155; VIII, pp. 90, 93, 104.

“在此之前，没有康德研究者……能做出连贯合理的解读，读者 119
得感谢我让他们茅塞顿开”。[20] 大张旗鼓的承诺和雄辩背后缺乏与之相称的建树，这足以使人怀疑德·昆西对康德的理解是否真如普罗克特所说的那样重要和深刻。普罗克特指出，我因为海因里希·冯·克莱斯特对康德的“真诚反应是痛苦与哀恸”[21] 而称赞前者，却不承认德·昆西做到了这点，但这并非我厚此薄彼。在克莱斯特身上，我们能感觉到他与康德激烈碰撞后的痛苦结局；反观德·昆西，除了就其模糊的奥义给出错误的解读，宣称自己已有深刻理解之外，他甚至什么也没能做。

德·昆西与其他哲学家的关系也不比他和康德的关系更有价值。他批判柏拉图，称其向《理想国》中的护卫者提议进行“田园牧歌式的寻欢作乐”，有“神秘主义”和“目的不明”之嫌。他认为柏拉图的哲学思想“虽充满华丽的观点，但无甚非凡之处”，[22] 这着实令人讶异。德·昆西“憎恨”霍布斯，厌恶洛克，试图否定休谟的神迹。他草草提到过培根、斯宾诺莎和笛卡尔。他对莱布尼茨
的了解似乎更多一些。[23] 他好几次提到费希特；他的《论战争》借 120

---

20 *Ibid.*, II, pp. 87, 93, 96, 97.

21 Proctor, p. 29. 关于克莱斯特与康德，见 E. Cassirer, *Kleist und die kantische Philosophie* (Berlin, 1919) 及 I. S. Stamm, “A note on Kleist and Kant,” *Studies in Honor of John Albrecht Walz* (Lancaster, Pa., 1941, pp. 31-40)。

22 Masson, VIII, pp. 46, 47, 81.

23 Hobbes, *Posthumous Works*, I, p. 101; Locke, Masson, X, pp. 28ff.; III, p. 130; II, p. 76; Hume, *ibid.*, VIII, pp. 157ff.; Bacon, *ibid.*, II, p. 93. Spinoza, *ibid.*, IV, p. 135. Descartes, *ibid.*, VIII, p. 262. Leibniz, *ibid.*, VIIII, p. 92; X, p. 16.《神义论》（*Théodicée*）的一份德译副本（ed. J. C. Gottsched, Hannover, 1763）现藏于耶鲁大学图书馆。它原属于德·昆西，并附有一段备注，表明柯勒律治曾借去这本书，添写了一些旁注，还来时只编辑了 80 页。

鉴了很多费希特在《何为真正的战争》(*Begriff eines wahrhaften Krieges*)[24]中提出的激进观点。在一本他借阅了几小时的《哲学文集》(*Philosophical Writings*)中，他发现柯勒律治有几处剽窃了谢林的观点，这纯属巧合。他认为黑格尔只是“不可理解之物的大师”。[25]然而这一切都无法证实德·昆西对德国唯心主义哲学家有任何实质研究，德·昆西的作品也未显示出他们的影响(除了对费希特的一次借鉴)。

德·昆西对传统逻辑有所了解。从他关于威廉·汉密尔顿爵士(Sir William Hamilton)的论文可以看出，他对“阿喀琉斯与乌龟”之类的逻辑难题显然有较为详细的认识。提及汉密尔顿将谓词量化的行动时，他表示自己有意为英语读者翻译和改写朗伯(Lambert)的《新工具论》(*New Organon*)。[26]朗伯是康德的先驱，
121 他调和了洛克与沃尔夫(Wolff)的学说，[27]英语读者对其并不熟悉。

24　Fichte, Masson, II, p. 146; III, p. 397; X, p. 430. 根据泽埃尔特(Sehrt)的说法(*op. cit.*, p. 39n)，《论战争》一文的附言(Masson, VIII, p. 393)隐藏着对费希特的借鉴，而《罗马哲学历史》中再次以简化的形式使用了这些概念(*ibid.*, VI, pp. 429f.)。

25　Schelling, Masson, II, p. 145; note II, pp. 226-228. 谢林的作品应为 *Philosophische Schriften* (Landshut, 1809)，而不是 *Kleine Philosophische Werke*。参见拙作《伊曼纽尔·康德在英国》第 96 页及以后各页；Hegel, Masson IV, p. 314; XI, p. 399。有关蒂克的注释进一步提到了这个问题(*ibid.*, p. 464)，但写下这些的不是德·昆西，而是朱利斯·黑尔(见 Hans Galinsky, “Is Thomas De Quincey the Author of the Love-Charm?” *MLN*, LII [1937], pp. 389-394)。

26　Masson, V, pp. 338, 339.

27　朗伯相关内容参见 Otto Baensch, *Johann Heinrich Lamberts Philosophie und seine Stellung zu Kant* (Tubingen, 1902)，以及 E. Cassirer, *Das Erkenntnisproblem in der Philosophie und Wissen-schaft der neueren Zeit* (Berlin, 1922), II, pp. 534ff。

然而德·昆西并未将该计划付诸实践，我们也就无从得知他会如何解决这一难题。由于德·昆西“连一篇原创性的思辨文章都未能流传后世”，我们不得不同意普罗克特的观点，即德·昆西“算不上哲学家”。[28] 此外，没有任何迹象表明他对某一位哲学家或者哪段哲学史有准确的认识。他在哲学领域所扮演的唯一角色，是各个伟大哲学家最次要思想的普及者和传播者。

但普罗克特辩称，德·昆西有自己的世界观：他赞同某种“基督教道德神秘主义”，强调“慧心”的重要性，“以反智主义方式解决知识问题”。[29] 毋庸置疑，德·昆西的信仰和学习环境决定了他是一名虔诚的英国国教教徒。他厌恶无神论者和自然神论者，对异见者、罗马天主教徒和古希腊古罗马多神教徒则感到不屑，认为他们是可悲的。[30] 但说他在神学史方面所持的立场是“基督教道德神秘主义”则又略显牵强。无论是心灵宗教，还是认为神迹曾在《圣经》所记载的年代真实发生，乃至捍卫“正因不合理我才相信”的论点，[31] 这些都与神秘主义无甚关联。德·昆西的宗教信仰受其成长环境的影响，带有基督教福音主义的色彩。他认识汉娜·摩尔夫人（Mrs. Hannah More），并对她表示过厌恶和嘲讽。他尽管反
对福音主义，却对它带来的虔信复苏十分重视。[32] 他对爱德华·欧 122

28 Pages 14, 17.

29 Proctor, pp. 43, 46, 50.

30 关于自然神论，可参阅 Masson, XI, pp. 82f.；或是对托马斯·潘恩的评价（*Ibid.*, V, p. 79）。

31 *Ibid.*, VIII, p. 157; VII, p. 178.

32 *Ibid.*, XIV, pp. 94-131; II, p. 129; V, pp. 24-31.

文的思想有些兴趣，[33]但与之保持着审慎的距离。显然，在宗教方面，德・昆西受柯勒律治的影响最深。和柯勒律治以及其他同时代的作者一样，他反对"《圣经》字字句句均为神启"这一点。[34]再加上他强调教会是一种社会制度，这些观点使他与福音主义者愈发疏离。但他似乎也不认同广教会派发起的运动，因为他对托马斯・阿诺德博士（Dr. Arnold）持批判态度，还因此遭到了朱利斯・黑尔的猛烈抨击。[35]他认为基督教"永恒前进"，"无限发展"，这些大胆的想法与纽曼（Newman）更为相似。德・昆西认同纽曼在《论基督教教义的发展》（*Essay on the Development of Christian Doctrine*）中的观点，尽管除此之外他并未对牛津运动显示出同情。[36]他最鲜明的宗教经验似乎来自他对无限时空的思考，但他对教会的重视又有着社会政治方面的考虑。他和柯勒律治、骚塞一样是保守浪漫主义者，都希望最终能在世上建立一种神权政治。

德・昆西将基督教视为政治运动的工具，认为"如果基督
123 教能够通行世界，重建社会结构"，[37]那么它将会终结战争。但同时，德・昆西又强烈支持现世的战争，尤其是当战争属于对黑暗势力的讨伐或能维护大英帝国的利益时，因为对德・昆西来说，

33 *Ibid.*, II, pp. 1221-1225.

34 *Ibid.*, VIII, pp. 264-266.

35 *Ibid.*, XI, pp. 101f.; III, p. 243. Julius Hare, "S. T. Coleridge and the English Opium-eater," *British Magazine*, VII (1835), pp. 15-27.

36 Masson, VIII, pp. 208, 309, 289-290.

37 *Ibid.*, VII, pp. 236, 369-397.

大英帝国是基督教世界的引领者。[38] 德 · 昆西的政治思想与伯克（Burke）和保守浪漫主义者相符。他认为伯克是 18 世纪最伟大的思想家。[39] 与保守浪漫主义者一样，他痛恨法国大革命的思想观念，认为拿破仑的失败与基督教的复兴一样值得欢欣鼓舞；具体而言，他接受了大部分保守党的政治观点，甚至对彼得卢屠杀表示赞同。[40] 但德 · 昆西对进步的信仰比柯勒律治更加坚定。他否认“人类正在走下坡路”，甚至赞美铁路代表着“这个时代迈向协调统一的可能性”。总体来说，他倾向于基督教的社会乐观主义，尽管他知道“基督教还处于孩童时期”，而“我们还要很久才能抵达上帝之所在”。[41] 所有这些观点都平淡无奇，但德 · 昆西的总体立场却非同寻常；他一方面回避柯勒律治的理性蕴涵，一方面又持有许多进步主义的观点。最出人意料的是他对李嘉图政治经济学的由衷信仰，他将其作为终极真理进行阐述，认为它能够解决人类困局，
“从人类理性中产生，却有着永恒的基础”。[42] 德 · 昆西贬低骚塞、 124
华兹华斯和柯勒律治的经济观，[43] 却没能明确地感知到李嘉图学说

38 例如对英语在印度地位的描述：“权力为其加冕”（VII, p. 429）；对“大屠杀是上帝的女儿”一语的赞许（VIII, p. 392）。“The True Justification of War,” *Posthumous Works*, I, pp. 135f.

39 关于伯克，见 Masson, XI, pp. 35-40; X, p. 114。

40 更多的细节可参见 Sehrt, *op. cit.*，以及 Charles Pollitt, *De Quincey's Editorship of the Westmoreland Gazette* (Kendal, 1890)。

41 “Is the Human Race on the Downgrade?” *Posthumous Works*, I, pp. 180ff.; “Increased Possibilities of Sympathy in the Present Age,” *ibid.*, I, pp. 165ff., 170; II, p. 228.

42 Masson, II, p. 340; III, pp. 432ff.; ix, *passim*.

43 *Ibid.*, II, pp. 341, 344-345; V, p. 189.

（从自由放任主义的角度来看）有实利主义和自由主义倾向。这也许是德·昆西另一个根本性的自相矛盾之处，但毋宁说它进一步证明了德·昆西的思想观点是松散的，他很少能透过表象看清观点背后的意涵，思维过于敏捷跳跃，故而难以形成体系。

德·昆西对自然的态度与浪漫主义形而上学者相似。每当德·昆西“讲到他最喜欢的象形文字概念时”，普罗克特都对他想表达的意思“感到困惑”。[44]但将自然视为一种象征语言在当时已是老生常谈。它出现在柯勒律治、卡莱尔和爱默生（Emerson）的作品中；德国浪漫主义者，如诺瓦利斯、让·保罗、谢林等人的作品中也充斥着这种观念。追溯至18世纪，席勒、赫尔德、哈曼、海姆斯特于斯（Hemsterhuis）、圣马丁（Saint-Martin），当然还有斯韦登堡（Swedenborg）、贝克莱（Berkeley）、托马斯·布朗爵士（Sir Thomas Browne）和波姆都有类似表述。该观念最终的源头一定是文艺复兴时期的新柏拉图自然哲学，乃至
125 前苏格拉底哲学。[45]至于德·昆西本人有多相信“自然是一张巨

44 Page 70.

45 关于象形文字的本质，参见 Novalis, *Schriften*, ed. P. Kluckhohm (Leipzig, 1928), I, pp. 7, 22, 30, 31; III, p. 170; Charles F. Harrold, *Carlyle and German Thought* (New Haven, 1934), pp. 106-107; J. Warren Beach, *The Concept of Nature in Nineteenth-Century Poetry* (New York, 1936), pp. 302, 308; A. Gode von Aesch, *Natural Science in German Romanticism* (New York, 1941), p. 219。Karl Joel, *Der Ursprung der Natruphilosophie aus dem Geiste der Mystik* (Jena, 1906)，将这一概念追溯至古代。德·昆西年轻时便认识一位热情的瑞典人——约翰·克洛维斯牧师（参见 Masson, II, p. 118）。此外可参阅 Liselotte Dieckmann, “The Metaphor of Hieroglyphics in German Romanticism,” in *Comparative Literature*, vii (1955), pp. 306-312。

大的字母表”，我们不得而知。他在那篇关于“现代迷信”的文章（1840）中提到了诺瓦利斯在这个问题上的有趣推断，认为从字面意义上对自然进行解读是一种“奥维德式”的迷信，但其他段落（例如对猎户座大星云异想天开的解读）无疑说明德·昆西认为“普世的符号弥漫在自然中”，而从贝克莱的角度看来，自然是“肉眼可见的上帝的语言”。[46] 因此，德·昆西的哲学、神学乃至自然哲学思想都称不上是原创的；倒不如说他反映了其所处时代的不同思想倾向。德·昆西没有自己的独创性观点，自然也就称不上是哲学观念的创始人。[47]

当然，对德·昆西思想的讨论主要集中在他的文学理论上。普罗克特提出的有些观点是很审慎的。他承认德·昆西对想象理论“并无贡献”，“文体理论中也没有什么原创性，不值得称道”。普罗克特认识到德·昆西对天才的看法无甚新颖，但出人意料的是，他觉得德·昆西的某个“引人注目的观点”是个例外，即“天才是全身心的表达”。[48] 当然，天才是全身心的，而天赋是部 126
分的，这种看法在欧洲思想领域古已有之。以让·保罗的《美学入门》为例（德·昆西对此书有极高的评价），[49] 书中关于天才的章节可以说不过是对德·昆西观点的详尽阐述。让·保罗写道，

46　Masson, VIII, pp. 410, 411, 418-420.

47　最近，J. 希利斯·米勒（J. Hillis Miller）在《上帝的消失》（*The Disappearance of God*）（Cambridge, Mass., 1963）一书中以既有术语重新阐释了德·昆西关于死亡与上帝之缺席的学理传统。

48　Pages 158, 164, 226.

49　Masson, XI, pp. 267, 270.

“在天才身上，灵魂的全部力量蓄势待发”，而“天赋仅仅是部分的”，并将天才与天赋之间的区别比作风弦琴与古钢琴上一根弦的区别。[50]

如果在德国思想史中追溯这一观点就会发现，早在 1739 年，鲍姆加滕（Baumgarten）就将天才定义为“感知能力的高度协调”。[51] 歌德在《诗与真》中总结了哈曼的学说：“凡是一个人自己承担要做的事……必须拿出全部力量集中完成，凡是零敲碎打、分散割裂的行为都不足取。”[i] 歌德对温克尔曼（Winckelmann）的几次大加赞赏都突出强调了他完美协调的官能。[52] 在席勒《论人类的审美教育书简集》（*Briefe Über die Äesthetische Erziehung des Menschen*，1793）的第六封信中，“教育的总体性”概念是全文的高潮，德·昆西甚至引用了这段关键讨论。[53] 康德在《判断力批判》中将天才定义为一切思维理解能力的融合，想象与理解的
127 和谐一致。阿德隆（Adelung）——一个平平无奇的理性主义者，认为天才是指那些“灵魂中高级能力和低级能力都发展到了较高程度的人”。[54] 从更宽泛的意义上来说，将天才作为整个人来理解，

---

50 *Vorschule der Aesthetik, Sämmtliche Werke* (Berlin, 1841), XVIII, pp. 48, 56.

51 *Metaphysica* (Halle, 1739), p. 648.

52 *Sämtliche Werke*, Jubiläumsausgabe, XXIV, p. 81; XXXIV, pp. 11-12, 17.

53 Masson, X, pp. 452-454n.

54 *Critique of Judgement*, paragraph 49. Kant, *Werke* (Akademieausgabe) V, pp. 316-317. Adelung, quoted in Grimm's *Worterbuch*, p. 3422 (under *Genie*). 亦可对照 Alfred Bäumler, *Kants Kritik der Urteilskraft*, vol. I (Halle, 1923)，该书已不再出版。

与文艺复兴时期博学家的观念有共通之处。德·昆西显然没有提出任何新观点。

而有关德·昆西的最有趣新颖的观点都围绕他文学史学家和文学史理论家的身份展开。普罗克特认为他“对有机的文学观有着深刻的把握”，“任何年代、任何国家的文学作为其社会文化的表现形式，都与社会文化之间存在有机的联系，德·昆西的特殊贡献在于他比任何同代人都更有力清晰地阐明了这一联系的总体原则”。在普罗克特看来，德·昆西的总体观念“超前于他的时代，是现代的、科学的”。

尤其是德·昆西关于基督教和异教文学区别的理论，“是有机理论的有趣实践，可能是他文学理论中最具原创性的层面”。[55]普罗克特引用了两段话以支持自己的论点，其中一段摘自《蒲柏的诗学》（“Poetry of Pope”，1848），德·昆西宣称社会进化是必然和必要的，文学从描写朴素情感到刻画社会风俗的转变即反映了这种社会进化。另一段话摘自《自传》（*Autobiography*）（出自 128
1835年首次出版的一个部分）。在这段话中，德·昆西力图用古代文学和基督教文学的区分取代古典主义文学和浪漫主义文学的区分。他认为，古希腊古罗马时期与基督教时期最明显的区别在于对死亡的态度。异教的死亡观充满了悲观的不确定性，因此试图掩盖死亡的概念；基督教则因重生的信仰而直面生死。德·昆西宣称自己“发现古希腊戏剧和英国戏剧有着各自的发展规律，

55　Pages 167-168, 176.

它们是相对立的”，并进一步称古希腊悲剧是“雕像般的”，英国悲剧则是“图画般的”。[56]

这一切“我们已有所耳闻”。柯勒律治就提到过图画般的现代文学与雕像般的古希腊文学之间的差别，这个观点来自奥古斯特·威廉·施莱格尔，后者则是受被人遗忘的 18 世纪荷兰柏拉图主义者海姆斯特于斯的启发。[57]德·昆西通过强调现代文学中的基督教因素，曲解了浪漫主义和古典主义的区别，这种做法也无甚新意。令人诧异的是，他对施莱格尔兄弟做了系统性的抨击，接着只承认他们“勉强指出了”古典主义文学和浪漫主义文学的区
129 别，“谈不上有什么值得赞扬的发现”。“除此之外，无论是在德国还是法国，围绕这个问题的争论都没有产生任何有意义的结果”，“直到今天都还在原地踏步”。[58]他对施莱格尔兄弟观点的叙述极具误导性，夸大了自己和他们在这个问题上的分歧。奥古斯特·威廉·施莱格尔和弗里德里希·施莱格尔都认为基督教信仰是浪漫主义文学的显著标志，两人都在一系列讲座上详细探讨了基督教作为文明史以及文学史分水岭的作用。[59]“基督教划分了浪漫主义

56　Masson, XI, pp. 60-62; II, pp. 72-74; X, p. 315.

57　Coleridge, *Shakespearean Criticism*, ed. T. M. Raysor, I, pp. 176, 222; II, pp.159, 262; A. W. Schlegel, *Über dramatische Kunst und Literatur* (Heidelberg, 1808), I, pp. 13-16. 关于海姆斯特于斯和施莱格尔，见 O. Walzel, *Wechselseitige Erhellung der Künste* (Berlin, 1917), pp. 32-33。

58　Masson, II, pp. 73-74; IV, pp. 417, 428; VIII, p. 92; X, pp. 42-44, 122, 127, 350; XI, pp. 160-163, 227.

59　A. W. Schlegel, *op. cit.*, I, p. 13; Friedrich Schlegel, *Geschichte der alten und neuen Literatur, Sämmtliche Werke* (Wien, 1846), II, pp. 6ff.

文学和古典主义文学”这一观点是如此明显和普遍，很少被人忽视。但可以看出，德·昆西必然想要另辟蹊径。我认为德·昆西承袭了让·保罗《美学入门》对这个问题的探讨。在该书第一版中，让·保罗写道：“现代诗歌从源头上和特质上受基督教影响如此之深，以至于浪漫主义诗歌简直可以被称作基督教诗歌。”[60]他还进一步对比了古希腊古罗马有限的感官世界和基督教无限的精神世界。在该书第二版中，让·保罗指出，浪漫主义文学和古典主义文学的区别并不表现在形式上。正如布特韦克在《美学》中所言，希腊精神也可以通过不合乎规范的形式表现出来。喜剧元素与严肃元素，甚至悲剧元素的混合也不是浪漫主义文学所独有的，130
阿里斯托芬（Aristophanes）就是个很好的例子。[61]德·昆西显然将施莱格尔兄弟（当然，他们的主要作品直到让·保罗的第一版著作以及布特韦克的《美学》之后才出现）与布特韦克关于纯形式区别的观点混为一谈，又用让·保罗的观点驳斥布特韦克，以达到反驳施莱格尔兄弟的目的。在另一作品中，他否定古代世界

60　Jean Paul, *op. cit.*, pp. 94, 101.

61　*Ibid.*, p. 95；弗里德里希·布特韦克在他的《美学》（Leipzig, 1806, II, p. 244）中称浪漫主义文学最初是热情四溢的（“schwärmerisch”），且充满所谓风格（“und überladen mit dem, was Styl heisst”）。他不赞成将整个文学史简化为古希腊和浪漫主义的对比，由此和浪漫主义的复兴对立。在他看来，所有的现代艺术都是“古典浪漫主义”，是古希腊与中世纪的结合（pp. 239-240）。而这些文本在第二版（Gottingen, 1815, pp. 226-233）中发生了彻底变化。如今，书中已经找不到让·保罗所指控的布特韦克存在形式主义错误的痕迹。新的讨论包括“浪漫主义文学的灵魂是基督教”（p. 230）的说法。

对无限性“乃至道德的无限性”有任何的认识。[62]但不论他究竟从哪里获得了这种观点，基督教与浪漫主义文学之间的联系在德国早已确立，并不能归功于德·昆西。

那么就只剩古希腊古罗马和基督教世界对死亡的不同态度了。普罗克特认为这是德·昆西极具原创性的发现。[63]让·保罗在这个问题上一笔带过，写道：“古希腊人会在骨灰瓮或石棺表面画上欢乐而充满生气的人群，即便是性情悲观的伊特鲁里雅人也不例外，在德国这则是不可想象的。”[64]让·保罗不过是间接地回应了一场
131 由来已久且十分重要的辩论。莱辛和赫尔德都写过题为《古人如何塑造死亡》（“Wie die Alten den Tod gebildet”）的论文，他们的论述对歌德和诺瓦利斯甚至布朗宁夫人（Mrs. Browning）和戈蒂耶（Gautier）的诗歌都产生了深远的影响。[65]斯彭斯（Spence）在《鲍里麦提斯》（*Polymetis*）中提出，骷髅是死亡的古典象征，这受到了莱辛的主要对手克洛茨（Klotz）的支持。根据对石棺的

---

62 Posthumous Works, I, p. 279.

63 Page 176.

64 Jean Paul, *op. cit.*, p. 105.

65 Lessing, “Wie die Alten den Tod gebildet” (1769) in *Werke*, ed. J. Petersen and W. v. Oshausen (Leipzig, n. d.), XVII, pp. 309-357; Herder, “Wie die Alten den Tod gebildet” (1786) in *Werke* (ed. B. Suphan), XV, pp. 429ff.; Schiller, “Die Götter Griechenlands” (1788); Goethe, “Die Geschwister,” *Werke* (Weimarer Ausgabe), II, p. 124, and “Venetianische Epigramme,” No. 1, *ibid.*, p. 307; Novalis, fifth “Hymne an die Nacht,” *Schrifen, loc. Cit.*, I, pp. 59-64; Mrs. Browning, “The Dead Pan” (1844), and Théophile Gautier, “Bûchers et Tombeaux” in *Émaux et Camées* (1852). 关于德国人，见沃尔瑟·雷姆（Walther Rehm）《中世纪到浪漫主义时期德国诗歌中的死亡思想》（*Der Todesgedanke in der deutschen Dichtung vom Mittelalter bis zur Romantik*）（Halle, 1928），特别是第 375 页注。

研究，莱辛详细地反驳了这一观点，指出古代坟墓上的图案往往是一个正在熄灭火炬的神祇，或化作双胞胎兄弟的睡神与死神，并希望基督徒能够摒弃可怖的骷髅。[66]赫尔德对古典观念做出的心理学解读与德·昆西的观点相符："古人不愿想象死亡，同时意图阻止我们想到它。"[67]席勒的诗《希腊诸神》（1788）用怀旧的口吻美化了古典神话，从而渲染了古代的死亡观：

那时（即古希腊古罗马的世界）尚未有持镰的死神，
站在我们的床头冰冷地预言着死亡；
用一个吻夺走最后一丝呼吸！
只有一位神祇安静而悲伤地放下手中的火炬。[68] 132

德·昆西对这场辩论显然有所耳闻。他自己就是《拉奥孔》（*Laokoon*）的译者，该书的一条批注中就有莱辛观点的雏形。[69]他写到"他读过席勒和歌德对古人更好品味的赞赏"，也听过柯勒律治对德国文学这种思想感情的肯定，很明显，德·昆西指的

---

66 *Op. cit.*, pp. 356-357.

67 *Op. cit.*, p. 450.

68 *Werke*, Säkularausgabe, ed. E. von der Hellen, I, p. 158. 我引用的是第一个版本。1803 年版将最后两行换成了"一位神祇放下了他的火炬"。（seine Fackel senkt' ein Genius.）

69 Lessing, *Werke, loc. cit.*, IV, p. 346n. 德·昆西的翻译完全略过了第十部分。他的第十部分（Masson, XI, 204）对应的是莱辛版本的第十二部分。

是席勒的诗歌和歌德在《诗与真》中对莱辛论述的热情赞扬。[70]如此说来，德·昆西的个人贡献就仅在于对这两种象征符号的价值做了评判。与莱辛、席勒和歌德相反，他并不赞同古代的死亡观，而是赞扬了基督徒，因为他们能带着平静的希望坦然面对坟墓带来的肉体腐朽乃至其他“耻辱”[71]。鉴于他基督教的世界观，以及讨论古希腊宗教和文学时显示出的强烈的反希腊主义，德·昆西得出这种结论是自然而然的事。但值得注意的是，诺瓦利斯在第五首《夜的赞美诗》中回应了席勒的诗，措辞与德·昆西的想法十
133 分相近，而后者又恰好读过这部作品。诺瓦利斯写道，古人饱受面对死亡的恐惧之苦，却无处寻得慰藉，而基督揭示了死亡中的永生——他自身便是死亡，由此使我们圆满。[72]

因此，德·昆西要说的话早已被德国浪漫主义者——或者说被他们中的某一派——说过了，他们和他一样反对美化异教的古代世界。在德国，异教的古代风俗已发展成了狂热的崇拜，温克尔曼、席勒、歌德和荷尔德林等人对它的反对尤为强烈。反希腊主义兴起，它借贬低古希腊古罗马抬高中世纪基督教，或者从基督教的角度解读古希腊，强调其中的神秘主义和东方主义元素，认为能从索福克勒斯身上预见基督的到来。即便是弗里德里希·施莱格尔这样狂热的希腊文学研究者也显示出了这种倾向：他一反早年的热情，越来越强调希腊世界观中的不足乃至错误之

70 Masson, II, p. 73; Goethe, *Dichtung und Wahrheit,* 8th book, *Werke* (Weimarer Ausgabe), Erste Abteilung, vol. 27, pp. 165-166.

71 Masson, II, p. 73.

72 *Schriften, loc. cit.*, I, pp. 60-62.

处，例如对自然和上帝的态度，对人类命运和世界起源的态度，到后来甚至只能认识到希腊生活的黑暗面，认为希腊宗教缺乏希望。[73]亚当·穆勒等人则批判古希腊戏剧，认为其中缺乏妥协和解以及对死亡的胜利，或者认为其主人公没有经历任何本质的变化，因为唯有基督才能破除死亡的力量。[74]菲利普·奥托·伦格（Phillip Otto Runge）将拉斐尔的《西斯廷圣母》与朱庇特的头颅进行对比，以显示唯有基督教能为世界带来爱与生命。[75]古典 134
语文学与考古学也开始支持这样的观点。甚至像菲利普·奥古斯特·博克（Phillip August Boeckh）这样冷静而专业的学者都在《雅典的公共经济》（*Public Economy of Athens*）（德·昆西也知道这本书）中得出了这样的结论："除了少数活在自己世界里的伟人之外，（古雅典）大众缺乏爱与慰藉，唯有一种更纯正的宗教可以将它们注入人的心中。"[76]学界试图对古典世界彻底进行重新解读。以克鲁泽（Creuzer）为代表的象征主义神话和东方语文学逐渐发掘塑造出一个由祭司主持、充满宗教意味的古旧的希腊：厄琉息斯秘仪引起了各方的极大兴趣，其中甚至包括谢林和黑格尔。这

73 Friedrich Schlegel, *Sämmtliche Werke, loc. cit.*, I, pp. 44, 50; XIII, pp. 232-234.

74 Adam Muller, "Vom religiösen Charakter der griechischen Bühne" (1808) in *Vermischte Schriften über Staat, Philosophie und Kunst*, 2nd ed. (Vienna, 1817), 2, Theil, pp. 141-213.

75 Quoted, *ibid.*, from *Ausgewählte Briefe* (Berlin, 1913).

76 Masson, I, p. 180n; VI, p. 60. *Posthumous Works*, I, p. 259. *Die Staatshaushaltung der Athener* (Berlin, 1817), II, p. 159. 另有英译本，见 George Cornwallis Lewis, 2 vols. (London, 1928)。

一切都为构建悲剧性的、狄奥尼索斯式的希腊做了铺垫，尼采充满激情的作品就是最好的例子。[77]

英国19世纪希腊主义及反希腊主义的历史线索没有德国清晰，部分原因在于有些层面尚未得到探索。[78]在英国，对希腊主义的热情从未到达德国的高度，希腊主义也没能产生在德国那
135 样大的影响力。尽管18世纪的英国确实出现过一种带有怀旧色彩的希腊主义，并在兰多尔（Landor）、拜伦、雪莱和济慈的作品中达到高峰，但即使这些诗人是反基督教的，他们对基督教的反对也很少能像德国那样旗帜鲜明地充满古希腊和异教色彩。因此，反希腊主义从未表现出，也无须表现出德国学界那样的激烈态度。对古希腊古罗马崇拜的反对，如果不是出于虔诚，例如在布朗宁夫人为回应席勒的《希腊诸神》所创作的《死去的潘神》（"Dead Pan"）中体现的那样，便是出于对现代进步的狂热

---

77 参见 Rehm, *Griechentum und Goethezeit, loc. cit.*, pp. 512-515。黑格尔年轻时曾写过一首诗，题为《厄琉息斯》（"Eleusis"）。诺瓦利斯的兄弟卡尔·冯·哈登伯格是小说《朝圣者之死》（*Die Pilgrimschaft nach Eleusis*，1804）的作者。柯勒律治曾借用谢林的作品《台伯河，萨摩特雷斯的神灵》（*Über die Gottheiten von Samothrace*，1815）（参见 W. K. Pfeiler, "Coleridge and Schelling's Treatise on the Samothracian Deities," in *MLN*, LII [1937], pp. 162-165）。

78 道格拉斯·布什的《神话与浪漫主义传统》（*Mythology and the Romantic Tradition*）（Cambridge, Mass., 1936）和史蒂芬·A. 拉腊比的《英国吟游诗人与古希腊大理石碑》（*English Bards and Grecian Marbles*）（New York, 1943）非常充分地讨论了这个问题的诸方面。Hedwig Luise Glücksmann, *Die Gegenüberstellung von Antike-Christentum in der englischen Literatur des 19. Jahrhunderts* (Hanover, 1932) 说到了斯温伯恩（Swinburne）和佩特（Pater）。文中并没有提及德·昆西。

赞赏，例如哈兹利特和麦考利（Macaulay）。英国的中世纪主义若不似司各特古雅，便如卡莱尔和罗斯金一样带有政治和社会色彩，赞扬中世纪系统的稳定以及有机的秩序。牛津运动也很难说是针对希腊主义的。狂热的反希腊主义使德·昆西在英国显得与众不同，但这种激烈的情绪很有可能是由他对德国希腊主义的厌恶造成的。他认为异教崇拜也与18世纪唯物主义以及法国大革命时期对古希腊古罗马的崇拜有关。在这个问题上，他的立场与夏多布里昂（Chateaubriand）相同。在《基督教真谛》（*Génie du Christianisme*）中，夏多布里昂分析了基督教诗学，认为基督教诗歌比古典诗歌更为优越。但德·昆西对夏多布里昂只是一笔带过，称他为“优雅而多愁善感的人”，因此与弗洛里安（Florian）没什么差别。[79]尽管当时法国也发展出了相似的基督教反希腊主义，或者说愈发强调古代元素中不理性和浪漫主义的成分，这在莫里 136
斯·德·盖林（Maurice de Guérin）的作品中可见一斑，但总体来说，德·昆西对法国文学是如此缺乏共鸣，以至于很难认为他与此有更深的联系。[80]

德·昆西愤恨的对象是古典时代诸神以及古希腊宗教背后的含义。他认为古希腊诸神只能引起盲目的恐惧，人们害怕他们，如同害怕“公共之敌”和“响尾蛇”。这些神灵终有一死且嗜血成

---

79 Masson, X, p. 121.

80 René Canat, *La Renaissance de la Grèce antique (1820-1850)* (Paris, 1911). 参见亨利·佩尔对法国希腊主义做出的精彩评价与专著 *L'Influence des littératures antiques sur la litterature française moderne* (New Haven, 1941)。德·昆西后期有关法国戏剧的一些手稿发表于 *More Books*, XIV (1939), pp. 347-352。

性。希腊宗教使人道德败坏。它除了仪式之外一无所有。古希腊古罗马所有的道德理论（德·昆西仰慕斯多葛哲学，认为它仅次于基督教）都是与宗教完全脱节的。因此古人从未正确地祈祷过，他们不知忏悔为何物；总之，他们无法理解精神性的甚至是普通的慈悲。[81]古希腊悲剧诗人给异教黑暗带来了唯一的道德光明，但他们创作的悲剧在德·昆西看来如静态的群像，显示不出任何挣扎与冲突，只能展现一种“命中之命：生命隐入一种遥远的昏睡状态，如同冥府般死寂。雕塑以大理石为存在形式，成为这种生命的象征，但与作为现代悲剧基础的人类生命的现实相比，它缺
137 乏对称性且失实”。[82]德·昆西在其关于希腊戏剧的作品中，对施莱格尔提出的希腊雕塑和希腊戏剧的呼应之处着墨甚多。同时，他对希腊宗教的概念受一种不合史实的假设所制约，即认为在前基督教宗教和基督教之间存在着一条不可逾越的鸿沟。这就解释了他为何仅因艾赛尼派是一个不同于基督教的教派而执拗地否认它的存在，又为何称古代秘仪（诸如厄琉息斯秘仪）为“胡说八道”和“卑鄙骗术”。[83]当代德国神话学家为他捍卫自己的论点提供了学术弹药，特别是洛贝克（Lobeck）和奥特弗里德·穆勒

81 Masson, VIII, pp. 210, 213, 214, 217, 218, 222, 227, 302.

82 *Ibid.*, VIII, p. 59; X, p. 359. 在《希腊悲剧理论》（1840）中，德·昆西声称“没有人探索过解决方案”（X, p. 344），而这部作品基本就是对A.W. 施莱格尔《论戏剧艺术与文学》中第三场讲座的阐述。有关《安提戈涅》(*Antigone*)的文章（X, pp. 360-388）也阐述了“希腊戏剧纯粹是雕塑风格”的观点，其中包含了一个令人惊愕的结论，即希腊戏剧的整个主题都是“几乎完整无缺的大地”（*res integra*, almost unbroken ground）（X, p. 371n）。

83 “The Essenes” (1840) in *ibid.*, VII, pp. 101-172; VIII, pp. 191ff.

（Otfried Müller）。洛贝克是一个理性主义者，他抨击对希腊神话的浪漫主义和象征主义解读；奥特弗里德·穆勒则用德国民间传说做比喻，阐述了希腊神话是如何从地方传说中兴起的。[84]

无论从哪个角度看，德·昆西对于希腊宗教的观点都是不合史实的，因为他否定宗教之间的连续性以及宗教经验的普遍性。他有关古典语文学其他问题的观点也同样是反浪漫主义的，例如，他抨击沃尔夫的学说，后者认为荷马史诗是集体创作的成果。此 138
处他再次倚仗了德国学者提供的理论武器，如沃斯（Voss），伊尔根（Ilgen），特别是尼切（Nitzsch）[85]。

尽管德·昆西认为自己是"国内排名第二的古希腊学者"（显然，排名第一的是柯勒律治），并且从未摆脱对古希腊古罗马的迷恋，他也确实体现了一种极端基督教式的对抗态度，即意图加深基督教与古希腊古罗马之间的鸿沟。

我们尚未谈及德·昆西的另两个观点，其一有关社会进化与文学之间的关系，其二则是关于从抒发热情的诗歌到刻画社会风俗的文学之必要转变。后者的由来不同于他对基督教诗歌与古典

---

84 Masson, I, p. 372; VII, pp. 45, 199, 252. 要了解当代针对希腊神话展开的研究，可参阅 Otto Gruppe, *Geschichte der klassischen Mythologie und Religionsgeschichte* (Leipzig, 1921)。洛贝克相关内容见 pp. 150f。穆勒相关内容见 pp. 157ff。

85 "Homer and the Homercidae" in Masson, VI, pp. 7-95. 大部分争论似乎都和格雷戈尔·威尔海姆·尼切（Gregor Wilhelm Nitzsch，1790—1861）对《通用百科全书》（*Allgemeine Encyclopadedie*）的贡献有关（见 Masson, VI, p. 16）。德·昆西也知道卡尔·伊尔根版本的荷马赞美诗（*ibid.*, VI, pp. 30-32）。关于这些学者的记载可见于 J. E. Sandys, *History of Classical Scholarship* (Cambridge, 1908), III, pp. 63-64, 105 等。

诗歌差别的论述。德・昆西对古典-基督教反差的解读说明他支持保守的、基督教的浪漫主义，尽管他的部分反古典主义言论带有强烈的理性主义色彩。然而，他对社会进化的设想只不过是对 18 世纪社会和文学发展论的模仿。他认为诗歌从表达一个时代最朴素的思想感情发展而来，反映了这个时代的社会和风俗，而这一观点在 18 世纪文学批评领域已经是老生常谈。我们平时所说的原始主义主要就是由这种观点组成的。狄德罗（Diderot）曾大声疾呼："野蛮人比文明人更富激情……随着哲学精神的发展，到处激
139 情衰落，诗歌凋敝。"[86]康迪拉克（Condillac）在其《论写作的艺术》（*Traité sur l'Art d'écrire*）中，对比了充满生动鲜明的印象与想象的时代和由分析、品位和批评主宰的现代。[87]在英国，赫德主教（Bishop Hurd）在他的对话体作品《伊丽莎白女王治下的黄金时代》（*Of the Golden Age of Queen Elizabeth*）中采纳了该观点。托马斯・沃顿的《英国诗歌史》即便在德・昆西的时代也被视为权威作品，但书中却同样充斥着这样的心理假设，认为理性力量的增长将使想象的源泉干涸。[88]沃顿极具影响力，德・昆西之前所有的英国文学史作者几乎都借用了他的理论框架。[89]只需一个例子就足以证明这一点：哈兹利特的《论英国诗人》和《论英

86　*Œuvres Complètes*, ed. Assézat-Tourneux (Paris, 1875-1879), XI, p. 131.

87　见 Gustave Lanson, "Les idées littéraires de Condillac" in *Études d'histoire littéraire* (Paris, 1929), pp. 210-223。

88　参见拙作 *Rise of English Literary History* (Chapel Hill, 1941), pp. 191, 194。

89　参见拙作《卡莱尔与历史哲学》, "Carlyle and the Philosophy of History," *PQ*, XXIII, pp. 63-64 (January 1944)。即本书第二章 94—95 页。

国喜剧作家》以相似的结构展开，例如对莎士比亚的幻想喜剧和复辟时期的风俗喜剧作了区分。[90]德·昆西对英国文学中“法国学派”这一术语感到的异乎寻常的愤怒也无甚新意。托马斯·格雷（Thomas Gray）在构建英国诗歌史时使用过该术语，他就受到了许多人的抨击，其中包括骚塞。在《近代英国诗歌选》（*Specimens of the Later English Poets*，1807）中，骚塞反对将英国诗人划入他国学派，因为此举的言下之意是“我们没有自己的 140
学派”[91]。骚塞与德·昆西一样，受爱国主义以及被拿破仑战争进一步强化的对法国的厌恶驱使，呼吁“表里如一的民族特色”和“土生土长的”英国诗歌，尽管他并没有如德·昆西一般到了否定复辟时期乃至18世纪英国所受法国影响的地步。[92]

文学的演化与社会有着紧密的联系，这个观点古已有之，起码可以追溯至古希腊古罗马时期，朗吉努斯（Longinus）就讨论过自由对文学创作的影响，弥尔顿和沙夫茨伯里（Shaftesbury）复兴了这种观点——它在18世纪十分常见。认为“进化是不可避免且必要的”，这种看法也并不新鲜：很早就有人拿社会进化与“青年—成熟—老年”的个人发展历程做类比。这在弗洛鲁斯（Florus）的作品中就出现过，亚里士多德也在其《诗学》中提

---

90 Hazlitt, *Works*, ed. P. P. Howe, V, p. 82; VI, p. 37. 在研究贺拉斯·沃波尔（Horace Walpole）的小说《奥特兰多城堡》时，德·昆西引用了哈兹利特《论英国喜剧作家》的内容，见 Masson, V, p. 150n。

91 *Specimens of the Later English Poets* (1806), I, p. xvii.

92 William Cowper, *Works*, ed. R. Southey (1836), II, pp. 116, 126.

出，体裁的进化是必要的：悲剧逐渐发展，直至臻于完美。[93]循环进化论早在古希腊古罗马时期就广为人知。[94]德·昆西引证了维莱乌斯·帕特库鲁斯，但上至阿斯卡姆（Ascham）都在探讨这个问题时引用过后者的观点。休谟的概括最为清晰："在任何国家，当
141 艺术和科学达到完美时，它们会自然而然地进入不可避免的衰落，几乎不可能在同一个国家重现曾经的繁盛"。[95]德·昆西知道多产时期与酝酿时期会交替出现，文学史的发展有如钟摆运动，这种观点在当时也被普遍接受。歌德、卡莱尔、圣西门，以及许多英国作家都表达过类似观点。[96]

在我看来，德·昆西的许多想法都只不过是在重复18世纪广为人知的发展规律，这些规律从本质上说是理性主义和先验性的，机械僵化，抽象晦涩。有一个例子能很好地支持我的结论。1818年，德·昆西的朋友威廉·罗斯科（William Roscoe）在利物浦

---

93 Florus, *Epitome of Roman History*, I, p. 1 (Loeb ed., 1929, pp. 6-8). Aristotle, *Poetics*, ch. IV.

94 关于循环进化论，可参见 Clara Marburg, *Sir William Temple* (New Haven, 1922), pp. 43ff; E. Spranger, "Die Kulturzyklentheorie und das Problem des Kultruverfalls," in *Sitzungsberichte der preussischen Akademie der Wissenschaften* (Berlin, 1926); F. J. Teggart, "A Problem in the History of Ideas," *Journal of the History of Ideas*, I (1940), pp. 494ff。

95 Velleius Paterculus, *Historiae Romanae*, Lib. 1, xvii, 6 (Loeb ed., 1924), p. 44; R. Ascham, *Scholemaster* in *English Works*, ed. W. A. Wright (London, 1904), p. 256; D. Hume, "Essay on the Rise and Progress of the Arts and Sciences," in *Essays* (eds. Green and Grose), I, p. 195.

96 Masson, X, pp. 196ff., 202. 参见 "Carlyle and the Philosophy of History," *PQ*, XXXIII (1944), pp. 63-65。见上文第 83，88—90，95—96 页（即本书边码）。

皇家学院发表了题为《文学、科学、艺术的起源与变迁，以及它们对当今社会状况的影响》（"On the Origin and Vicissitudes of Literature, Science, and Art, and their Influence on the Present State of Society"）的演讲。作为一个浸淫于18世纪思想观点中的人，他不敢在长篇大论中妄称原创，只求概述当时普遍接受的观点。他反对有关持续衰落和持续进步的学说，也拒绝接受当时广为流传的气候决定论的观点。他详细地反驳了"循环是必要的"这一观点，认为这只是陈述事实，并没有提供对因果关系的解释。罗斯科给出的答案是社会的影响，是"道德事业的不懈运转"。实际上，他紧接着论述了政府的作用，最终宣扬"理性的自由，持 142
续的社会安定，产业的发展和国家的繁荣"，认为它们将促进文学的持续发展。威廉·罗斯科的演讲在小范围内对当时的学说做了概述：社会和文学的关系，以衰落、进步或循环进步为形式的必要发展。他没有提到任何德国学者，尽管他援引了蒂拉博斯基（Tiraboschi）、安德烈斯（Andrés）、杜布斯（Dubos）和休谟的学说。[97]因此，德·昆西的相关观点称不上是"有机的文学观"和"德国浪漫主义文学批评的精华"，同时也不能被誉为"超前于他的时代，是现代的、科学的"。[98]德国浪漫主义的"有机性"有其自身特点，与18世纪的发展观截然不同：它的进化概念与18世纪或实证主义社会学的概念大相径庭。进化不是心理过程的复杂

97 罗斯科的演讲见 *The Pamphleteer*, XI (1818), pp. 508-535；德·昆西关于罗斯科的内容见 Masson, II, pp. 127-129。

98 Pages 167-168.

表征，而是以民族精神（Volksgeist）为唯一核心的个体性和个人整体性的进化。[99]德·昆西从未运用这些观点，且每当其他研究对
143 此有所涉及，他都会激烈反对，例如针对沃尔夫对荷马史诗做出的解读。将任何联系社会发展做出的文学解读称为“有机的”，这混淆了各派学说的区别，不会带来任何好处。“有机”这个概念也不能完全说是现代和科学的。它的直接派生物——德国术语“精神史”（Geistesgeschichte），就遭到了非常激烈的反对。[100]德·昆西没有像柯勒律治和某个阶段的卡莱尔那样，表现出对有机整体的把握。他只是在重复18世纪对普遍历史的规律性的、理性主义的构建。

为了进一步支持我的分析，我们可以来看普罗克特关于雪莱《诗的辩护》（*Defence of Poetry*）的一条注解。在这条注解中，他宣称德国浪漫主义批评对该作品的影响十分明显。[101]由于雪莱对德语知之甚少，他直接了解德国文学批评的可能性很小，尽管在1818年去意大利的旅途中，他曾向自己的两个女伴朗读过施莱格尔（有可能是由奥古斯特·威廉·施莱格尔所著、约翰·布

99 对于德国史学、发展的概念等问题，可对照 E. Rothacker, *Einleitung in die Geisteswissenschaften* (Tübingen, 1920); E. Troeltsch, *Der Historismus und seine Probleme* (Tübingen, 1922); F. Meinecke, *Die Entstehung des Historismus*, 2 vols. (Munich 1936)。此后请参见拙作《文学史上的进化概念》（收录于《批评的概念》［New Haven, 1963］，首印于1956年）；以及 J. Kamerbeek, “Legatum Velleianum,” in *Creative Wedijver* (Amsterdam, 1962)。

100 参见拙作 “Parallelism between Literature and the Fine Arts,” in *English Institute Annual, 1941* (New York, 1942), pp. 29-63。

101 Page 167n.

莱克［John Black］翻译的《有关戏剧的讲座》［*Lectures on the Drama*，1815］）[102]。奥古斯特·威廉·施莱格尔是德国浪漫主义者中最具理性主义的，这也解释了他为何能在西方取得如此大的成功。但对《诗的辩护》文本的检视比任何潜在外部因素都更为重要。在文中，雪莱用 18 世纪通行的自然主义方式概述了人类与诗歌的历史。诗歌与人类同源：野蛮人首先表达他对周遭事物的 144
热情，然后将热情转向社会中的人。世界刚刚成形时，每个人都是诗人，人们载歌载舞，说着“极富比喻性的”语言。诗人是立法者和先知。诗歌的发展与道德的发展紧密同步。[103] 雪莱的整体概述脱胎自 18 世纪对诗歌起源以及诗人与立法者原初共同体的讨论，与此相似的论述成百上千。例如，约翰·布朗（John Brown）的一本书就充斥着这些观点，尽管雪莱关于历史的推测更有可能是从法语文献中得来的。[104] 有一个小细节可以证明雪莱并未受益于德国学者：他提到了罗马帝国的“凯尔特”征服者，以及罗马覆灭之后凯尔特民族的主导地位。[105] 这种混淆了凯尔特和条顿的错误发生在如保罗－亨利·马利特（Paul-Henri Mallet）以及 18

102　玛丽·雪莱的日记（1818 年 3 月 16、19、21 日）见引于 E. Dowden, *Life of P. B. Shelley* (London, 1886), II, pp. 187-188。我在雪莱的作品中找不到任何对施莱格尔的引用。

103　“The Defence of Poetry” in *Shelley's Literary Criticism* (ed. Shawcross, London, 1909), pp. 122-124.

104　对诗歌起源、早期语言的隐喻性等问题的推测，我的作品中亦有所讨论，可参阅 *Rise of English Literary History, loc. cit.*, pp. 74-80, 87-89。

105　Shelley, *op. cit.*, pp. 142-143.

世纪有关凯尔特热潮的论述中，但是很少在德国作品那里出现。[106]在雪莱的史学作品中，《诗的辩护》是对18世纪历史观的重复，
145 德·昆西的观点也不例外。他们的作品中并无有机或德国文学的成分，尽管我承认在理论部分，《诗的辩护》援引了柏拉图和锡德尼（Sidney）的学说，并由此超越了18世纪观念的限制。[107]

那么德·昆西对文学理论的贡献就只剩两点了：他区分了力量文学与知识文学，并将修辞学定义为一种思维技巧。前者（德·昆西在此处援引了华兹华斯）[108]乍一看就是换种方式表达了华兹华斯和柯勒律治对诗歌和科学的区分。他将富有想象力的抒情散文归入"力量文学"，由此突破格律限制，将德国人称作"诗意的虚构"的作品归为一类，从而避免了虚构作品的特定意涵。对他来说，"力量"的意思就是情感冲击，这与哈兹利特的相似划分有着必然联系，[109]甚至可能与赫尔德力图将"力量"作为诗歌

106 保罗·亨利·马利特的《丹麦简史》（*Introduction à l'histoire du Danemarck*，1755）由托马斯·珀西译为《北方古代史》（*Northern Antiquities*，1770），后者在导论中指出马利特混淆了凯尔特人和条顿人。1817年，雪莱从书商处订购了珀西的译本。见 Shelley, *Complete Works*, Julian ed. IX, p. 237。关于凯尔特研究，参见 Thor J. Beck, *Northern Antiquities in French Learning and Literature (1755-1855)*, 2 vols. (New York, 1934-1935)，尤其是 I, pp. 10-12。

107 见 Lucas Verkoren, *A Study of Shelley's Defence of Poetry: Its Origin, Textual History Sources and Significance*, Amsterdam, 1937。德国的相关资料并没有对雪莱的历史速写给予太多关注。

108 Masson, X, p. 48n.

109 *Complete Works*, ed. Howe (London, 1930), XVIII, p. 8. "科学依赖于话语，或是广义的艺术直觉与强烈的精神力量……事实上，我们通过由此产生的效果的数量来判断科学，而从产生这些效果的能量来判断艺术。一个是知识，另一个是力量。"《晨间纪事报》（*Morning Chronicle*，1814）的一篇文章。最早提到这一点的是 Elizabeth Schneider, *The Aesthetics of William Hazlitt* (Philadelphia, 1933), p. 45n。

的中心概念也不无关系。在《批评论丛》(*Kritisches Waldchen*, 1769)中，赫尔德试图反驳莱辛的《拉奥孔》。德·昆西翻译了该书的一些片段，并做了评注，还简短描述了赫尔德的观点。[110] 146
但他似乎并没有注意到德国学界的辩论，而是利用了18世纪对崇高的讨论。他自己对力量和知识的区分也有些许转变。在早年的文章中(1823)，德·昆西强调“力量”与“快乐”之间的区别，将激发潜伏的感情视为文学的功能。“当这些迟钝而沉睡的形式被重新组织起来，当这些可能性成为现实，我拥有的这种有意识的鲜活的东西，不是力量又是什么呢？……当我被陡然惊醒，感受到我体内无限广袤的世界时，如果这不是力量，我又能称它为什么呢？”[111] 但后来(1848)他又对这种区别给出了不同的定义：力量文学与人类的灵魂对话，知识文学则与贫乏的理智对话。[112] 力量甚至被称为“与真理的深刻共鸣”，“与无限进行共鸣之潜力的运用和扩展”。力量与“人类伟大的道德能力”共生。它就是“慧心”，是凭直觉获得知识。他宣称“平静”和“休憩”[113] 对伟大的艺术作品来说至关重要，以中和他先前对“力量”的定义中压倒性的情感化倾向。和朗吉努斯一样，德·昆西试图同时保留“狂喜”(ekstasis)与“净化”(katharsis)概念，但“力量文学”

---

110 见 Masson, XI, pp. 156-221 及 IV, pp. 380-394。德·昆西有关赫尔德的文章基本是对让·保罗和卡罗琳·赫尔德的《生活》(*Life*)的引用。

111 Masson, X, pp. 48-49.

112 *Ibid*., IV, p. 308.

113 *Ibid*., XI, pp. 55-56. 参见 V, p. 106; X, p. 45n。

147 这个术语并没有在文学批评中保存下来，因为力量并未明确指向情感冲击，而且在一句名言中，“知识”就是力量。

德·昆西关于修辞学的古怪学说不值得普罗克特对它大加赞扬。当普罗克特称“修辞学”为德·昆西“对文学批评最具原创性的贡献”，并认为“德·昆西有关‘修辞学是一种思维游戏（mind-play）’的学说可以代表他对批评理论最重大和特殊的贡献”时，他忘了自己曾经说过，对古典文学和基督教文学的区分才是德·昆西最具原创性的贡献。在下一页，他形容德·昆西的定义“既精彩绝伦，又不可能实现——半真半假，很有价值”。[114] 然而，将雄辩和修辞区分开来，并给予后者一个缺乏历史根据的新定义，这种行为几乎毫无意义。根据德·昆西的论述，有那么一种思维游戏，且人们以此为乐，这一陈词滥调也没有什么特殊的重要性。德·昆西本人概述的修辞学史甚至无法与他将修辞学视作“为了思考而思考”的概念吻合。他给予了塞内加（Seneca）、德尔图良（Tertullian）、邓恩（Donne）、托马斯·布朗爵士、杰里米·泰勒（Jeremy Taylor）和伯克极大的赞赏和关注。[115] 创造别出心裁的比喻的能力作为修辞学的一种标准，在他心中似乎经常比思维方面的炫技所带来的纯粹快乐更为重要。把一个被普遍接受的术语歪曲为新的定义，并不足以使他成为“亚里士多德之后最具原创性的修辞哲学家”。[116] 德·昆西关于修辞学

---

114 Pages 259-260, 273.

115 Masson, X, pp. 95, 96, 100-101, 104, 114.

116 Page 261.

的学说被遗忘是理所当然的。

这些评论似乎将德·昆西贬低得一无是处，但我要反对的不 148
过是他的自我标榜，以及近期学界赋予他的文学思想家头衔。他作为辞藻华丽的散文家、瑰丽梦境的编织者的地位依然完好无损。另外，他的自传性简述以及有关同代人的回忆录都充满了吸引力。他还留下了许多日常的批评文字：栩栩如生的人物描述，零散的研究和论断。他对邓恩、杰里米·泰勒和托马斯·布朗爵士的认可，对华兹华斯、兰多尔和兰姆的赞扬，关于蒲柏的态度模糊的文章，以及在《麦克白家的敲门声》（"On the Knocking at the Gate in Macbeth"）中的连珠妙语，充满了洞见的灵光和与作者难得的心灵相通。但即便是作为业余批评家，德·昆西也古怪得无可救药：只消看看他对古希腊、法国甚至德国文学发表的荒谬言论便能明白这一点。相比于他针对《威廉·迈斯特》发表的可笑的道德说教，我更反对他在《不列颠百科全书》中有关歌德和席勒的肤浅无知的文章，他对让·保罗的赞同是其中唯一的可取之处。索普认为，德·昆西关于德国文学的作品要比卡莱尔的更加重要，因为前者对德国文学更具批判性，我无法赞同这一结论。[117] 德·昆西对歌德和席勒的了解十分有限：他对《浮士德》嗤之以鼻，认为它不知所云，并且无视了歌德的抒情诗。他甚至没有提到席勒任何晚于《华伦斯坦》（*Wallenstein*）的作品，并且忽视了他的散文和诗歌。他认为歌德"在力量和智性上远不及

117　Proctor, p. 297.

149 柯勒律治”，并预言道：“子孙后代将会对这个被推翻的偶像感到诧异，他的底座是如此空洞不稳，使得他们无法理解前辈对他的崇拜。”[118] 对卡罗琳·冯·赫尔德、让·保罗和弗里德里希·施莱格尔原话的引用占了他关于赫尔德和莱辛的论文的大部分。围绕让·保罗的论述还不错，但与卡莱尔的文章相比则无足轻重。关于蒂克的论文对蒂克滥施赞美，但该文并非德·昆西所作，而是出自黑尔之手。[119] 德·昆西的作品没有涉及其他德国文学家；在他所概述的德国文学史中，席勒以前的部分[120] 非常单薄。他对德国文学的批评只是重复了当时对其道德观以及“哥特式”写作风格的反对。卡莱尔的文章则包含了有关中世纪德国文学的丰富信息，对德国作家（歌德、席勒、让·保罗、诺瓦利斯、扎哈里亚斯·维尔纳）的写照尽管片面，却十分生动。他的声望和影响都远超德·昆西[121]。

德·昆西对哲学、神学、政治学以及文学理论均有所贡献，这对研究该时期思想观念传播的学者来说自有其吸引力。尽管他涉猎广泛却无一精通，对当时的主流思想持游移不定的态度，因
150 此显得古怪而难以捉摸，但他的思想依然充满洞见。他代表着一

118 Masson, IV, p. 418; II, pp. 120, 225. 现在对此已经有了更全面的讨论，并最终达成共识，见 Peter Michelsen, “De Quincey und Goethe,” in *Euphorion*, I (1956), pp. 86-125。

119 见上文注 25。

120 Masson, IV, pp. 422-431.

121 参见前面有关卡莱尔的文章，我的《伊曼纽尔·康德在英国》中提到卡莱尔的部分，以及《近代文学批评史》的相关章节（vol. III）。

种18世纪理性主义、基督教虔诚主义以及保守浪漫主义的奇妙组合。

回到我最初提出的关于研究方法的问题。普罗克特的著作体现了当今观念研究的困难之处。这种错误的唯理智主义研究方法将一个假想的体系强加到一位率性而为的作者身上，试图不计后果地从其随手写下的文字中抽离出一个系统。他们忘记了这些想法是作者在人生的不同阶段，在与人论辩的上下文中，怀着某种特定的心情和目的写下的。作者的个体性受到了歪曲和误读：曾经鲜活而易于接受的观点被剥离语境，如同骨架被陈列在博物馆之中，枯燥且失去了生命力。这时如果用严格的哲学标准来评判这个假想的系统，那么后者必然显得缺乏逻辑、自相矛盾甚至愚蠢。这就是普罗克特的著作给具有批判思维的读者留下的印象；我对德·昆西思想观念的阐述尽管与那些将他当作思想家来评判的学者大有不同，但也只会强化这种印象。

但我们仍须存疑，现代学界将德·昆西视作一位公民、教会的一员或者业内人士，要求他的观点协调一致、富有见地和具备原创性，而德·昆西志不在此，那么这种研究方法是否有失公允。毫无疑问，他自称学识渊博，才华出众，但我们不能仅凭字面意思理解他的话。我们都依然相信“诗人先知”的存在，相信诗人在任何问题上都有着超人的智慧。无论诗歌是否能够预言未来，或者曾经能够预言未来，德·昆西都生在诗人的时代，也是诗人的一员。他是梦之赋格曲的演奏大师；他也是一位博览群书的绅 151
士学者，并就一切问题发表看法——从希伯来女贵族的妆容或者中国的鸦片问题，到政治经济学的逻辑和《纯粹理性批判》。他自称无所不知，语气不容置喙，总是自鸣得意，故弄玄虚地暗示自己对遥远的事物抱有深藏不露的理解（有关德国和康德的事物在当时确实很遥远），并且总是开一些粗俗拙劣的玩笑。这一切并非源于他的性格缺陷，而是为了迎合他投稿的杂志的风格，为了唤起编辑和读者的期望。现代学者却拿着这些为养家糊口而粗制滥造的作品（这么形容他的许多文章并不过分）小题大做，他们所吹捧的那些观念和想法甚至在德·昆西自己看来都是次要的。

这一切最终都表现为洞察力的缺乏。只要对德·昆西的各种作品有客观公正的认识，就不可能如此小题大做，夸大其词。但形成这样的认识需要有能力区分何为原创，何为效仿，需要对错综复杂的现代思想有专业的把握。我们需要铭记并坦率承认，许多学术出版物（普罗克特的作品在其中远不能算是最糟糕的）都只不过是蹒跚学步，是对阅读量的展示，对方法论的操演。文学批评的使命之一就是重塑被打乱的平衡，一除牵强附会之流弊，摈弃无意义的问题，重新发掘旧有的知识。否则，文学版图上既
152 有的成就将会被粗浅的学术文稿淹没。但我们无须为最终针锋相对的文学研究（这也是这篇文章的精彩之处）感到遗憾。知识精进于辩驳，思想迸发于对抗，学术研究（不仅限于此）的整个历史就是一种正题，反题，以及暂时或遥远的合题。

译者注

i 译文出自《歌德文集（全十卷）》，第五卷《诗与真》下，刘思慕译，人民文学出版社 1999 年版，第 539 页。

5

次要的先验主义者与德国哲学[*] 153

关于新英格兰超验主义与德国哲学的关系，目前还没有详细的研究。大多数讨论基本只是假设德国哲学的影响（关注的焦点通常是康德、谢林和费希特），或者试图彻底消除这种影响。[1]很

* 最早发表在《新英格兰季刊》（*The New England Quarterly*），XV（第四期，1942），第652—680页。（“transcendentalism”经常被译为“超验主义”。因本章和下一章涉及爱默生和康德“transcendental”和“transcendent”的概念区分，为避免译文混淆，特将前者译为“先验”，后者译为“超验”。——译者注）

1 关于阿尔科特、帕克、布朗森、富勒女士、福伦或赫奇与德国思想家的关系，除了一些传记和对先验主义的一般性研究（参见弗罗廷汉姆、戈达德、莱利、吉拉德、缪尔黑德、汤森等人的作品）中有所提及之外，尚未有专门的讨论。不过最近有一篇题为《乔治·里普利：一神论者，先验主义者还是异教徒？》的论文讨论了里普利与德国哲学的关系，作者是亚瑟·R.舒尔茨和亨利·A.波奇曼，载于《美国文学》第十四卷（1942）第1—19页。

自本文写作以来，亨利·A.波奇曼在其《德国文化在美国》（威斯康星州麦迪逊，1957）一书中收集了大量的新材料，而斯坦利·M.沃格尔的《德国文学对美国先验主义者的影响》（纽黑文，1955）在更广阔的语境下探讨了这一问题。

多专著和论文包含有不少引人思考的评论，但我们缺少系统的研究，未能在深入了解德国哲学家的背景下，基于所有证据来考察这种关系。这篇论文也只能力图勾勒出此类研究的大致图景。探讨这个话题的理由，是我还没有在其他地方遇到过这样的综述，
154 也可能是我早前对康德和他在英国的影响的研究，[2] 给了我一个立足点和一些初步的参考内容。

要探讨新英格兰先验主义和德国哲学之间的关系，必须先谈一个从属的问题，那就是这种影响的确切开端和德国思想传入这个国家的方式。我之所以提到这一点，是因为围绕该问题存在两种普遍流行的观点，而它们在我看来都是错误的。一种观点将德国思想的引进归结为蒂克诺（Ticknor）和班克罗夫特（Bancroft）等美国学者从德国返美；另一种观点认为，德国哲学首先且唯独通过柯勒律治和卡莱尔传到了美国。

现有的研究已经有力证明，早在 17 世纪，美国和德国之间就已经存在思想学问上的联系，而且人们夸大了美国普遍缺乏德文书籍或对德语不够了解的状况。[3] 尤其是在 18 世纪末，人们对德国的纯文学（belles lettres）相当感兴趣：例如，约翰·昆西·亚当斯（John Quincy Adams）将维兰德的《奥伯伦》（*Oberon*）译成了优美的韵文，塞勒姆的牧师威廉·本特利（Reverend William Bentley）收藏的德国书籍包括克洛普斯托克、席勒和许多其他人

---

2 *Immanuel Kant in England, 1793-1838* (Princeton, 1931).

3 Harold S. Jantz, "German Thought and Literature in New England, 1620-1820," *Journal of English and Germanic Philology*, XLI (1942), pp. 1-45.

的作品。当时的杂志期刊甚至也时常提到晚近的德国哲学家。费城《月刊》(*Monthly Magazine*) 1798 年的一期包含了一条关于康德的按语，内容来源于德国，其中提到了《纯粹理性的标准》 155
(*Criterion of Pure Reason*，原文即作“标准”)；1801 年的《波士顿公报》(*Boston Register*) 则引用了费希特驳斥无神论指控时的一些话。[4] 在塞缪尔·米勒 (Samuel Miller) 那本有趣的《回顾 18 世纪》(*Retrospect of the Eighteenth Century*，1803) 一书中，有一些对康德充满敌意的论述，它重申了威廉·泰勒在 1799 年 1 月的伦敦《月评》(*Monthly Review*) 中对维利希 (Willich) 的《批判哲学要素》(*Elements of Critical Philosophy*，1798) 的评论。[5] 显然，除了康德和费希特的名字已经传到美国之外，这些零散的议论并不能说明什么。

只有新英格兰的神学家提供了研究德国思想的一个真实动机。他们在拿破仑战争结束后、最早一批美国学生进入德国大学之前，就对德国的《圣经》研究产生了兴趣。早在 1806 年，约瑟夫·史蒂文斯·巴克敏斯特牧师 (Reverend Joseph Stevens Buckminster) (他后来成为剑桥布拉特街教堂的牧师) 就从欧洲带回了大约 3000

4 I. W. Riley, *American Thought from Puritanism to Pragmatism and Beyond* (New York, 1923), pp. 232-235; Jantz, “German Thought and Literature in New England,” p. 41.

5 参见《伊曼纽尔·康德在英国》第 13、268 页。哈罗德·詹茨提到，米勒将该系列纳入了“英国文学期刊”的范畴，但并未标识其来源，见 Harold S. Jantz, “Samuel Miller’s Survey of German Literature, 1803,” *Germanic Review,* XVI (1941), pp. 267-277。

本德国藏书，并开始在哈佛大学讲授《圣经》批评。巴克敏斯特英年早逝，显然没有留下什么表明他兴趣所在的线索。[6]但身为安多弗神学院神圣文学教授的摩西·斯图尔特（Moses Stuart），一定有着更大的影响力。1812 年，他鼓励他的年轻朋友爱德华·埃弗雷特（Edward Everett）翻译赫尔德的《论神学研究》（*Letters on*
156 *Theology*）；1814 年，埃弗雷特去纽约旅行时，斯图尔特曾委托他购买德文书籍。他特别想让他买一本“康德的哲学书”，不管它具体指的是什么，那都“会非常有趣”。[7]他会在课堂上提起罗森穆勒（Rosenmüller）和德·韦特（de Wette），并于 1822 年翻译了德国作家 J. A. 欧内斯蒂（J. A. Ernesti）用拉丁文写成的著作《解释的要素》（*The Elements of Interpretation*）。1825 年，他因为观点立场受到学校理事会的调查。调查委员会的报告写道：“毫无节制地开展德国研究显然会冷却虔诚的热情，损害对启示宗教基本原理的信仰，甚至会暂时导致普遍怀疑主义的态度。”[8]但斯图尔特仍然继续他的工作，并在 1841 年给《基督教评论》（*Christian Review*）投去一篇极力为德国的《圣经》研究辩护的文稿。其他一些人物，包括匡威·弗朗西斯博士（Dr. Convers Francis）和詹姆斯·沃克（James Walker）（二人都是研究德国神学的学者），他们的作品仍有待深入考察。

---

6 *The Dictionary of American Biography*.

7 O. W. Long, *Literary Pioneers* (Cambridge, 1935; hereinafter, “Long”), p. 237, note 6.

8 Daniel Day Williams, *The Andover Liberals* (New York, 1941), p. 17.

从 1826 年到 1833 年，佛蒙特大学校长詹姆斯 · 马什（James Marsh）的作品为柯勒律治在传播德国思想中的作用提供了最有力的论据。1829 年，他编辑了《沉思辅助法》（*Aids to Reflection*），并为它补充了很长的初论，以阐述柯勒律治所理解的德国哲学家对概念的区分（比如理性和理解之间的区别）。在写给柯勒律治的信中，马什非常明确地承认了他的观点来自对方。“德国的哲学家，”他写道，“康德和他的追随者们，在这个国家鲜为人知；而我们那些到访过德国的年轻人，在那里时对此研究领域也很少关 157
注。我不能自夸在这方面比别人聪明；因为我虽然读过康德的一部分著作，但对它们的理解非常有限，所以我要感谢你的著作，它们让我能够明白自己读到的康德的思想。我正迫切地期待你那些可以更直接地帮助我们研究康德探讨的话题的作品。”[9]

不过马什对德国思想的兴趣显然不只局限于从柯勒律治那里得来的二手知识。他阅读了康德的人类学和科学作品，并计划写一本关于逻辑的书，其参考对象为约翰 · 雅各布 · 弗里斯（Johann Jacob Fries）的教科书——弗里斯曾对康德的思想做出极为客观主义的解读。无需柯勒律治的激励，马什也会去翻译赫尔德 1833 年的《希伯来诗歌的精神》（*Spirit of Hebrew Poetry*），或是两本德国学术书籍《圣经地理学》（*Geography of the Scriptures*）和《历史年表》（*Historical Chronology*）。马什可以说是一个姗姗来迟的剑桥柏拉图主义者，他的兴趣主要在于神

---

9 Marjorie H. Nicolson, “James Marsh and the Vermont Transcendentalists,” *Philosophical Review*, XXXIV (1925), p. 33.

学和教育。[10]因此，研究德国《圣经》学术和康德的神职人员似乎是最早接触现代德国思想的群体。

在我看来，至少就我们关注的问题而言，从德国归来的美国学者的作用被严重高估了。爱德华·埃弗雷特，就是为摩西·斯图尔特购买康德的哲学著作的那位，曾在哥廷根学习过古典语文学。埃弗雷特于1846年到1849年担任哈佛大学校长，但在他
158 的一生中，除了1837年曾计划发表一篇关于“德国思想对英美当代文学的影响”的演讲，且未能如愿之外，[11]没有任何材料显示他对德国哲学感兴趣。早在1816年，乔治·蒂克诺（George Ticknor）就得出结论，认为当时德国文学的“贫瘠”要归咎于康德的哲学，它“同化和扭曲了这片土地上所有的人才”。它是一片巨大的“塞波尼斯大沼泽，大军在那里全军覆没”。[12]回到哈佛后，蒂克诺主要讲授法国和西班牙文学。乔治·班克罗夫特（George Bancroft）一直对德国纯文学感兴趣，后来撰写了几篇有价值的研究报告。他去柏林听过黑格尔的演讲，但他认为那些演讲不过是在“展示晦涩难懂的语言”。然而，班克罗夫特很钦佩施莱尔马赫，也听过他关于教育的演讲，主要是因为“他从未让自己被那些在过去三十年里不断获得崇拜者，又相继失去他们的任何一个

---

10 Nicolson, p. 49. 也可参照 John Dewey, “James Marsh and American Philosophy,” *Journal of the History of Ideas*, II (1941), pp. 131-150。

11 Long, p. 75.

12 Long, p. 16; letter of February 29, 1816.

体系所左右”。[13]

莫特雷（Motley）和朗费罗（Longfellow）都没有对德国哲学表现出任何兴趣。[14]这些留德学生中的一个例外是弗雷德里克·亨利·赫奇（Frederic Henry Hedge），他在德国度过孩提时代，但直到很久以后才对德国哲学产生兴趣。1833 年，他为《基督教观察》（*Christian Examiner*）写了一篇针对柯勒律治的评论，
对德国哲学做了相当详细的叙述。[15]赫奇在文章中对柯勒律治提供 159
的关于德国哲学的贫乏信息表达了拒斥，继而阐述了他自己的见解。这些见解展示了一种独立于柯勒律治的知识，以及对费希特的《知识学》（*Wissenschaftslehre*）和谢林的《先验唯心论体系》（*System des transzendentalen Idealismus*）的第一手了解。赫奇认为，康德“不是自己创造了一个体系，而是给出了提示和材料，他的追随者的所有体系都是根据这些提示和材料构建的”。先验论的视角被描述为“内在意识”的。“在这一学派的话语中，它是一种自由的直觉，只有通过意志的积极努力才能获得。其目标是在每一种有限的存在形式中，发现一种无限性和无条件性作为自

---

13 Long, p. 248, note 53; letter of December 28, 1820; p. 133, letter of November 13, 1820.

14 见朗费罗有关莫特雷的文字。关于朗费罗，可参见 James Taft Hatfield, *New Light on Longfellow* (Boston, 1933)。1844 年，朗费罗阅读了费希特的《学者的本质》（*Nature of the Scholar*）（Hatfield, p. 110）；而在 1848 年，他阅读了谢林关于但丁的文章，并将其译介到《格雷厄姆杂志》（*Graham's Magazine*）上（Hatfield, p. 118）。

15 *The Christian Examiner*, New Series, IX (1833), pp. 108-129.

己存在的根基，或者更确切地说，作为我们对它存在的认识的根基，并把所有现象归结为某些本体或认知规律。它不是一种事关存在的理性，而是一种事关认知的理性。”这听起来像是在描述康德的推理方法。然而，赫奇阐述了这样一个观点，即这种方法是“综合性的，它始于既定的一点，也是我们意识中可以找到的最低点，并且能从这个点推断出‘思想世界的全部，以及它们的整个表征系统’”。紧接着，这个可能同样适用于谢林的描述被加以修改；与此同时，“综合与对立相互交替”的说法被用来解释费希特，之后又出现了对《知识学》开篇部分相当技术性和字面性的再现。但批评的声音认为费希特倾向于怀疑论，而且“总体上太过主观”。在赫奇看来，谢林似乎是所有德国人中最令人满意的一个。“在他身上，知识哲学更成熟、更充实、更有前途，而且如果
160 要用一个术语来形容这些论断，应该说他比其他那些人的思想都更实际。”赫奇简要地描述了谢林的自然哲学的主要原则，指出它试图表明“外部世界与思维心灵具有相同的本质，两者都是同一神圣原则的不同表现”。赫奇暗示了奥肯（Oken）对谢林思想体系的发展，并把他与黑格尔和弗里斯相提并论；赫奇抱歉地说道，“我们的信息不足以让我们说太多，而我们的局限让我们无法去评论”他们。这几页的有力描述让人有所期待，但可惜的是，赫奇始终没能满足那些期待。他是《日晷》（*Dial*）杂志的一名作者，曾为该杂志提供谢林在柏林就职演讲的译文，并出版了《德国论说文作家》（*Prose Writers of Germany*）选集（1847），其中收录了康德《判断力批判》的翻译摘选，谢林关于美术的演讲，弗里

德里希·施莱格尔和黑格尔的《历史哲学》以及费希特的《人的命运》(*Destiny of Man*)中的段落。赫奇成为哈佛大学的德语教授，并撰写了一些关于莱布尼茨和叔本华的论文。[16]赫奇在其迟暮之年算不上一个有独创性的思想家，但他从学生时代起就对德语有很好的了解。他可以和长辈及朋友们（比如爱默生和阿尔科特）谈论德国哲学，本身也可以作为一个例子，表明美国对于德国哲学的接受不只局限于柯勒律治或法国的折中主义思想家带来的二手信息。

德国移民的影响大多属于后期。卡尔·福伦（Carl Follen）是哈佛大学第一位德语讲师，也是后来的德语教授，他是这类人中 161
最重要的人物。他曾是一位活跃的德国军团学生（*Corpsstudent*），崇拜拥护民族主义的体操教师路德维希·扬（Ludwig Jahn）和拿破仑战争时期的诗人西奥多·科纳（Theodor Körner）。但他也跟着钱宁（Channing）学习过神学，并于1830年开设了一门道德哲学课程，这表明他对康德的思想拥有一手知识。[17]在一门讨论希腊思想家、新约和斯宾诺莎的伦理学简史课程中，我们可以看到福伦对康德哲学相当全面的阐述。对《纯粹理性批判》的描述比较简单，且因福伦一再将时间、空间和范畴视作“先天观念”而缺乏说服力：他怀疑康德的体系会导致主观唯心主义和怀疑论，但他随后对康德的道德哲学做出的阐述显示了更好的洞察力，甚

16 O. W. Long, *F. H. Hedge: A Cosmopolitan Scholar* (Portland, Maine, 1940).

17 见福伦的作品集 *Works* (5 volumes, Boston, 1841), vol. III。其遗孀所述的福伦生平（载于 Vol. I）提供了这些讲座的时间（第290页）。

至是敏锐的判断力。康德因为错误地认为人“有时完全是理性和道德的，有时又完全是感性或表象的存在”而受到批评，定言命令（categorical imperative）概念受到的指责也有些道理。福伦认为这一思想显得模糊而笼统，它只是一种关于探索人的本性，尤其是理性和道德本性的建议。康德的理性宗教在他看来“不啻为一种无神论的公开声明”。他对康德的思想极不认同：他不是从后来德国唯心主义的角度批评康德（他显然并不了解德国唯心主义，尽管他提到了费希特），而是通过经验主义的论证，并设法将其与一种信仰哲学结合起来。尽管如此，福伦仍然在次年就任哈佛大
162 学德语教授的演说中对德国哲学加以辩护。他认为，德国哲学的“发展，从莱布尼茨到康德及其追随者们，包括费希特、谢林、雅各比和弗里斯，秉持的都不是单一的唯物论或绝对的怀疑论”。[18] 尽管英年早逝的福伦在培养人们对德语的兴趣方面有所作为，但他称不上是德国唯心主义哲学的鼓吹者。

其他论述哲学的德国人成名得更晚，他们不可能造成决定性的影响。弗雷德里克·A. 劳赫（Frederick A. Rauch）是宾夕法尼亚州马歇尔学院的院长，写过一本与黑格尔相关的《心理学：或关于人类精神的观念》（*Psychology: or a View of the Human Soul*, 1841）。约翰·伯恩哈德·史泰洛（Johann Bernhard Stallo）在辛辛那提定居，并撰写了《自然哲学的一般原理》（*General Principles of the Philosophy of Nature*, 1848），这本书引起了爱

18　"Inaugural Discourse" (September 3, 1831) in Follen's *Works*, vol. V. 尤其关注第 136 页。

默生的兴趣，在其《日记》中可以发现大段的摘录。[19]《日记》的编辑只从爱默生的手稿中选取了极少的引述，因此无法判断他为什么对史泰洛感兴趣，但史泰洛这本书很可能是爱默生了解谢林、奥肯和黑格尔的一个来源。由于史泰洛只做了一些摘要，因此很难断定爱默生在多大程度上受益于此书或者其他二手资料。[20]另一个德国人，伊曼纽尔·维塔利斯·舍尔布（Emmanuel Vitalis Scherb），曾在1849年和1851年试图指导爱默生学习黑格尔，但是由于《日记》并没有准确地告诉我们学习的内容，我们也许不必做出任何猜测。[21]

所有这些严格来说都还是初步的考量，意在为直接考察先验 163
主义思想家群体中的主要人物清出一条道路。但是对于这两场伟大思想运动的接触呈现出的普遍问题，我不能不谈几点思考。我避免使用“影响”这个词，因为要安全地使用它，还需更详细的定义。在讨论那样一种关系时，我认为我们必须仔细区分几个问题，而研究人员往往将它们混为一谈。首先，我们要知道德国哲学有着何种声誉——它来自散播的模糊二手信息或者十手信息——并将其与对德国哲学的真实认知区分开来，无论这种认知体现在英国或法国作家更为翔实的描述中，还是体现在对文本本身——不管是翻译还是原文——真正的第一手掌握中。只有解决了关于真实认知的首要问题，我们才能有效地探究美国作家对德

19 Emerson, *Journals* (Boston, 1909-1914), December 1849, VIII, p. 77.

20 关于爱默生的论文将提出两种可能性。

21 Emerson, *Journals*, VIII, p. 69. 同时参见 VIII, p. 246。

国哲学家究竟持有什么样的态度和看法。只有在这之后，我们才能提出关于实际影响的问题。即便如此，我们也必须区分孤立引文或思想的使用，和哲学观念或思想演进中真正存在的基本相似点。孤立的对应不过确证了二者间存在的关系；而只有将一个人的全部思想体系与另一个人的全部思想体系相比较，才可以讨论真正的影响。（当然，“体系”并不一定指技术意义上的系统阐述，也可以仅仅指一种个人的世界观。）即使如此，我们也应该确切地知道原本的特征（或者至少是我们正在比较的两个体系中思想的特殊结合方式），然后才能完全确定我们定义了一种有着形塑力和
164 决定性的影响，而不仅仅是揭示一种精神上的亲缘关系，这种关系可能出自相似的思想渊源。就美国先验主义而言，这个问题变得极其复杂，因为先验主义的起源几乎包括了人类的整个思想史：柏拉图；爱默生和阿尔科特相当熟悉的前苏格拉底哲学家们；新柏拉图主义，部分体现在托马斯·泰勒（Thomas Taylor）当时的最新译本中；17 和 18 世纪英国的新柏拉图主义者；神秘主义的伟大传统，特别是雅各布·波姆（Jacob Böhme）和斯韦登堡的神秘主义思想，更不用说斯韦登堡在美国和法国的信徒了（前者有桑普森·里德［Sampson Reed］，后者有欧格［Oegger］）；加尔文主义和一元论神学的本土传统；18 世纪英国的“道德感”哲学，代表人物有巴特勒主教（Bishop Butler）、普莱斯（Price）等人；用英语写作的柯勒律治、卡莱尔和另几位康德的阐释者；法国折中主义哲学家和早期的乌托邦社会主义者，包括斯塔尔夫人、库辛（Cousin）、乔夫罗伊（Jouffroy）、本杰明·贡斯当

（Benjamin Constant）、勒鲁（Leroux）和傅立叶（Fourier）。再往后的话，东方哲学也应该包括在内。最后，在我们提到真正的德国哲学家之前，还有许多德国诗人和小说家，他们以各种形式吸收和传播了技术哲学家的哲学思想：歌德是肯定在列的，以及席勒、让·保罗、施莱格尔兄弟和诺瓦利斯。谁曾清楚地定义过哪个想法来自哪里？恐怕思想史学家得有一本类似于《牛津词典》的词典，列出思想首次出现的情形（条目有待更正），并标明作者和日期。即使这样也解决不了我们的困难，因为思想史不仅是那 165
些个别思想的历史，也是体系和相互关系、新的组合体和综合体的历史。当我们审视德国哲学本身，我们也面临着一个难题，即群体内部的区别、趋势和冲突。莱布尼茨隐约出现在背景中；康德仍然沉浸于18世纪的理性主义，他的思想至少有三四种截然不同的解读，更不用说上百种误读了；还有赫尔德、雅各比和施莱尔马赫，他们曾寻求宗教的直观证据；再有从康德的思想发展出来的辩证哲学：费希特，早期的谢林和后来的黑格尔，他们三位在方法和思想背景上都是截然不同的——费希特是一个道德主义者和二元论者，谢林主要是一个具有神秘主义倾向的自然哲学家，黑格尔是一个逻辑学家和历史哲学家。洛伦兹·奥肯（Lorenz Oken）和亨里克·斯特芬斯（Henrik Steffens）（一个挪威人）是与谢林思想最为接近的思辨科学家；诺瓦利斯和弗里德里希·施莱格尔与费希特，让·保罗与雅各比，席勒与康德，歌德与赫尔德以及新柏拉图主义，他们彼此有着最密切的联系。先验主义者对这些思想家或多或少有所了解，当然，他们不一定清楚这些人之间的关系，而只是本能地在志同道合者中寻找志趣相投的想法。在此，我提出一个至少是方便可行的建议。我们可以讨论先验主义运动中的每一个重要人物，并提出几个问题：他对德国哲学了解多少——哪些是道听途说，哪些来自二手资料，哪些来自实际文本？他对德国哲学家有什么看法？他对哪些德国思想家最为认
166 同和了解？由此，通过经验性的方法，我们可以把每一位美国思想家置于已有充分细致研究的德国哲学发展体系之中，并确定其大致的历史地位。然后，我们可以做出区分，至少可以为讨论其直接影响奠定基础。

我们可以从布朗森·阿尔科特（Bronson Alcott）开始，他不仅是这群人中年龄最大的，而且他的观念构成也代表了他们最古老的思想传统。阿尔科特几乎不懂德语（尽管他 1842 年在伦敦时买过德文书籍，包括费希特那本晦涩难懂的《理性》[*Vernunft*]），[22]但他很早就在德国思想中找到了吸引他的对象，即雅各布·波姆——这位 17 世纪的西里西亚鞋匠曾发展出一套复杂神秘的神智学体系，其英文翻译在 17 和 18 世纪流传很广。1833 年，阿尔科特在费城时，曾读过奥凯利（Okely）的《贝赫曼的生活》（*Life of Behmen*），并在不同时期反复读了很多波姆的书。1882 年，他成立了一个小型的“神秘主义者俱乐部”，专门讨论和阅读波姆。[23] 阿尔科特出版的为数不多的著作中，有一篇关于

---

22 Odell Shepard, *Pedlar's Progress* (Boston, 1937), p. 341.

23 Shepard, *Pedlar's Progress*, pp. 160, 341, 350, 416; *The Journals*, Odell Shepard, editor (Boston, 1938), pp. 34, 109, 332, 530.

波姆的短文（第一次出版于 1870 年的《激进报》[*The Radical*]；1872 年再版于《康科德时光》[*Concord Days*]）。在这篇文章中，阿尔科特赞扬他为“多产的天才，无数既有理论的真正之母”。[24] 劳（Law）、莱布尼茨、奥肯、谢林、歌德和巴德（Baader）似乎都派生自他。阿尔科特认为波姆是“自摩西以来对《创世记》最敏锐的思考者”，[25] 尽管他不同意波姆对人的堕落和蛇的象征意义 167
的理解，因为神秘主义者对于他们的寓言和象征的细节往往持不同看法。

1849 年，阿尔科特读了洛伦兹·奥肯。这是一位善于猜想的科学家，他的《生理哲学要素》（*Elements of Physiophilosophy*）一书于 1847 年在英国翻译出版。[26] 不久，阿尔科特获得了他的第二次“启示”，他认为宇宙是“一根巨大的脊柱”；[27] 他之后对于创世论和自然的意义的所有猜想，似乎都深受奥肯的思想和术语的影响，尽管他显然也从同一传统中的许多其他来源汲取了灵感。要阐明这一点，我想指出爱默生关于斯韦登堡的一篇文章中的一段话，[28] 他在其中提到了“当代的一位诗歌解剖学家”——这显然是指阿尔科特——然后转述了他的想法。这些观点结合了两

---

24 *Concord Days* (Boston, 1872), p. 238.

25 *Tablets* (Boston, 1868), p. 189.

26 由英国皇家外科医学院成员艾尔弗雷德·塔尔克翻译，雷伊协会（Ray Society）印刷（伦敦，1847）。参见 Alcott, *Journals*, pp. 211-212。

27 Shepard, *Pedlar's Progress*, p. 439.

28 Emerson, *Representative Men*, in *Complete Works*, Centenary Edition (Boston, 1903-1904), IV, pp. 107-108.

位不同作者的思想，阿尔科特似乎从他们那里得到很多启发。他首先谈到神秘的关于人的象限（垂直）和蛇的象限（水平），这个想法来自欧格的《真正的弥赛亚》（*True Messiah*），爱默生在他二十多年前的《日记》中摘录过；[29] 然后，他转述了奥肯的奇特幻
168 想：头骨是另一根脊椎，双手变成了上颌，双脚变成了下颌。[30] 关于阿尔科特与奥肯、冯·舒伯特等德国科学家，甚至是神智学家（theosophist）巴德之间可能存在的某种关系，目前尚无什么探讨，而且如果不查阅他的五十本日记的手稿，我们就无法获得确切答案。就我们论述的目的而言，只需说明他被谢林式自然哲学的猜想所深深吸引，并将其与新柏拉图主义和通常是神秘主义的元素结合在一起便足矣。

但是阿尔科特对德国知名的唯心主义哲学家也有所了解。早在 1833 年的费城，阿尔科特见到爱默生或是在波士顿定居之前，就读过两本 18 世纪晚期德国人用英语写的康德论著。[31] 其中一本是维利希的《批判哲学要素》（1798），奥德尔·谢泼德（Odell Shepard）在他撰写的阿尔科特传记中把本书的作者当成了维利克（Wellick）。另一本是弗里德里希·奥古斯特·尼切（Friedrich August Nitsch）的《论康德的原理》（*View of Kant's Principles*,

---

29 Emerson, *Journals*, III, p. 515, from Oegger, *Le Vrai Messie* (Paris, 1829). 由伊丽莎白·皮博迪（Elizabeth Peabody）所作的局部翻译版本于1835年在波士顿出版。

30 Oken, *Elements of Physiophilosophy* (London, 1847)："嘴是脑袋里的胃，鼻子是肺，下巴是胳膊和脚"（第 364 页）。

31 Shepard, *Pedlar's Progress*, p. 160. 维利希和尼切的相关讨论见《伊曼纽尔·康德在英国》第 7—15 页。

1796），阿尔科特从中摘录了大约 57 页。顺便说一句，这也证明他不需要通过柯勒律治或者法国学者来了解康德。不过阿尔科特自己对康德的看法很快就明显趋于负面：他把康德与亚里士多德、培根和洛克归为一类，认为所有这些人都“缩小了人类的能力范围，因坚持感官至上而阻碍了探索的进程，并把灵魂关在了理解的洞穴里”。[32] 阿尔科特在这里把康德解读为一个怀疑论者，一个对所有形而上学的批判者，并用柯勒律治的方式来诠释康德本人对理性和理解的区分，进而谴责康德的哲学是平庸和感性的。 169

后来，阿尔科特接触到了圣路易斯黑格尔学派的成员。他先后在 1859 年和 1866 年拜访过他们，并成为康科德哲学学派名义上的带头人。多年来，像威廉·托里·哈里斯（William Torrey Harris）这样的黑格尔主义者，都是在阿尔科特的资助下完成了对自己学说的阐述。[33] 起初，阿尔科特对他们的敬佩感到受宠若惊，对黑格尔的《历史哲学》，还有詹姆斯·哈钦森·斯特林的《黑格尔的秘密》（这是他女儿路易莎从欧洲带来的礼物），则感到不知所措、困惑不解。[34]《碑文》（*Tablets*，1868）和《康科德时光》（1882）收录了哈里斯的语录和两篇关于思辨哲学与辩证法的小文章。[35] 至少有一段时间，阿尔科特期待着一种新的哲学在新英

32　Alcott, *Journals*, pp. 38-39.

33　Shepard, *Pedlar's Progress*, pp. 474-476, 480-484, 507ff. 参见 Austin Warren, "The Concord School of Philosophy," *New England Quarterly*, II (1929), pp. 199-233。

34　Alcott, *Journals*, pp. 340 and 383; August 1861, and July 1866.

35　Alcott, *Tablets*, pp. 164-165; *Concord Days*, pp. 73-74; "Speculative Philosophy," pp. 143ff; "The Dialectic," pp. 156ff.

格兰地区出现，“德国的黑格尔将推动和促进这种哲学的发展”。[36]但他很快就认定，黑格尔“枯燥晦涩”，“奇怪难懂”，而他自己的思想是“理想的，他的方法属于类比而非逻辑”，由此比黑格尔的“更加微妙也更加重要”，因为它“意味着一种活跃和生动的想象力，可以点燃理性，并领悟它所寻求的真理”。[37]因此，阿尔科特明确认为自己是一种富于想象的“类比式”神秘主义的追随者，这种神秘主义认为康德和黑格尔的认识论及逻辑方法无关紧要。

170 在对待德国哲学的态度上，乔治·里普利（George Ripley）和西奥多·帕克（Theodore Parker）与阿尔科特形成了鲜明的对比。二人都是一位论派牧师，他们在德国思想中发现了更多的对他们自由的宗教信念的支持。在两个人当中，里普利更谨小慎微，也更加正统。他早期的著作赞扬了赫尔德和施莱尔马赫[38]——“有史以来致力于探索宗教哲学的最伟大的思想家”[39]——而他自己的思想似乎在各个方面都与这种公开的表述一致。但里普利也对康德有所了解。早在 1832 年，他就为康德辩护，称他是一个“作家和推理家，从他那里，重大的问题……得到的阐发，比自古希

36 *Concord Days*, p. 145.

37 *Journals*, p. 497, July 1879; and p. 536, August 1882.

38 见对赫尔德《希伯来诗歌的精神》（詹姆斯·马什译本）的书评，载于 *Christian Examiner*, XVII (1835), pp. 167-221; “Herder’s Theological Opinions and Services,” *ibid.*, XIX (1835), pp. 172-204；以及“Schleiermacher as a Theologian,” *ibid.*, XX (1836), pp. 1-46。里普利的信件《致一位神学学生》（1836 年 12 月）载于 *Dial*, I (1840)，其中对赫尔德做出了高度评价（第 187 页）。

39 O. B. Frothingham, *George Ripley* (Boston, 1882), p. 229.

腊哲学最辉煌的时代以来，从任何没有灵感的人那里得到的都要多”。他将康德与柯勒律治进行了鲜明的对比，在他的描述中，康德有着“沉着、深远、质朴的思维习惯”，“严谨的逻辑、坚毅的耐心、数学式的精准，以及对纯粹理性结果的冷静展示”。[40] 但是很快，在一篇详细叙述赫尔德与康德分歧的文章中，里普利又站在了赫尔德一边，赞扬赫尔德使康德的思想体系“不再那么自命不凡，而是采取了一种更谦虚的姿态”，尽管他也承认赫尔德没能“公正地对待”康德思想体系“作为对人类知识基础的分析阐述”所包含的“伟大成就”。[41] 在后来一篇关于费希特的文章（1846）171
中，里普利批评他未能解决“关于神的意旨和人类命运的重大问题”，认为在他那里只能找到负面的特征。按照里普利的说法，费希特已经证明这样的猜想毫无效果，并会把人抛回到“道德情感的世界”“本能的正义感”和“内心的声音”那里[42]——这些正是赫尔德和施莱尔马赫的主张，而注重历史的费希特很少与他们产生共鸣。里普利甚至在费希特的研究中看到他有意接受傅立叶的学说，这可能是因为费希特对社会问题持有强烈的集体主义观念。

里普利对德国哲学的态度越来越敌视。在评论赫奇的《论说文作家》时，他问道：“德国哲学有什么价值？”；[43] 他对史泰洛

---

40 Review of Carl Follen's "Inaugural Discourse," *Christian Examiner*, XI (1832), p. 375.

41 Review of Marsh's *Spirit of Hebrew Poetry*, in the *Christian Examiner*, XVIII (1835), p. 209.

42 *Harbinger*, II (1846), pp. 297ff.

43 *Harbinger*, VI (1848), p. 107.

的《自然哲学》一书也做出了完全负面的评论。里普利认为它的观点“与美国人的思想没有任何关联”。对他来说，研究德国哲学只具有历史意义，就像“研究后来的柏拉图主义者或东方哲学家的遗物”一样。德国的思想家们只不过制作了“绝妙的智力体操样本”。他们试图“仅仅通过思想的力量来解释宇宙或人类的灵魂，而没有对事实进行科学的分析”，这“荒谬得如同试图跳过自己的头顶”。[44]后来，里普利还攻击了施特劳斯、费尔巴哈和19世纪中叶的毕希纳等唯物主义者。他对爱德华·哈特曼（Eduard Hartmann）的《无意识哲学》（*Philosophy of the Unconscious*）
172 表现出了一定的兴趣。[45]但是，有足够的证据表明，里普利与赫尔德和施莱尔马赫一样，是一位信仰哲学家。在他看来，只有当德国的唯心主义思想家为这样一种哲学留出空间时，他才会认可他们。而且到后来，里普利严厉地谴责了他们的智识主义和先验论思维方式——这些对他而言都是错误的。很难说清里普利的哪些思想来自德国，因为在英国和法国的哲学中，也可以找到关于“宗教意识”的思想。

相比里普利，西奥多·帕克在思想和处事方面都更大胆，也是一位更重要的学者；但是在我们讨论的语境中，他和里普利非常相近，虽然从信仰的角度看他更加离经叛道。帕克最早研究过德国《圣经》批评和神学，并翻译了德·韦特的两卷本《〈新约〉导论》（*Introduction to the New Testament*）。德·韦特是德国的

44 *Harbinger*, VI (1848), p. 110.

45 Frothingham, pp. 230, 286.

一位自由派神学家，他是弗里斯的追随者，因此也受到康德思想的影响。帕克对于德国的学问（包括神学、历史和文学等方面）确实非常在行，尽管他在《日晷》[46]发表的一篇为德国文学辩护的文章曾将一长串名字不加区分地堆积在一起，还引起过一些怀疑——不知他所掌握的知识（至少在当时）是否总像表面看起来那样透彻，且是来自第一手资料。这篇有力的长文看似是对门泽尔的《德国文学史》的书评，其中很少提到德国哲学，尽管帕克指出门泽尔对康德的看法“极不公正”，并承认他对黑格尔的攻击 173
包含了政治偏见。[47]

之后的一年，也即1843年，帕克去了德国，在巴塞尔拜访了德·韦特和其他一些神学家，并在柏林听了韦尔德（Werder）——一个黑格尔主义者——关于逻辑的讲座。在他看来，这场演讲简直荒唐可笑；他听过谢林关于启示哲学的讲座，并对后者抱有相同的态度。[48]回国后，帕克沉迷于德国的神学、法学、教会史，当然他后来还投身于废奴主义事业。所以说，他再也没有真正回归德国的哲学。不过，当他1859年最后一次去往意大利，在圣克鲁斯写给教区居民的信仰告白书中，他坦陈康德对自己的影响，称康德是“世界上最深刻的思想家之一，尽管他同时是最糟糕的作家之一，即便在德国也是如此”。“他给了我真正的方法，使我走

---

46 *Dial*, I (1841), pp. 315-339. 重印于 Parker, *Critical and Miscellaneous Writings*, second edition (New York, 1864), pp. 28-60。

47 *Dial*, I (1841), pp. 335-336. 重印版本同上，pp. 54-55。

48 H. S. Commager, *Theodore Parker* (Boston, 1936), pp. 95-96.

上了正确的道路。我发现了人性的某些原始直觉，这些直觉并不依赖于逻辑的论证过程，而是人性自身的本能行为所赋予的关于意识的事实：神性的本能直觉，公正的本能直觉，永生的本能直觉。这就是宗教的根基，它就存在于人性本身。”[49]强调这是对康德的误读并没有什么意义。有趣的是，这一解释与雅各比或施莱尔马赫、法国折中主义学说甚至苏格兰常识学派各自阐述的直觉哲学完全一致。帕克与里普利在这一点上立场一致，但前者成功地
174 将对《实践理性批判》的解释用来支持一种信仰哲学，这种哲学是人类心智的一种本能直觉。

奥瑞斯特·布朗森（Orestes Brownson），或者更确切地说，是 1844 年皈依罗马天主教之前的早期布朗森，完全称得上是一位先验主义者，他的观念和出发点都与里普利和帕克有关。他很早就成了一个直觉主义者，热衷于阅读、欣赏和传播库辛以及其他法国折中主义者的思想。但布朗森比他的朋友和同事们更具有强烈的哲学倾向，他拥有善于推测的真正禀赋，并且在他所处的时代和地域，他对哲学的技术性有着非同寻常的把握。在所有先验主义者中，唯独他似乎受到了关于知识和真理问题的严重困扰，也只有他一个人仔细审视了康德本人的著作。他对康德的解读是在皈依罗马天主教后不久写下的，但其观点也可以在他改信前的作品中那些零星的批评表述内找到。他对康德和黑格尔的批评有着惊人的一致性和统一性，这些批评贯穿了其大约三十五年持之

49 J. Weiss, *The Life and Correspondence of Theodore Parker* (Boston, 1864), II, pp. 454-455.

以恒的写作。这似乎也表明，布朗森的哲学观所具有的连贯性和一致性，远比那些只看到其宗教关系更替与变化的人以为的要高。

至于德国哲学，他的态度只有一处明显的转变。布朗森在1834年学会了阅读德语；在一本名为《基督教的新观点》（*New Views of Christianity*，1836）的小书中，他介绍了始于赫尔德、以施莱尔马赫为高潮的德国神学运动。布朗森赞扬了施莱尔马赫
的思想中“灵感与哲学的交汇”，称赞他是一个充满“温暖的情感 175
和冷静的思想”的人，并暗示他与圣西门之间的相似之处。[50]但在皈依之后，布朗森谴责了施莱尔马赫的观点，因为他把宗教变为纯粹主观的内容，并“将教会瓦解为一般的社会”。布朗森甚至特意将施莱尔马赫的“泛神论唯心主义”称为比理性主义、自然神论，甚至是霍尔巴赫男爵的无神论还要糟糕的学说。[51]

但是在他与康德、费希特、谢林和黑格尔的关系中，却看不出这种明显的变化。他对康德的态度似乎很早就定型了。恰恰是康德对于判断力和思想范畴的分析，在技术层面上让布朗森非常钦佩。布朗森在他的所有著作中一次又一次地重复这样的观点：“康德以高超的技巧和惊人的精确性，列出了一个关于理性范畴的完整清单。他对理性的分析称得上完美无缺、无可置疑。”[52]布朗森

50　*Collected Works*, ed. H. F. Brownson (Detroit, 1882-1907), IV, pp. 44-45.

51　*Collected Works*, III, p. 45; IV, p. 519; VIII, p. 424; IX, p. 480; 所引内容分别写于1850、1844、1872和1873年。

52　“Synthetic Philosophy,” *Democratic Review* (1842)，重印于 *Works*, I, p. 165；也可见 I, p. 222; II, p. 299; V, p. 507；以及 IX, p. 263。

认为，这一分析纯粹是经验性的，就此而言也是正确的。他很早就为康德辩护，反对将其思想视为先验主义。他论述道，康德的方法“和培根或洛克的方法一样是真正实验性的”。即使康德声称自己描述的是先验知识，他也是“通过经验和实验，以及仔细分析意识在心理观察者眼中真正呈现的内容”来完成的。即使要批
176 判康德，也不应该指责他悖离“经验之路”或者“仓促进入猜想推断”。相反，布朗森认为，康德没能将他的方法推而广之，是因为他过于狭隘地把经验仅仅视为感官的体验。[53]

但是，尽管布朗森时常指出康德作为一个思想分析家所具有的力量，他似乎从未质疑过自己对康德主要的认识论所持的反对立场。在 1842 年的一篇评论中，布朗森对唯心主义哲学的拒绝清晰而有力，他此后一生的态度也始终如此：“对康德和费希特的驳斥，因此也是对所有唯心主义、自我主义和怀疑论——无论是无神论还是泛神论——的驳斥，它们都源自一个简单的事实……那就是思想的客观因素永远是非我。康德的错误，也是导致他的整个学说和所有其他学说误入歧途的错误，是假定自我确实或可能作为纯粹的主体不断发展，或者换句话说，自我也是它自己的客体，因此它同时是主体和客体。康德假定自我在认知中发展自己，无需外在的客体；因此，他推断所有的知识都是纯粹主观的，并断言理性无力把我们带出自我的领域。”在一条注释中，布朗森承认这并非康德思想的全部：“我们非常清楚，这不是康德真正的教

53 “Eclectic Philosophy,” *Boston Quarterly* (1839), in *Works*, II, pp. 536-538.

义，他只是证明这是所有哲学都必须达到的结果，它是基于纯粹的理性。他本人依靠的是实践理性，也即基于朴素的常识；而他写作《纯粹理性批判》的目的，是证明所有纯粹形而上学的思辨都不会令人满意。那个伊曼纽尔·康德终究是个聪明人。”[54]这一 177
立场的缓和，似乎显示布朗森对《实践理性批判》持有一定了解，但这种了解并未深深印在布朗森的脑海中。他贬斥康德的实践理性与休谟的常识并无二致；[55]后来在撰写批判康德的文章时，除了《纯粹理性批判》，布朗森对其他的书一律不管不顾。

皈依天主教之后不久，当布朗森在《布朗森季刊》（*Brownson's Quarterly*）的“导论”中回顾自己的智识发展时，我感觉他有理由将德国哲学对他自己发展的重要性降到最低，也能够用与先前的声明基本一致的说法来界定他对康德的态度。“德国哲学家，”他写道，“带给我的满足感很少。的确，我没有对他们做过深入的研究；但是，就对他们的了解而言，我对他们没有什么认同。我能感到并且承认康德具有杰出的分析能力，但我不得不说他的哲学从根本上是错误和有害的。他的《纯粹理性批判》，如果不把它当成一种抗议，以最严谨的分析形式和所有现代哲学为依托，而是从任何其他视角来审视的话，肯定会误导读者，使读者陷入一个错综复杂的谬误迷宫。”[56]奇怪的是，布朗森很快投入了不少时间来仔细研究《纯粹理性批判》（而且显然是德文

54 “Charles Elwood Reviewed,” *Boston Quarterly* (1842), in *Works*, IV, p. 355.

55 “The Philosophy of History,” *Democratic Review* (1843), in *Works*, IV, p. 391.

56 “Introduction,” *Brownson's Quarterly Review*, I (1844), p. 8.

178 原文），并以此为题，为他新季刊的第一卷撰写了三篇论证严密的文章。[57]在这些文章中，我们可以看到他对康德最充分的讨论。然而，就其方法和结论而言，这一讨论与他皈依前的判断完全一致。布朗森批评了康德提出的基本问题："追问人类的头脑是否有科学能力是荒谬的，因为我们只能用人类的头脑来回答这个问题。"康德的现象主义大错特错。我们无法在主体中找到客体。"这一不言而喻的简单道理，仅仅表明存在的是真实的，却完全否定了整个批评哲学。"布朗森以相当有力的辩证方式清楚地阐明了这一要点。康德因此被解读为一个主要的怀疑论者，他否认知识的可能性，是"休谟最杰出的捍卫者"。布朗森用卡莱尔式的华丽修辞描绘了这种所谓普遍怀疑主义的可怕后果。"因此，所有的科学都消亡了，所有的确定性都不复存在，阳光消失了，明亮的星辰熄灭了，我们漂浮在黑暗中，在被普遍怀疑和无知的狂风暴雨席卷的海洋中迷失了方向。"[58]根据布朗森的说法，康德从根本上说是一个"感性主义者"和"唯物主义者"。布朗森太轻率地否定了康德在其他《批判》中对自己学说的发展；[59]但他至少已经凭借他的辩证法和逻辑真正掌握了康德的文本，这在美国的同时代人中是绝无
179 仅有的。布朗森后来对康德的许多论断只是这一观点的一些变体。

57 "Kant's Critic of Pure Reason" (1844), pp. 137-174, 181-309, 417-499；也可见 *Works*, I, pp. 130-213。

58 "Kant's Critic of Pure Reason," pp. 282, 284, 308, 309; *Works*, I, pp. 162, 163, 184, 185.

59 "Kant's Critic of Pure Reason," p. 309; *Works*, I, pp. 185-186. 布朗森在此处引用了法文版的海涅，嘲讽撰写《实践理性批判》的动因是"对警察的恐惧"。

他一次又一次地重申自己如何钦佩康德对心智的分析、关于思想
范畴的图表以及消极的结论。这一结论在布朗森看来，已经证明
了“人类自身的主观理性本身不足以构成科学”。[60]但他也谴责了 179
康德的主观主义：康德认为范畴仅仅是我们思想的形式，他否定
知识的客观性，并由此产生出怀疑论。在布朗森看来，这是康德
哲学“难以掩饰”的结果。因此，康德是一位提出问题，并敏锐
地从技术层面对逻辑和认识论问题加以讨论的哲学家；但他的主
要立场让布朗森十分反感。布朗森早年就已成为一名客观主义者，
笛卡尔主义及其所有形式都是他的敌人。[61]

布朗森对费希特的态度几乎无须赘述。他很早就认为费希特
的思想表明了唯心主义的荒谬。他在皈依前写的一篇文章中指出：
费希特“宣称自我足以成为其本身的客体，并通过意志这一事实
来寻求证据。因此，他的荒谬之处在于把所有思想都当作自我的
产物，甚至告诉他的追随者为何是人类创造了上帝”。但是，和康
德的情况一样，布朗森明白费希特后来的观点纠正了先前的一些
推断错误。[62]之后，布朗森又多次重申，“费希特极力主张的自我
主义哲学，即上帝和外部世界不过是心灵自身的投射，只是根据 180
康德的假定做出的逻辑推论”，是笛卡尔主义导致了费希特的自我

60 “An Old Quarrel,” *Catholic World* (1867), in *Works*, II, p. 299.

61 Later passages on Kant, in *Works*, I, pp. 222, 244-245; II, pp. 47, 295, 520; V, p. 507; VI, p. 106; X, p. 263; XIX, p. 384.

62 “Charles Elwood Reviewed,” *Boston Quarterly* (1842), in *Works*, IV, p. 355.

主义。[63]

布朗森在早年仍深受爱默生的思想影响时，曾对谢林及其弟子们隐隐约约流露出一些谨慎的认同。他认为“他们给了我们一首壮丽的诗篇，我们相信这首诗大体真实可信，但它并不是哲学，也不能解决休谟所表述的困境”。[64]但是后来，谢林完全被忽视了，或者被当成了无神论者和斯宾诺莎主义者。他“保持了主客体的同一性，因而在主观层面，他坚持了费希特的自我主义，客观层面上，他强调了斯宾诺莎的泛神论，而从主客观两个角度看，他否认了直觉，甚至科学的可能性”。[65]

从这些论断中，我们已经可以猜出布朗森对黑格尔的态度，这一态度早在他皈依之前就已明确。布朗森首先拒绝了整个演绎法。他无法相信“宇宙系统只是一个逻辑系统”，无法相信“理念与本质，观念与存在”是一回事。黑格尔的方法“赋予自称有限的人绝对的知识，这意味着他自己是绝对的，因此不是有限，而是无限的”。但是，“夸口也是徒劳的，因为在知识的秩序中，我
181 们只能颠倒存在的顺序。我们通过自然上升为自然的上帝，而不是从神由人下降至自然。只有上帝自己知道存在的顺序，因为除了上帝，没有人能知道存在本身，而上帝因为完全清楚存在的原因，对存在的结果也有充分的先验知识”。在反对黑格尔那自称掌

63 “The Giobertian Philosophy,” *Brownson's Quarterly* (1864), in *Works*, II, p. 250; “The Cartesian Doubt,” *Catholic World* (1867), in *Works*, II, p. 373.

64 *Christian Examiner*, XXI (1836), p. 46.

65 “The Giobertian Philosophy,” *Brownson's Quarterly* (1864), in *Works*, II, p. 251.

握了绝对知识的哲学体系时，作为美国民主党人的布朗森难免觉得黑格尔的政见有点好笑：黑格尔认为“无限的上帝和他过去所有的创造都明确致力于准备和建立普鲁士君主制”，“仁慈的腓特烈·威廉陛下”可能是“创世和进步的终极体现”。[66]在皈依之后，布朗森反对黑格尔的声音变得更加尖锐。在他看来，黑格尔的体系在某些方面“只不过是老旧的法国无神论的复制品”，他的观念显得“不切实际、毫无价值”，他的哲学实在比不上里德（Reid）[i]的“真实、深刻，也远远没有那么值得信赖”。[67]具体而言，布朗森注意到黑格尔的第一个三重论述，他发现其中包含了一种从可能中获得真实、从虚无中获得存在的错误尝试。[68]他不承认黑格尔是一个本体论者。对布朗森来说，黑格尔是一个纯粹的心理学家，182
他只是在表面上试图将心理过程与本体存在等同起来。黑格尔是一个主观唯心主义者，他和康德的所有其他追随者一样，以泛神

---

66 “The Philosophy of History,” *Democratic Review* (1843), in *Works*, IV, pp. 369, 384.

67 “Introduction,” *Brownson's Quarterly Review*, I (1844), p. 8. 另有一篇文章给出了令人惊讶的论断，即黑格尔实际是照抄了霍尔巴赫的《自然系统》（*Système de la Nature*），见 “Transcendentalism,” *Brownson's Quarterly* (1846), in *Works*, VI, p. 97; “The Refutation of Atheism,” in *Brownson's Quarterly* (1873), in *Works*, II, p. 76; 以及 “The Giobertian Philosophy,” in *Brownson's Quarterly* (1864), in *Works*, II, p. 251。

68 这一观点被频繁复述。如 *Works*, I, p. 401; II, pp. 38, 71, 268; VI, p. 97; VIII, p. 384; IX, p. 273; 以及 XI, p. 229。布朗森多次提及黑格尔所说的“思想”（*Das Ideen*）——这是对“理想”（*Das Ideelle*）的误写，不过这并不能激发他阅读黑格尔或深入了解德语的信心（参见 *Works*, VIII, p. 384; III, p. 502）。

论和无神论告终。[69]

布朗森对德国哲学的批评并非总是言之有理：他无疑夸大了康德纯粹消极批判的一面，也误解了黑格尔的辩证法；但在一定范围内，他从一种客观直觉主义的角度出发，对德国哲学发出了坚定有力的批评，并强烈谴责了自笛卡尔以来整个现代哲学的转向。布朗森甚至这样写道："德国没有产生一个尚未被推翻的哲学体系，也没有哲学家可以与维科（Vico）、加卢比（Galluppi）、罗斯米尼（Rosmini）、乔伯蒂（Gioberti）和巴尔姆斯（Balmes）相提并论。"[70]因此，从布朗森的视角来看，在非天主教体系中，莱布尼茨是"所有现代哲学家中最伟大的"。莱布尼茨驳斥笛卡尔派"物质的本质是广延"的理论，并反对物质原子论，支持动态的物质理论，这些都得到了布朗森的称赞。但即使是莱布尼茨也被批评为"德国理性主义名副其实的先驱"，以及"本体论和可能性先于真实性"的信奉者。[71]布朗森毕生都认同直觉主义和现实主义，
183 并最终设法调和了里德与乔伯蒂、天主教与常识哲学。尽管布朗森对康德的一些论述很感兴趣，但德国哲学代表了他一生所拒绝的一切——主观主义和泛神论，怀疑主义和无神论。[72]

---

69 *Works*, I, p. 401; II, p. 268; III, pp. 502, 504; XI, p. 229.

70 "Spiritual Despotism," *Brownson's Quarterly* (1857), in *Works*, VII, p. 486.

71 "Catholicity and Naturalism" (1865), in *Works*, VIII, p. 352; "Holy Communion—Transubstantiation," *Brownson's Quarterly* (1874), VIII, p. 268; "Refutation of Atheism," *Brownson's Quarterly* (1873), II, p. 38.

72 关于布朗森的智识发展，着重于社会和政治问题的更全面的讨论可参见小亚瑟·M. 施莱辛格的著作《奥瑞斯特·布朗森：朝圣者的历程》（波士顿，1939）。

玛格丽特·富勒（Margaret Fuller）与其他先验主义者截然不同。她的兴趣显然不以哲学和神学为主，而是美学以及后来的政治。她对德语的研究使她接触了歌德、让·保罗、贝蒂娜·布伦塔诺（Bettina Brentano），还有和他们不是一路的多愁善感的西奥多·科纳、招魂论者尤斯蒂努斯·克纳（Justinus Kerner）。她与德国哲学的直接接触似乎很少，也不太愉快。在剑桥（大概是 1833 年之前的某个时候），她得到了费希特和雅各比的书，并写道："我常常被打断，但是我投入了不少时间，也进行了认真的思考。我完全理解不了费希特，虽然我读的这篇专论是为大众所作，而且他说这篇论文必须迫使（bezwingen）人信服。"[73] 她指的一定是费希特的《明如白昼的报道》（*Sonnenklarer Bericht*, 1801），副标题是"试图强迫读者理解"。[74] 她接着写道："我可以理解其中的细节，但无法掌握整个体系。我感觉他的头脑一定是被另一个头脑塑造出来的——后者也许是斯宾诺莎。我应该熟悉它，这样才能很好地了解费希特。"后来，她在《日晷》发表的 184
一篇评论中批评了门泽尔对歌德的看法，她提到雅各比已经"尽其所能地把心思付诸哲学"。[75] 读了詹姆斯·麦金托什爵士的传

---

73 R. W. Emerson, W. H. Channing, and J. F. Clarke, *Memoires of Margaret Fuller Ossoli*, I, p. 127.

74 J. G. Fichte, *Werke* (Berlin, 1843), II, p. 323.《回忆录》（*Memoirs*）中出现的"Bezwingen"一词明显是对"zu zwingen"的误写，也许是翻译或印刷时出现的纰漏。

75 *Life Without and Life Within* (Boston, 1859), p. 15. 最早出现于 *Dial*, I (1841), p. 342。

记后，她感觉很高兴，“经历了最近的懊恼，终于得以发现詹姆斯爵士的存在——他具有形而上学的头脑，并渴望深入把握这门学问，还同样为德国哲学大伤脑筋，特别是苦恼于我自己在剑桥时就感到费解的作品——雅各比的《给费希特的信》（*Letters to Fichte*）”。[76] 在格罗顿，当她计划写那篇后来未能完成的《歌德的生活》（“Life of Goethe”）时，她得出结论，认为应该“对德国哲学观念史有一些掌握”，以便理解它对歌德的影响。她查阅了布勒和特尼曼的《哲学史》（*Histories of Philosophy*），并浏览了布朗、斯图尔特（Stewart）和“那一类书籍”。[77]1836 到 1837 年之间的冬天，她每周会有一个晚上去钱宁博士那里，为他翻译德国神学著作，主要是德·韦特和赫尔德的作品。[78]1841 年，应该是和她的《对话集》有关，富勒翻译了谢林的著名演讲《论造型艺术与自然的关系》（*Über das Verhältniss der bildenden Künste zu der Natur*）。如果她注意到柯勒律治对同一篇演讲有非常准确的意译的话，[79] 她本可以省下这些力气。（玛格丽特·富勒的译文一直以手稿形式留存。）来到纽约后，她越来越远离那些先验主义的友人和研究旨趣。在她为纽约《每日论坛报》（*Daily Tribune*）
185 撰写评论的最后一年（1846），富勒写了一篇关于威廉·史密斯

76 *Memoirs*, I, p. 165.

77 见上文注 73。

78 *Memoirs*, I, p. 175.

79 柯勒律治的讲座“论诗歌或艺术”最早刊登于 *Literary Remains* (Volume I, 1836)。萨拉·柯勒律治所编辑的版本列出了一份清单，标识出了它与谢林讲座互相对照之处，见 *Notes and Lectures* (1849)。

（William Smith）的《费希特回忆录》（*Memoirs of J. G. Fichte*）的报告，该书包含了大量的引文。尽管如此，威廉·史密斯揭示了费希特性格中“阳光的一面”，并“生动地描述了他和妻子之间真诚、平等、慷慨和温柔的关系”，这明显让她感到高兴。[80] 在一篇关于查尔斯·布罗克登·布朗（Charles Brockden Brown）的《奥蒙德与维兰德》（*Ormond and Wieland*）的评论中，富勒有趣地展示了她本人（以及先验主义者们）对黑格尔主义的奇怪理解。她把布朗和戈德温（Godwin）称为“天生的黑格尔主义者，没有以科学为伪装”，因为“他们在意识中寻找上帝并找到了他。心灵因为看到自己被如此惊人和奇妙地创造出来，也没有否认它的创造者”。[81] 有时她抗议所有的分析哲学，尤其会暗指费希特。“我不想总是反省，如果反省总是关乎个体身份的话，比如‘我’是不是真正的‘我’等等。我希望达到可以信任自己的境地。”[82] 总的来说，如果我们能把这些单薄和零散的陈述综合起来，它们似乎表明，玛格丽特·富勒对她认为是德国技术性的东西毫不在意，她只是模糊地认识到，从雅各比到黑格尔的德国哲学是对心灵宗教的解释。因此，她的看法似乎与里普利最为接近。

所以，次要的先验主义者与德国哲学本身只有少许的接触。

---

80 载纽约《每日论坛报》（1846 年 7 月 9 日）。这段文字也被列入梅森·瓦德（Mason Wade）整理的书目中，见 *M. Fuller, Writings* (New York, 1941), p. 600。

81 *Art, Literature and the Drama* (Boston, 1875), p. 323；原载于纽约《每日论坛报》（1846 年 7 月 25 日）。

82 *Memoirs*, I, p. 123.

阿尔科特忽视了重要的德国哲学家，而在雅各布·波姆和洛伦
186 兹·奥肯的空想中找到了慰藉和支持。里普利和帕克寻求一种心灵的宗教，一种对直觉信仰的解释，并在施莱尔马赫或被曲解的康德那里找到了它。玛格丽特·富勒在她的作品中隐约地呼应了这一观点。布朗森对德国哲学家的主观主义和泛神论做出了强烈的批判。但是，只有充分讨论爱默生与德国哲学的关系，这些区别才会更加明显，我们也才能得出一般性的结论。

译者注

i 指18世纪苏格兰启蒙运动时期的哲学家托马斯·里德（Thomas Reid，1710—1796），苏格兰常识学派的创始人。

6

爱默生与德国哲学* 187

爱默生与德国思想家的关系最值得我们关注。这个问题有多种多样的难点，而且试图弄清每一个思想的确切源头有害无益，因为爱默生和其他先验主义者不同，他作为一名优秀的艺术家，将所有的外国思想都吸纳进了自己独特的表达方式之中。此外，他的思想是碎片化的（虽然并非自相矛盾），他轻视一切体系、所有复杂的论证链条，以及思辨哲学的一整套方法。德国思想可能

* 最初刊登于 *The New England Quarterly*, XVI (no. 1, 1943), pp. 41-62。

通过尤为众多的间接渠道为他所知。[1]

188 早在1820年，爱默生就阅读了德拉蒙德（Drummond）的《学术问题》（*Academical Questions*），该书对康德的记述相当详尽，且饱含敌意。[2] 1823年，他阅读了杜格尔·斯图尔特（Dugald Stewart）的《论文》（*Dissertation*），该书也用敌视的口吻讨论了康德。[3] 随后，爱默生的阅读清单又加上了斯塔尔夫人对德国哲学友好却模糊的描述；[4] 他在1828年阅读了库辛，1829年阅读

---

1 除了对先验主义的一般性研究（参见弗罗廷汉姆、戈达德、莱利、吉拉德、缪尔黑德、汤森等人的作品）以及传记（特别是卡博特）之外，以下文章对爱默生的讨论均有所助益：John Smith Harrison, *The Teachers of Emerson* (New York, 1910); Henry David Gray, *Emerson, A Study of New England Transcendentalism* (Palo Alto, 1917); Ralph L. Rusk, *Introduction to The Letters of Ralph Waldo Emerson* (New York, 1939), I, pp. xi-lxiv; Fred B. Wahr, "Emerson and the Germans," *Monatshefte für deutschen Unterricht*, XXXIII (1941), pp. 49-63。另有 G. Runze, "Emerson und Kant," *Kant-studien*, IX (1904), pp. 292-306，这篇文章则含混不清，信息也不准确。

自本文写作以来，亨利·A. 波奇曼在其《德国文化在美国》（威斯康星州麦迪逊，1957）一书中重新彻底地审视了这个问题，但我认为他得出的结论过于机械。我无法认同爱默生的思想有一个明显的康德主义阶段（1830—1838）（第158页）。新的完整版的 *The Journals and Miscellaneous Notebooks*, ed. William H. Gilman and Alfred R. Ferguson (Cambridge, Mass., 1860-1863) 已出版的3卷在时间上涵盖了1832年末。关于所谓的康德主义阶段，它没有提供任何重要的新证据。不管怎样，在1832年部分，它在爱默生的书中列出了威廉·劳（William Law）翻译的贝赫曼的作品（见第3卷204页），例如 *The Works of Jacob Behmen*, 4 vols. (London, 1764)。

2 Emerson, *Journals*, I, pp. 76, 89. 关于威廉·德拉蒙德爵士，可参阅《伊曼纽尔·康德在英国》（普林斯顿，1931）的第38—40页。

3 *Journals*, I, pp. 289, 290.

4 参见 *Journals*, II, pp. 121, 129, 143, 164, 284, 387。

了柯勒律治，1830 年后阅读了卡莱尔。[5] 爱默生对康德的二手引用中，最令人好奇的一处出现在他早期的作品《自然》(*Nature*, 1836) 里。在其中讨论唯心主义的一节，爱默生写道："根据柏拉图的观点，哲学的问题在于为所有有条件的存在找到一个无条件而绝对的根基。"[6] 当然，柏拉图并没有写过这样的话，这一整段话 189
是对《纯粹理性批判》中的一句话在字面上的重述。然而，这句话也不是从康德实际的文本中得来的，它来自柯勒律治的《朋友》(*Friend*)，作者却在此书中自信地将这段从康德那儿读到的话归到了柏拉图名下。[7] 但是我们并不能从中得到多少结论，因为这段话对爱默生的观点无关紧要。已经有学者详细研究了柯勒律治、卡莱尔和法国折中主义者们对爱默生的影响，由于篇幅所限，本

---

5 爱默生在 1828 年首次阅读了库辛的作品 *Cours de Philosophie* 的法文版；见 *Letters*, Ralph Rusk, editor (New York, 1939), I, p. 322。1826 年 11 月，他从哈佛图书馆借阅了 *Biographia Literaria* (Kenneth Walter Cameron, *R. W. Emerson's Reading* [Raleigh, North Carolina, 1941], p. 46)。1829 年 12 月，他借了柯勒律治的 *The Friend and Aids to Reflection* (*Letters*, I, p. 291; J. E. Cabot, *Memoir*, I, p. 161)。1827 年 10 月，爱默生提到了卡莱尔关于让·保罗的论文，但并不知道作者是谁(*Letters*, I, p. 218)。1830 年，他阅读了卡莱尔的《威廉·迈斯特》的译文，一篇关于诺瓦利斯的文章，以及其他作品(*Journals*, II, pp. 330, 348-351)。

6 "Nature" (1836), in *Works* (Centenary Edition, Boston, 1903), I, p. 55.

7 *Die Kritik der reinen Vernunft*, A. 307. 在诺曼·肯普·史密斯(Norman Kemp Smith)的译本(伦敦，1929)中，这段话出现在第 306 页。参见 Coleridge, *The Friend* (Essay V, Section 2), Bohn edition (London, 1890), p. 307。

书无法讨论这些话题。[8]但是爱默生也通过一手资料了解过德国思想家们，他对后者的态度反映在他的许多评论之中。

在德国思想家中——根据时间顺序——雅各布·波姆无疑为爱默生所熟知。1835 年，爱默生阅读了《曙光》(*Aurora*)的英译本，并在讨论灵感和其他话题时大量引用了波姆。1844 年，他重读了波姆。[9]爱默生给予波姆和所有神秘主义者很高的评价，他
190 甚至将波姆和斯韦登堡、歌德一同列为比伊拉斯谟、洛克、卢梭和柯勒律治“都要伟大”的人。[10]他对波姆的喜爱甚至超过了斯韦登堡：对爱默生而言，后者看上去行事冷漠而理性，波姆则“由于满腔激情不住颤抖，带着最为温柔的人性，怀着敬畏之情倾听他的导师”。“他的心跳十分响亮，几个世纪来人们都能听到它撞击皮革外套发出的声音。”

波姆的“智慧健康而优美”。[11]但是就连他也无法免于爱默生对神秘主义者的一般批评。“神秘主义，”爱默生说，“其错误在

---

8 参见 F. T. Thompson, “Emerson and Carlyle,” *Studies in Philology*, XXIV (1927), pp. 438-453; “Emerson’s Indebtedness to Coleridge,” *ibid.*, XXIII (1926), pp. 55-76; William Girard, “De l’influence exercée par Coleridge et Carlyle sur la formation du transcendentalisme,” *University of California Publications in Modern Philology*, IV (1916), pp. 404-411。

9 *Journals*, III, pp. 524, 525; VI, p. 517. 关于“灵感”的引文出现在“Inspiration” (1872), *Works*, VIII, pp. 277-278。另一段来自波姆的引文可见于 *Journals* (1841), VI, p. 142。它采自 Barchou de Penhoen, *Histoire de la philosophie allemande depuis Leibnitz jusqu’à Hegel* (Paris, 1836), I, p. 123。同样的文字也间接出现在“Swedenborg,” *Works*, IV, p. 117。

10 “Plato,” *Works*, IV, pp. 39-40.

11 “Swedenborg,” *Works*, IV, pp. 142-143.

于将偶然的和个人的符号当成了普遍的符号。早晨的红霞在雅各布·波姆眼中是他最爱的流星，并被他当成真理和信仰的象征；他相信每一个读者也应该像他这么想。”[12] 但就像他坚持对《圣经》符号进行字面解读那样，这是一个错误。和斯韦登堡一样，他失败了，“将自己附着在基督教符号而不是道德情感之上，后者之中包含着无数种基督教情感、人性与神性”。[13] 波姆的思想不够精确，在心智方面不够明晰。他和神秘主义者们一样“狭隘且无法沟通”。[14] “他的见解模糊、不够充分且牵强。他的目的相当远大。他想知道的不止一件事，而是一切。他就像那些不时从新罕布什尔神气十足地来上大学的乡村天才那样，没过多久就要求不仅要学习贺拉斯和荷马，还要学习欧几里得（Euclid）、斯宾诺莎、伏 191
尔泰、帕拉迪奥（Palladio）、哥伦布、波拿巴（Bonaparte）和林奈乌斯（Linnaeus）。”[15] 爱默生在波姆身上感到一种自大和疯狂的倾向，于是给出结论：“他不能与世间伟人相提并论。和普罗克鲁斯（Proclus）一样，他的价值主要在于修辞。”[16] 爱默生对波姆进行了大力批判，其方式和他关于斯韦登堡的文章，以及他潜在的对阿尔科特的频繁批判都相类似。爱默生不是个神秘主义者（除

12 “The Poet,” *Works*, III, p. 34.

13 “Swedenborg,” *Works*, IV, p. 135.

14 “Swedenborg,” *Works*, IV, p. 143.

15 *Journals* (1844), VI, pp. 517-518.

16 *Journals* (1844), VI, pp. 517-518. 关于波姆的“自大”，可参见“Nature,” *Works*, III, pp. 187-188。关于他的“疯狂”，可参见“The Over-Soul,” *Works*, II, pp. 231-232。

非我们把“神秘主义”这个词定义得极为宽泛），但他们都在自然之中看到了上帝，并将自然当成上帝的标志。他并未声称自己受到过启示，也不曾和不可见之物发生直接接触。从他关于恶魔学的文章可以看出，他对神秘学的超自然属性同样表示怀疑。

我认为，爱默生几乎不知道莱布尼茨，虽然他泛泛地提到过后者几次，最早一次是在1823年。1825年，爱默生从哈佛图书馆借到了《神义论》（*Théodicée*）。[17]1834年，他引用了莱布尼茨的话：“当我看到教育大有改革空间之时，我相信人也是可以改变的。”[18]1841年，爱默生从法国人巴赫舒·德·潘霍恩（Barchou de Penhoen）写的一本德国哲学史中抄下了一条注释，该注释与一项据称由莱布尼茨完成的动物学发现有关，而这本书也值得我们研究。[19]

爱默生经常提到康德，最早甚至可以追溯到1822年（那时他
192 阅读了杜格尔·斯图尔特），而那一年过去很久之后他才知道柯勒律治。爱默生拥有一本由弗朗西斯·海伍德（Francis Haywood）翻译的《纯粹理性批判》的1838年译本；我们知道，这本仍藏于康科德的爱默生个人图书馆的书中有铅笔做的笔记。[20]我无法

17 Cameron, pp. 46, 85; *Journals* (1823), I, p. 222.

18 *Journals* (1834), III, p. 350.

19 摘自潘霍恩的文本载于 *Journals* (1841), VI, p. 143；可参见 II, pp. 8, 34。

20 Harrison, *The Teachers of Emerson*, p. 288. 斯坦利·福格尔（Stanley Vogel）曾检验过这份译本，见 *German Literary Influences on the American Transcendentalists* (New Haven, 1955), p. 106n。“上面有一些标记，以及一张有如下条目的索引：‘洛克和休谟’，‘不朽之名’和‘扁球形’（‘Locke and Hume,’ ‘Immortality,’ and ‘Oblate Sphericity’）。”

确认它们的时间和重要性。1832年，爱默生从波士顿图书馆借阅了F.A. 尼切的《康德原理研究》(*View of Kant's Principles*)，[21]后来还称赞了爱德华·凯德（Edward Caird）关于康德的著作（他的图书馆中藏有此书）。爱默生肯定也读过卡博特（Cabot）为康德所写的优秀简介，因为他自己曾在《日晷》中推荐别人将其出版。[22]以上似乎是现存的关于爱默生和康德思想直接接触的全部证据。爱默生曾多次提到康德，但这同提到其他任何一名伟大的哲学家并无区别。他将康德同斯宾诺莎与柯勒律治一道列为“关于神圣或文学的教师”，而不是洛克和佩利（Paley）那样的世俗之人；他还含蓄地将“在他无边无际思想的作用下半疯癫地预言未来”的康德列为神秘主义者的一员，认为康德这样的人是从“内心”或经验出发说话，而其他人只讲述“外在，仅仅是旁观者而已”。[23]爱默生还在其他段落中或明或暗地赞美过康德，称他是名“伟大的分析师”，库辛在描写康德时也用了这个说法。但爱默生立刻在赞美之余补充道：“与其说康德是那个时代倾向于产生的对普遍原则的分析师，还不如说他是名相当技术性的 193
分析师。”[24]爱默生在讲座《先验主义者》(1842）中讨论“先验”(transcendental）一词时，更详细地提到了康德。他解释说该术

---

21 Cameron, pp. 19, 94.

22 卡博特的文章载于 *Dial*, IV (1844), pp. 409-415；可参见 *Letters*, III, p. 243。

23 “The Over-Soul,” *Works*, II, p. 287.

24 *Journals* (1839), V, p. 306. 在V. 库辛所著、H.G. 林贝格翻译的《哲学史导论》(波士顿，1832）第169页中，康德被称作“当代最杰出的分析家”。

语来自康德，尽管爱默生似乎并未意识到这个词在美国的用法与康德的大有不同，前者几乎带上了“超验”（transcendent）的含义。随后，他将康德描述为洛克的论敌，并相当好地将先天（*a priori*）定义为“不得到经验的命令形式，而是借由这些形式得到经验”。但是爱默生立刻称这些先天形式或功能为“头脑本身的直觉”，并将“先验”一词等同于“直觉”，虽然他也意识到，这种解释不专业地扩展了康德的用法。“此人（康德）思想之深刻和精确，让他所使用的术语在欧洲和美国都流行开来，以致所有属于直觉思考一类的事物现在都被叫作‘先验’。”[25]

爱默生认为康德是直觉主义的创始人，但他对康德的兴趣主要在于其道德哲学。爱默生的《日记》里有一篇用词古怪的文章。在“信仰和怀疑”的标题下，他评论道：“康德探索了自尊（Self-reverence）的形而上学，这是现代伦理学最喜欢的立场，他还向意识证明了意识自身的独立存在。”[26]虽然我们可能会将这段话和康德
194 所谓的唯我论或至少是主观唯心主义错误地联系起来，但爱默生此处的“意识”显然指的是道德观念，他引用的是康德“道德建立在道德意志独立性的基础上”的观点。1862 年之后，爱默生好几次提到康德为定言命令定下的原则：“永远如此行动：你的意志的直接动机要成为所有智能生命的普遍法则。”[27]在一篇较晚的日记

25 “The Transcendentalist” (1842), in *Works*, I, pp. 327ff.，特别是第 340 页。

26 *Journals* (1843), VI, p. 482.

27 “Civilization” (1862), *Works*, VII, p. 27; “Character” (1866), *Works*, X, p. 92. 奇怪的是，此处爱默生将这句话的来源归为马可·奥勒留和康德。

中，我们却发现爱默生对康德的讽刺几乎到了怪诞的地步。此处，爱默生请求人们体谅具有某种奇异偏好的伟人，即那些“在池塘边游荡，摸索草木”的人，或是“研究海螺的表面、外膜和纹路”的人。他单独列出了“沉迷于数学的卡诺（Carnot）”和“沿着神秘阶梯的每一级，即衡量形而上的力量的尺度，逐级向上攀登”的康德。[28]毋庸赘言，康德的思想中并无“神秘的阶梯”或是“衡量形而上的力量的尺度”。在另一段中，爱默生明白无误地将康德排除在“着眼细微之处、善于玩弄辞藻”的类型之外，而将其形容为一名“很好地处理心智问题的形而上学学者”，[29]这段话似乎说明爱默生不可能十分深入地理解了康德的实际文本。

爱默生间接地使用了康德的几个概念：对理性和理解的区分（这是他从柯勒律治那儿学到的），我们的道德意识支撑着我们对不朽的信念这一观点，以及时间和空间的主观性。但在每一个例子中，我们都可以说爱默生误解了康德，或者更确切地说，是柯勒律治和卡莱尔误解了康德。理性和理解之间的区别经常只是信仰和理性之间的区别而已。因此，爱默生称耶稣基督是名“纯粹 195
理性的牧师”，他甚至说祈祷是“强行让理解服从于理性”。[30]康德为不朽和上帝的存在，以及自由意志提供的证据被说成是直接的、出自直觉的洞察；时间和空间的主观性经常被误解为心理学上的主观主义。时间和空间甚至被称作“由眼睛产生的生理学色

28 *Journals* (1862-1872), X, p. 461.

29 “Plutarch,” *Works*, X, p. 306.

30 *Journals* (1833), III, p. 236; 1835, III, p. 435.

彩”。[31] 毫无疑问，这是一种常见的对康德的误读，但是从爱默生使用“我们无法矫正的”“沾染颜色而扭曲现实的透镜”的比喻，以及用“计算它们错误的数量”[32] 的说法来比拟时间和空间的关系这一点，我们可以看出爱默生读到过对康德的负面评价，它们来自德拉蒙德，也可能来自托马斯·布朗，而这两人使用的例证都来自法国人维莱尔（Villers），他是西欧最早的康德阐释者之一。[33] 因此，所有的证据似乎都说明爱默生对康德的思想只是粗通皮毛而已。当爱默生明白无误地提到康德并使用其术语时，他似乎将康德阐释成一个为信仰铺好地基，以证实其自身经验的直觉主义者。在这一点上，爱默生的康德似乎和他自己的哲学观点相当类似，至少其早期作品《自然》（1836）和短文《论经验》中为数不多的几段关于认识论的思考所阐述出来的哲学观点是如此。

196 雅各比和施莱尔马赫很少进入爱默生的视野。1837 年，爱默生借阅了两卷雅各比的《著作集》（*Werke*），[34] 还引用了三句雅各比的话。第一句是为苔丝狄蒙娜临死时的美丽谎言做辩护，它可以追溯到柯勒律治的《朋友》。[35] 第二句和理解与理性的关系有关，

---

31 “Self-Reliance,” *Works*, II, p. 66.

32 “Experience,” *Works*, III, p. 75.

33 见《伊曼纽尔·康德在英国》，第 35、39 页。

34 Cameron, pp. 23, 81.

35 “The Transcendentalist,” *Works*, I, pp. 336-337 以及 *Journals*, II, p. 405；参见 *The Friend*, first section, essay 15, motto (Bohn edition, London, 1890), p. 204。斯塔尔夫人在 *De l’Allemagne*（III, ch. 16）中也引用了相同的段落。

爱默生是在卡莱尔论诺瓦利斯的文章中读到它的。[36]第三句如下："当一个人完全表达了其思想，他对该思想的占有就少了几分。"我无法确定这句话的来源，但爱默生可能是亲耳听到别人说起此句，因为他还在另一处引用了这句话，称它为"雅各比（和迪恩先生）的著名论断"。[37]

1834年，赫奇为爱默生读了来自施莱尔马赫的"一些好东西"。爱默生记录下了物理学和伦理学之间的区别（他后来用上了这一点），科学和艺术的定义，以及用来称呼"由观点产生的生活原则"的"苦修"（ascetic）一词。[38]1846年，爱默生借阅了施莱尔马赫编辑的柏拉图著作。两年以后，他借阅了施莱尔马赫的《柏拉图对话入门》（*Introductions to the Dialogues of Plato*）的英译本。[39]爱默生晚年读过一本赫尔曼·格林（Herman Grimm）寄给他的关于施莱尔马赫的小册子，尽管他同时承认，"他（施莱尔马赫）从来都不是我的心头好"。[40]但是他在这个时期的《日记》197
中记下了施莱尔马赫说过的话，即"人类的灵魂在其天性上是基

---

36 *Journals* (1834), III, p. 377. 参见 Carlyle, "Novalis," in *Critical and Miscellaneous Essays* (London, 1907), II, p. 205。而在另外一处（*Journals*, III, p. 237），爱默生认为这句话出自诺瓦利斯。

37 "Behavior," *Works*, VI, p. 191; *Journals* (1853), VIII, p. 418.

38 *Journals* (1834), III, p. 393. 参见 *Correspondence of Thomas Carlyle and Ralph Waldo Emerson*, ed. Charles Eliot Norton (Boston, 1888), I, p. 50。

39 Cameron, pp. 48, 97, 103.

40 *Correspondence between Ralph Waldo Emerson and Herman Grimm*, ed. F. W. Holls (Boston, 1903), pp. 85, 89.

督徒式的”。[41]

爱默生和费希特也少有联系，尽管他在 1863 年借阅过后者的《通俗著作》（*Popular Works*）的英译本。[42] 他提到过“（费希特）道德的崇高无法改变”，以及“他的个人魅力在于他有极强的道德信念”。[43] 爱默生告诉我们，费希特“会为了转化听众而使用任何武器。他甚至会在某个人的脑袋上钻洞——如果这样能让他把自己的迫切观点输入那个人的头脑的话”。[44] 但他也复述了一桩逸闻，从中我们可以看到爱默生犯了一个寻常的错误：他将费希特的思想误解为唯我论。费希特曾宣称他不相信“海因里希·施洛瑟（Heinrich Schlosser）的存在，而这人值二十万塔勒银币。不，现在甚至有传言说他否认费希特夫人的存在”。[45] 毫无疑问，爱默生频繁使用的“我”（Me）和“非我”（Not-Me）两个术语——例如在《自然》（1836）的序言中出现的——本质上来源于费希特，但它们是通过库辛或卡莱尔关于诺瓦利斯的论文才为爱默生

41 *Journals* (1872), X, p. 380. 爱默生也引用了施莱尔马赫关于大学改革的观点，见 Varnhagen, *Journals* (1875), X, p. 445。

42 Cameron, pp. 34, 72.

43 *Journals* (1834), III, p. 260；参见 *ibid.* (1870), X, p. 318。

44 Charles J. Woodbury, *Talks with Ralph Waldo Emerson* (London, 1890), p. 54.

45 *Journals* (1841), VI, p. 62，在此“Schlosser”被错拼成了“Schlossen”。这段轶事似乎来自 Heine, *Zur Geschichte der Religion und Philosophie in Deutschland* (1834)。“女士们问道：难道他连自己夫人的存在都不相信吗？一点儿也不？还让费希特夫人就这么走了？”

所知。[46]另一段使用了费希特式术语的话描述了思想不断前进，直到“世界最终仅仅成为一个实现了的意志”[47]的大获全胜的过程。198
但是我们有把握认为，爱默生只是对费希特稍有认识，因为后者很少被提及，甚至没有出现在 1867 年那份相当完整的德国哲学家清单里。[48]

谢林的情况则有所不同。1831 年，爱默生引用了谢林的话，其大意为“有些人思考关于事物的东西；其他人思考事物本身”，后来，他称以上这点为“心智层面最重要的区别”。这句引言并非来自谢林的作品本身，而是来自奥古斯都·威廉·黑尔（Augustus William Hare）和朱利斯·查尔斯·黑尔（Julius Charles Hare）创作的《猜测真理》（*Guesses at Truth*，1827），这部早期的大杂烩作品具有一定影响力，体现出其作者对德国语文学和哲学都有着相当程度的了解。[49]稍晚些时候，爱默生对德·昆西攻击柯勒律治抄袭谢林一事产生了兴趣，于是他找到了曾深深吸引自己的许多柯勒律治的思想的源头。[50]1842 年，谢林赴柏林出任教授一职，同年，爱默生从他在德国的美国朋友斯特恩斯·惠勒（Stearns Wheeler）那儿拿到了一份学生们对谢林的

---

46 “Nature” (1836), Works, I, p. 4; Carlyle, “Novalis,” p. 204; Cousin, *Introduction to the History of Philosophy*, pp. 159, 219，and passim.

47 “Nature” (1836), *Works*, I, p. 40.

48 “Eloquence” (1867), *Works*, VIII, p. 131.

49 *Journals* (1831), II, p. 422; repeated *ibid.* (1850), VIII, p. 126. 参见 *Guesses at Truth* (London, 1827), 1876 ed., p. 386。

50 *Journals* (1835), III, p. 503.

反响的记载，以及后者的就职演讲稿。爱默生“读了，毋宁说浏览了一下（德文原版）”，但在他看来，这份文件的重要性“在于其地位而非思想”。[51] 他把演讲稿发给了朋友赫奇，后者的译文刊载在《日晷》上。此外，根据他从惠勒那儿得到的信息，爱
199 默生为《日晷》写了一条关于谢林在柏林的情况的注解。[52] 稍早时，爱默生给另一个在柏林的美国学生约翰·F. 希思（John F. Heath）写过一封信，爱默生在信中说：“即使是最深居简出的德国哲学家，也很可能忍不住想去听谢林讲课，我承认我对谢林的观点的好奇心强于对其他任何当代心理学家的。”他评论道：“谢林试图整合自然和道德哲学，这种努力体现出一种伟大，他算是个英雄人物。”[53]1845 年，詹姆斯·艾略特·卡博特（James Eliot Cabot）把他翻译的谢林早期论文《对人类自由本质的哲学研究》（*Philosophical Enquiries into the Nature of Freedom*，1809）的手稿借给了爱默生，这篇论文表明了谢林和波姆以及同时代的神智学家巴德的极相似之处。爱默生似乎对此文大为赞叹。他告诉卡博特：“我直到上周才算跟这位可敬的谢林打过交道，他要求读者在‘孤独的高塔’中点亮‘灯火’，并保持静默。他的目光坚定不移，他讨论的话题如此广博，我为之欣喜不已。”爱默生把这份译稿留在身边几乎长达一年，愧疚于自己“不擅长阅读这些微妙的

---

51 *Letters*, III, p. 98, November 21, 1842；参见 *ibid.*, III, p. 100。

52 *Letters*, III, pp. 98-99；谢林的讲座见 *Dial*, III, pp. 398ff.；爱默生所注的谢林在柏林的情况可参见 *ibid.*, III, p. 136。

53 *Letters*, III, pp. 76-77, August 4, 1842.

辩证法”。终于，他决定“放手”，并称这本书“同亚历山大里亚的柏拉图主义者们的著作一样，若要彻底理解它们，所需的寿命和闲暇时间非人所能有，但这些书籍自称只是练习游泳的池子而非知识的海洋”。[54]爱默生试图为卡博特的译稿找一名出版商却终究无功而返。[55]但爱默生后来还提到谢林“引用过巴德”，[56]因此他 200
是记得这篇论文的。爱默生经常称谢林是“作为源头的德国哲学家”之一，他还引用过“‘绝对’即理想和现实的统一”以及“每个人都在某种程度上感到自己的天性始终保持一致，而绝不是在时间之中变成了现在的版本”这个“大胆的宣言”。[57]爱默生明确地赞同以上这条关于身份的哲学思想，因为它从根本上认为客体和主体是密切的统一体，而且“所有的差异都只是程度上的”，[58]他将这种身份哲学同哥白尼和牛顿的物理学理论，以及黑格尔的历史哲学一道列为“常量”。

但在另一些段落中，我们可以看到爱默生甚至对谢林也表示了怀疑。他称斯韦登堡是个“身份哲学的信奉者，但具体而言，他和柏林以及波士顿那些漫不经心的空想家们不一样”，[59]他的这

54 *Letters*, III, pp. 293, 298-299, 303-304, 343. 关于谢林的“探索”，见我的《伊曼纽尔 · 康德在英国》第 96 页。

55 *Letters*, III, pp. 345-346.

56 *Journals* (1846), VII, p. 152，此处似乎将巴德“Baader”误作“Maader”。

57 *Journals*, VII, pp. 151-152, VIII, p. 69; “Fate,” Works, VI, p. 13.

58 “Literature”, *Works*, V, pp. 241-242. 这一观点在史泰洛的 *Principles* (Boston, 1848) 中占重要地位（第 22 页）。

59 “Swedenborg,” *Works*, IV, pp. 106-107.

句话肯定是在批判谢林。1870 年，爱默生在赞美美国自由的同时，称谢林“在黑格尔死后被召唤到了柏林，并让真理屈从于国王和暴民们的妄想”。[60] 爱默生不仅犯了事实性错误（黑格尔去世十一年后，谢林才来到了柏林），他认为谢林试图讨好暴民的观点也并非对谢林的启示哲学背后动机的公正描述。爱默生年老时，曾给马克斯·穆勒（Max Müller）写过一封信，信的内容是关于
201 一句来自谢林的与民族神话有关的引文，这句话让爱默生“正襟危坐着探索谢林那相当模糊的光线”。[61] 爱默生还在亨里克·斯特芬斯的《回忆录》（他读的是英译本）中找到了一个关于谢林的故事。斯特芬斯写道，谢林曾在讲座上让学生思考墙壁。“全班学生立刻开始冥思苦想；有的人绷紧了身体，有的人闭上了眼睛：所有人都聚精会神。过了一会儿，谢林又说：‘先生们，思考那些思考过墙壁的事物吧。’随后全班学生都陷入了困境。”爱默生用这个故事来表达他对过度自省和自我分析的反感。他在其中感受到一些“刻薄的东西，如同谍报活动一般”。[62] 爱默生在《心智的自然史》（*Natural History of the Intellect*）一书中再次一字不差地重复了这段讨论谍报的文字，虽然去掉了原始上下文中谢林的故事和提及德国哲学的段落。[63] 我们可以从中多少了解爱默生的工作

60 *Journals* (1870), X, p. 337.

61 *Letters*, VI, p. 245, August 4, 1873.

62 *Journals* (1870), X, pp. 317-318. H. Steffens, *The Story of My Career*, tr. W. L. Gage (Boston, 1863), p. 39，这篇文章讲述了费希特的故事。

63 *Natural History of the lntellect*, in *Works*, XII, p. 14.

方式。因此，谢林的基本原理——关于主体和客体的身份的概念，对世界灵魂这个久而有之的概念的使用，将自然看作上帝的艺术的概念——吸引了爱默生，但是后者经常对其中的技术细节不感兴趣，也并不了解，而且对辩证演绎的方法持否定态度。

爱默生和洛伦兹·奥肯的关系更为有趣，也更令人困惑，目前完全没有人做过这方面的研究。早在 1842 年，爱默生就明确地提到过奥肯，而奥肯的主要著作《生理哲学要素》直到五年后才被译成英文。他说："我读过一些关于奥肯的理论的文字。我 202
认为他首先是一名学者，其次是一位谢林思想的继承者。"[64] 爱默生通常在广义上使用"学者"一词，但此处他的意思似乎是"科学家"。我们必须假定爱默生读过德国刊物《伊西斯》（*Isis*），多年以来奥肯一直是该刊的编辑，又或者爱默生至少了解某个英文期刊里的文章。他可能是从布朗森·阿尔科特那儿听说的奥肯。1842 年阿尔科特在伦敦得到了几本德文书籍。后来，爱默生提过几次奥肯，用的一直是赞许的口吻。他嘲笑英国"未能接纳奥肯，而是在欧文（Owen）和钱伯斯的影响下与之撕咬，摆出一副居高临下的姿态"；他提到奥肯是位想象力的科学家（scientist of imagination），同歌德、圣-希莱尔（Saint-Hilaire）、阿加西（Agassiz）和奥杜邦（Audubon）一样，都是"科学的诗人"（poet in science）。[65] 他将奥肯列为进化论倡导者中的一员，这一

64 *Letters*, III, pp. 76-77, August 4, 1842.

65 *Journals* (1852), VIII, p. 337; (1851), VIII, p. 177; (1871), X, p. 364.

理论“赋予自然科学以诗意的钥匙”；[66]他描述了起始于歌德的浪漫主义对物质主义科学的反抗，并认为谢林和奥肯的唯心主义自然哲学导致了“向文学和大众思想中的法则的回归”。[67]此处，“法则”一词似乎指的是非机械论的宇宙秩序。爱默生还提到了奥肯的特定理论。他称“头骨是变形了的脊椎”这一理论是由奥肯提出的，[68]但实际上该理论的创始人是歌德；爱默生还讲到了奥肯的囊泡理论的一些细节。“奥肯认为，当一个囊泡进入新环境时，如果它处在黑暗中，就会成为动物；若是在亮光中，则成了植物。上一代动物所经历的变化最终会在它们体内未改变的囊泡中激发
203 出神奇的能力，它将自己解锁为鱼和鸟，或是四足动物，（生长出）头和脚，眼和爪。”[69]正如我们已经提到过的那样，通过阿尔科特，爱默生间接援引过奥肯的有趣理论，即头颅是变形了的四肢：“手是上颚，脚是下颚，手指和脚趾由上下两排牙齿代表。”[70]爱默生在其他地方也提到过许多这类充满幻想的自然科学理论，它们也都可以在奥肯那里找到出处，但我无法判断是否存在其他来源，例如植物是世界的年轻一代，树木是不完美的人，或是难以改变的人，等等。

但是比这些细节更重要的是，爱默生和奥肯有相似的观点，

66 “Poetry and Imagination” (1872), *Works*, VIII, p. 7.

67 “Life and Letters in New England” (1867), *Works*, X, p. 338.

68 *Journals* (1871), X, p. 364.

69 “Fate,” *Works*, VI, p. 14.

70 “Swedenborg,” *Works*, IV, p. 108.

至少在自然方面是这样。让我引用几段奥肯的话，证明它们听起来就像是爱默生写的：“动物是不规则的人。”“宇宙是上帝的语言。”“自然是分析过的精神。”“精神和自然并无不同，前者只是后者最纯净的产物或后裔，因此是她的符号、她的语言。”“宇宙的精神就是人类。人类是世界的整幅肖像或化身……动物的所有功能都在人身上归于统一，化为人的自我意识。”“代表自然意志的便是美的。”[71] 爱默生的文字无疑存在某个来源，我也不打算忽视两人之间的差异性：爱默生的兴趣范围是奥肯比不上的，奥肯生理学、动物学和植物学理论的技术性也不是爱默生的风格。但是在定义爱默生和德国思想史的关系时，一切证据都表明他与谢 204
林和奥肯有着密切联系，尽管我们不可能忽略个人和民族的差异，比如爱默生的宗教根基更为深厚，他有更强的个人主义倾向，他的艺术技巧更为精细，他更关注实际的道德。

我们还没有讨论的德国哲学家只剩下黑格尔了。他的思想进入英国和美国的时间比较晚——1855 年之前，他的主要作品没有英译本，[72] 而且他的用语高度技术化和个人化。因此，黑格尔不太可能对爱默生造成重要影响。但是，在爱默生的作品中还是有为数不少的提及或讨论黑格尔的段落，这一点令人惊讶，不过没有多少证据可以表明爱默生真的阅读了黑格尔。德国人伊曼纽尔·舍尔布在 1849 年跟爱默生讲了黑格尔的事，爱默生似乎对

71 *Elements of Physiophilosophy*, pp. 16, 373, 655-656, 662-663.

72 见载于 B. Q. Morgan's *A Critical Bibliography of German Literature in English Translation*, second edition (Palo Alto, California, 1938) 的清单。

此印象深刻。“我觉察到某种看上去愉快而广博的事物，它们可能来自印度教，或许确实如此。”[73]没过多久，爱默生阅读了史泰洛的《自然哲学原理》一书，其中包含了对黑格尔的完整阐述。1855年，卡博特给爱默生寄了黑格尔的某本著作，或许是《法哲学原理》（*The Philosophy of Right*），但更有可能是《主观逻辑》（*Subjective Logic*）（那一年该书在英国有了译本）。爱默生发现这些文本显然无法理解。在给卡博特的信中，他写道：“（我）进入黑格尔思想的过程没有想象中那么顺利，我从中得到的收获也
205 不如更优秀的学者们那么丰厚。”[74]1865年，爱默生借阅了西布尔（Sibree）翻译的《历史哲学讲演录》（*Lectures on the Philosophy of History*）四个月；1866年，他至少阅读了詹姆斯·哈钦森·斯特林的《黑格尔的秘密》这本大部头著作的一部分。[75]后来他确实很切近地转述过第10页上一段关于哲学在德国“发酵”（Zymosis）的文字，[76]他本人对作者也产生了兴趣，部分是因为他在斯特林的作品中识别出了卡莱尔的影响。当斯特林在爱丁堡大学申请教授职位时，爱默生为他写了热情洋溢的推荐信；当斯特

73 *Journals* (1849), VIII, p. 69.

74 *Letters*, IV, pp. 530-531.《法哲学》由 T. C. 桑达斯翻译，载 *Oxford Essays* (1855)；《主观逻辑》由 J. 斯洛曼和 J. 瓦隆翻译（伦敦，1855）。

75 Cameron, pp. 37, 73; *Correspondence of Thomas Carlyle and Ralph Waldo Emerson*, II, pp. 329-331.

76 “Eloquence” (1867), *Works*, VIII, p. 131.

林提名爱默生为爱丁堡大学的校监候选人之一时，他也很高兴。[77] 爱默生甚至在给威廉·托里·哈里斯的信中这样写道：“在英国，人们从未承认过他的天才，虽然他才是那个岛上最有洞察力的形而上学专家。我渴望看到他声名远扬。”[78]哈里斯是圣路易黑格尔主义者们的领袖，他拜访过爱默生，后来又住在康科德，爱默生通过他和黑格尔主义有了进一步的接触。他阅读了《思辨哲学杂志》（*Journal of Speculative Philosophy*，1867）的前几期，但又给哈里斯写信说，他发现黑格尔“乍看之下不吸引人，再看也不尽如人意。但是他显赫的名声”，爱默生怀着他习惯的对人类集体判断的信任补充道，“不可能有误，因此我会继续阅读并保持期待”。[79] 206

就我们从爱默生的作品中可以确定的部分而言，他对黑格尔哲学的了解相当多样。他引用过一段关于感官生活的话，这段话是从瓦恩哈根的《回忆录》（*Memoirs*）中读到的，这似乎是他阅读的为数不多的德文原版书之一。[80]在其他地方，爱默生引用过黑格尔的术语“自然的清单”（die List der Natur），他用以为例的是这样一个爱人，此人“在婚姻中寻找个人的幸福和完美”，同时达成了自然的目的，即“繁衍后代，或维持种族的永恒”。[81] 但是

77 *Letters*, VI, pp. 18, 259. 更多的给斯特林的信件载于 Amelia H. Stirling, *James Hutchinson Stirling* (London, 1912)。爱默生的报告也出现在 J. H. Stirling's *Secret of Hegel*, second edition (Edinburgh, 1898), VIII, pp. 169, 176, 209, 263-266。

78 *Letters*, VI, p. 291, March 1876.

79 *Letters*, V, p. 521, June 1867.

80 *Journals* (1873), X, p. 423; Cameron, p. 111.

81 “Nature” (1844), *Works*, III, p. 187.

爱默生显然对黑格尔的历史与进化的哲学最感兴趣。他这样谈到黑格尔的教导:“一个理念永远会征服一切，而且在历史上，胜利一直属于正确的一方。”他还就此评论说，库辛阐述过这个概念，卡莱尔为它找到了“一个漂亮的说法——强权即正义”。但是爱默生称之为“条顿主义的样本”，这些样本还包含一个奇怪的作家名单，包括谢林、巴德、歌德、斯韦登堡和诺瓦利斯。[82]“条顿主义”一词似乎隐含了作者对它真实性和可靠性的一些怀疑，但是后来爱默生又把“黑格尔将世俗历史看作是理念的冲突和更深刻的思想的胜利”列为“常量”之一，和谢林的身份哲学以及牛顿的物理学并列。[83]在描述进化理念的缓慢进步过程时，或者用他自己的话来说，“同地质学现象一般，理念的形式或种类在其后年代的实
207 际形式里逐渐被隐没”，他将其归因于谢林的洞见(*aperçu*)，并称奥肯曾因为阐述这一理论遭人嘲笑，而黑格尔“这名更富活力的梦想者，坚持相信这种无稽之谈”。[84]可是“无稽之谈”在这里是讽刺性的用法，因为爱默生继续描述了歌德和圣-伊莱尔是如何传播这个观点的，以及它最终是如何通过阿加西到达美国的。爱默生也知道黑格尔认为自然是客观的精神、是“具有他者性的理念”的观点，但他具体的表述方式说明他并不了解这一观点和谢林以及斯韦登堡的思想的区别。他说:“自然科学通过黑格尔的理

---

82 *Journals* (1846), VII, pp. 151-152.

83 “Literature”, *Works*, V, pp. 241-242.

84 *Journals* (1849), VIII, pp. 76-77. 史泰洛的 *Principles* 解释了谢林和奥肯的进化观(第 224、226—228 及 230 以后各页)，爱默生在写作这一篇时阅读了此书。

论取得了很大的进步。黑格尔将自然和思想、物质和精神的关系理顺了，前者是后者的表述或外化。”[85]

爱默生似乎还欣赏黑格尔的辩证法和逻辑学。他对其思想的始祖有所了解，称“黑格尔的思想存在于普洛克鲁斯之中，甚至要比这早得多，存在于赫拉克利特斯（Heraclitus）与巴门尼德（Parmenides）之中”，[86]他还生动形象地描绘了黑格尔对终结（finality）的主张。“黑格尔似乎在说：‘看，我已经花了很长时间坐在这里，凝视着思想变迁这个难以察觉的过程，直到我亲眼观察到了真正的边界。我知道了这个和那个都是什么。我已经知晓并将其记录了下来。这一切只有像我这样有耐心和观察力的人才能看到。如同矿物学家豪伊（Haüy）对水晶矿脉的走势以及要从哪儿开挖了如指掌，我了解这个不易察觉的边界。我明白所有的观察结果都能佐证我的观点，我要对未来的形而上学学者说，他 208
可以通过他同意我的程度来衡量自己的观察力。’”[87]但是爱默生还补充了几句有些模棱两可的话：“这是诸神的黄昏，斯堪的纳维亚神话预言了这一切。”显然他指的是哲学，至少在那个方向，已经由黑格尔画上了句号。他还有些迟疑地接受了黑格尔《逻辑学》中的第一组三段式——“有”和“无”在“存在”中的综合。“好吧，”他无可奈何地评论道，“我们已经熟悉了那个理论，至少在其中发现了一种必然性，即便是可怜的人性也能感到其中的悖

85 *Journals* (1862-1872), X, pp. 462-463.

86 “Originality” (1859), *Works,* VIII, p. 180.

87 *Journals* (1866), X, p. 143.

论。”[88]

很少有论述可以表明爱默生听说过黑格尔思想和黑格尔主义发展过程中的政治含义。晚至1870年，爱默生在赞美美国的自由时，提到了黑格尔对时政的妥协。“像黑格尔那样的优异头脑本在真诚而科学地探索思想的法则，却突然出于讨好某个国王，或是安抚天主教徒的需要，只得扭曲他普适性的主张来适应这些荒谬之人，甚至在付出了真理和男子气概上的牺牲之后还不能让这些人满足。”[89]“对天主教徒妥协”这一点令人生疑，古怪的是，当爱默生评论“他们避免把新思想应用在最适合的领域上，即人类学、道德、政治等，因为它立刻触及了保守主义、教会、司法等等”时，[90]他还展现出一种对“黑格尔以及黑格尔主义者们的作品的枯燥名头和繁多数目”的无知。[91]令人困惑的是，在同一本笔记中，
209 就在上面引用的那段话之前（至少在全集版中如此），爱默生于另一篇文章发表了与之相反的观点：“黑格尔‘不敢展开或继续探讨他的方法所得出的具有惊人革命性的结论’也没有关系，尽管如此，年轻的黑格尔主义者们还是完成了这项工作，于是没过多久，在生活的各个领域，在自然科学、政治学、伦理学、法律和艺术中，内在必然性的严格教条终结了一切旧的摇摇欲坠的模糊形式。”爱默生补充道，这就像“歌德与华兹华斯同他们的诗歌断

88 *Journals* (1868), X, p. 248.

89 *Journals* (1870), X, p. 337.

90 *Journals* (1868), X, p. 248.

91 *Journals* (1862-1872), X, pp. 462-463.

绝联系”一样。[92]显然，爱默生对黑格尔并不满意。他期待德国哲学能够再揭示一些秘密。在谈论黑格尔的辩证学时，他说道：“它不需要百科全书一般的篇幅就能说清。我不想要形而上学，只想要有关文献。”[93]这句话似乎不仅概括了爱默生对黑格尔的态度，也体现了他对整个德国哲学的态度。

因此，爱默生对德国哲学的态度有些似是而非。一方面，他看到了它具有很高的价值，将它当作正确的哲学来致意。他称德国有“世上绝无仅有的心智影响力”。[94]他嘲弄英国人的经验主义科学，但又称赞罗伯特·欧文（Robert Owen）进口了德国的“同源论”（homologies），即歌德、谢林和奥肯使用类推法的思辨性自然科学。总体上来说，对爱默生而言，英国科学“和德国人的天才形成了极大反差，后者有一半像希腊人——热爱类比，高瞻远瞩，维持着自己的热情，为整个欧洲思考”。[95]但是爱默生对 210
德国的期待甚至比这还高。“在德国，”他写道，“似乎还有一些隐藏的梦想家，这种奇异、欢快、诗意、详尽的哲学就来自那里，英国人和法国人仅从这种哲学那里得到了只言片语，但这就是我们所知的最好哲学了。”谢林、奥肯和黑格尔（这个名单很重要）都不能最终满足他。“我们在出版这几位大师真正的著作后，发现

92 *Journals* (1862-1872), X, p. 460.

93 *Journals* (1868), X, p. 248; 参见 *Natural History of the lntellect*, in Works, XII, p. 13。

94 “Thoughts on Modem Literature,”*Works*, XII, p. 312; 原载于 *Dial*, I (1840), p. 137。

95 “Literature,” *Works*, V, pp. 254-255.

他们都是聪明人，但是他们并非我们所寻找的伟大而深刻的诗人和智者。现在我们还需要继续寻找隐藏起来的现代德国版的贝赫曼（Behmen）。”[96] 这个隐藏的波姆——他比任何爱默生所知的实际存在的德国哲学家都要伟大——不肯现身，因此爱默生远离了德国人，正像他远离了所有抽象的哲学那样。在引用谢林之前，他说：“所有抽象的哲学都容易预料——它是如此具有结构性，或是人类意识的模子的必然产物。”[97] 当他只有 21 岁时，他就在《日记》中写道：“形而上学教我的完全是之前已经知道的东西。”[98] 在他最后的几部作品之一《心智的自然史》中，爱默生再次称哲学还是“粗糙而基础的”。形而上学家“失去了奇迹”。[99] 我们感到爱默生是在德国人当中寻找信仰的支柱。他确实从他们那里找到了支柱，这也是他赞扬后者的原因，但这种赞扬大部分是疏离的。
211 他对他们的思维过程不感兴趣。他感兴趣的只是结论，对他而言，这些结论确认了一种世界观，即那种反对和驳斥 18 世纪物质主义的世界观。所有先验主义者对待德国哲学的方式在这一点上都和爱默生一致。

最后，如果我们要将美国思想家和德国哲学家做比较，我认为我们必须得出以下结论：先验主义者并不具有德国人的如下特征：后者的辩证方法，他们对知识问题的关注和特别的处理方式，

---

96 *Journals* (1846), VII, pp. 151-152.

97 *Journals* (1849), VIII, p. 69.

98 *Journals* (1824), I, pp. 378-379.

99 *Natural History of the Intellect*, in *Works*, XII, p. 14; *Journals*, X, pp. 336-337.

他们的历史哲学以及关于人类机构化生活的哲学。美国思想家们被这个事实吸引：和他们一样，德国哲学也对18世纪英国经验主义的方法和结论，以及一般的怀疑主义和物质主义的传统抱有敌意。我们可以将先验主义者分为两类：形而上学派，包括爱默生和阿尔科特在内；神学派，包括里普利、帕克和布朗森在内，这一派事实上倡导着一种依赖直觉的宗教哲学。后一派和法国折中主义者、常识哲学家（虽然他们在方法层面上的经验主义成分较少），以及赫尔德、雅各比和施莱尔马赫那样的德国思想家相类似，这批德国思想家经常和德国思辨哲学的主要代表人物展开论战。布朗森在其中较为疏离，他最清楚地意识到德国主观主义所包含的危险性，并详细地阐述了一种极端的客观性直觉主义。虽然爱默生和阿尔科特同他们的朋友一样都相信直觉，但他们对某种自然哲学要感兴趣得多，在这种哲学中，自然是人类以及上帝的意识的内部世界的象征和符号。虽然爱默生和阿尔科特这对友人有明显的区别，他们都延续了新柏拉图主义的传统，但是这种延续在他们身上的表现在某种程度上受到了以下两种思想的改变和强化：波姆或斯韦登堡的那种神秘主义，以及当时德国的科学和伪科学思辨（比如他们从奥肯和谢林那儿读到的理论）。本质上说，就我看来，在思想史领域，美国先验主义不应该和德国哲学掺和到一起；当然，前者也不应该被描述为德国唯心主义的结果。这并不意味着我们应当全盘否认实际存在的接触和相似之处：确切地说，我们下此判断，其原因很简单——没有一位先验主义者曾经采纳过德国唯心主义的具体信条，而后来爱德华·凯德和乔赛亚·罗伊斯（Josiah Royce）这样的思想家则分别在英国和美国采纳并详述了这些信条。先验主义者只是在为他们的信仰寻找旁证。他们在德国实现了目标，但是他们终归不需要旁证。他们的信仰深深扎根在他们的意识和他们先祖的宗教传统之中。

索 引

所有数字为本书边码。

A

B

C

E

F

H

I

J

K

L

M

N

O

P

R

T

U

V

W

Y

Z

图书在版编目(CIP)数据

对峙：19世纪德英美文学与思想关系研究 / (美)勒内·韦勒克著；寿晨霖，张楠译. — 北京：商务印书馆，2024
（文学与思想译丛）
ISBN 978-7-100-23520-4

Ⅰ. ①对… Ⅱ. ①勒… ②寿… ③张… Ⅲ. ①文学研究—德国②英国文学—文学研究③文学研究—美国 Ⅳ. ①I106

中国国家版本馆CIP数据核字（2024）第061717号

文学与思想译丛
对　峙
19世纪德英美文学与思想关系研究
〔美〕勒内·韦勒克　著
寿晨霖　张楠　译

商　务　印　书　馆　出　版
（北京王府井大街36号　邮政编码 100710）
商　务　印　书　馆　发　行
北京盛通印刷股份有限公司印刷
ISBN　978-7-100-23520-4

2024年7月第1版　　开本 880×1240 1/32
2024年7月第1次印刷　　印张 7⅞

定价：75.00元